세 가지
열쇠말로 여는
문학이야기

전국국어교사모임 지음

여섯 번째 이야기

소외와 공존

세 가지 열쇠말로 여는 문학 이야기
여섯 번째 이야기_ 소외와 공존

초판 1쇄 2025년 7월 31일

지은이 전국국어교사모임
펴낸이 송영석

개발 총괄 정덕균
기획 및 편집 조성진, 한은주
마케팅 이원영, 이종오
플랫폼 한종수, 최해리
도서 관리 송우석, 박진숙
표지 디자인 임진성
표지 일러스트 신진호
본문 디자인 정선명
펴낸곳 (주)해냄에듀

신고번호 제406-2005-000107
주소 서울시 마포구 잔다리로 30 해냄빌딩 3,4층
전화 (02)323-9953
팩스 (02)323-9950
홈페이지 http://www.hnedu.co.kr

ISBN 978-89-6446-280-5 43810

- 이 책은 저작권법에 따라 보호받는 저작물이므로 무단 전재와 무단 복제를 금합니다.
- 파본은 ㈜해냄에듀나 구입하신 서점에서 교환해 드립니다.

세 가지 열쇠말로 여는 문학이야기

전국국어교사모임 지음

여섯 번째 이야기

소외와 공존

06

해냄에듀

여는 말

문학은 경험해 보지 못한 다양한 삶의 공간으로 우리를 데려다줍니다. 이를 통해 우리는 재미를 느끼고, 때로는 삶의 지혜를 얻기도 합니다. 그래서 학창 시절에 문학 작품을 배우고, 어른이 되어서도 읽는 것이겠지요. 많은 작품이 세상에 쏟아져 나오다 보니, 무엇을 읽어야 할까 고민되기도 합니다. 조금 난해한 작품을 만났을 때는, 내가 이해한 것과 내가 느낀 재미를 남들도 비슷하게 느꼈을지 궁금하기도 합니다. 때로는 조금 더 깊이 있는 감상을 하고 싶을 때도 있습니다.

국어 교사는 직업적인 이유로 문학 작품을 많이 읽는 편입니다. 이를 바탕으로 전국국어교사모임에서는 '세 가지 열쇠말로 여는 문학 이야기'라는 오디오 채널을 운영하고 있습니다. 우리 모임의 국어 교사들이 문학 작품을 골라 소개하며, 3개의 열쇠말(키워드)을 바탕으로 작품을 해설하는 채널입니다. 2018년 4월에 시작하여 지금까지 600개가 넘는 작품 해설이 올라갔는데, 댓글을 살펴보면 청소년에서부터 어른까지 다양한 분들이 듣고 있다는 것을 확인할 수 있습니다.

이 책은 바로 이 오디오 채널에 올린 작품 중 일부를 골라 엮은 것입니다. 지금까지 소개된 작품들을 모두 모아 보니 시대도 다양하고 내용도 제각각이었습니다. 고민 끝에 주제별로 작품을 분류하였고, 각기 주제가 다른 책을 순차적으로 발간하게 되었습니다.

이 책은 오디오 방송의 대본을 바탕으로 하고 있습니다. 그런데 오디오 방송 매체와 책은 서로 성격이 다르다 보니, 정리하는 과정에서 방송 대본을 책에 맞게 수정, 보완한 부분이 있습니다. 오디오 방송의 성격을 살리기 위해 말하는 어투는 그대로 살렸으나, 읽기에 알맞도록 한 명이 설명하는 것으로 각색하여 수록하였습니다. 교사와 학생 간의 대화로 이루어진 것은 '국어 교사'라는 우리 모임의 정체성과 어울렸기 때문에 그대로 두었습니다.

  작품을 해설하는 방법에는 여러 가지가 있겠지만 이 책은 세 가지 열쇠말을 먼저 정하고 그것을 중심으로 이야기하는 방식을 선택했습니다. 그러나 작품의 해석과 감상은 독자마다 다양한 것이어서, 이 책에 실린 해설 역시 절대적인 것은 아닙니다. 다만, 이 책이 여러 문학 작품에 대한 마중물이자 해석의 한 길잡이가 되길 희망합니다. 청소년들은 물론, 문학에 관심 있는 성인들에게도 우리 문학을 다양하게 접할 수 있는 기회가 되길 바랍니다. 이 책에는 소개하는 작품의 전문이나 줄거리 요약이 별도로 실려 있지 않습니다. 독자분들이 이 책을 읽은 후, 관심 가는 작품은 꼭 전문을 읽고 자신만의 열쇠말과 해석을 찾아가길 기대합니다.

  전국국어교사모임의 '세 가지 열쇠말로 여는 문학 이야기' 오디오 클립 채널은 지금도 새 연재분을 꾸준히 올리고 있으며, 현대 소설 이외에도 시, 고전 소설, 세계 문학 등 다양한 장르의 작품을 소개하고 있습니다. 이 방송을 들은 적이 없는 분이라면, 오디오 방송 채널에도 관심을 보여 주시면 좋겠습니다. 감사합니다.

기획위원 일동

 **차례**

여는 말 • 4
차례 • 6

1부
더불어 살아가며

이청준/ 당신들의 천국 • 11
루리/ 긴긴밤 • 17
정세랑/ 리셋 • 25
정은/ 산책을 듣는 시간 • 33
표명희/ 어느 날 난민 • 40
김초엽/ 지구 끝의 온실 • 47
남유하/ 푸른 머리카락 • 55
구병모/ 네 이웃의 식탁 • 62
김원일/ 도요새에 관한 명상 • 69

2부
부조리한 세상에서

조세희/ 뫼비우스의 띠 • 79
윤흥길/ 아홉 켤레의 구두로 남은 사내 • 86
이기호/ 사과는 잘해요 • 93
양귀자/ 밤의 일기 • 99
박완서/ 도둑맞은 가난 • 107
알베르 카뮈/ 이방인 • 115
장강명/ 한국이 싫어서 • 123
김재영/ 코끼리 • 130
해이수/ 관수와 우유 • 138

3부
홀로 서 있는 시간

김애란/ 나는 편의점에 간다 • 149
김승옥/ 서울 1964년 겨울 • 155
최인호/ 타인의 방 • 163
성석제/ 투명인간 • 170
장희원/ 폐차 • 178
정이현/ 영영, 여름 • 186
이승우/ 신중한 사람 • 192
프란츠 카프카/ 변신 • 199
배명훈/ 차카타파의 열망으로 • 207

4부
너와 내가 다르다는 이유로

이꽃님/ 죽이고 싶은 아이 • 217
공선옥/ 명랑한 밤길 • 225
정용준/ 선릉 산책 • 233
전성태/ 이미테이션 • 240
김애란/ 가리는 손 • 247
너새니얼 호손/ 주홍 글자 • 255
김지연/ 공원에서 • 263
장희원/ 외출 • 269
김중혁/ 엇박자 D • 276

이청준/ 당신들의 천국
루리/ 긴긴밤
정세랑/ 리셋
정은/ 산책을 듣는 시간
표명희/ 어느 날 난민
김초엽/ 지구 끝의 온실
남유하/ 푸른 머리카락
구병모/ 네 이웃의 식탁
김원일/ 도요새에 관한 명상

1부

더불어
살아가며

당신들의 천국

　한센병 환자들의 섬 소록도에 전직 군의관 출신 조백헌 대령이 새로 병원장으로 부임해 오는 것이 이 소설의 첫 장면입니다. 부임 첫날부터 원생의 탈출 사고가 일어나고, 조 원장은 외부 사람의 눈에는 평화롭게만 보이는 이 섬에 무엇인가 문제가 있음을 느낍니다. 이후 조 원장은 불신과 패배감에 젖어 있는 섬의 분위기를 바꿔 보기 위해 수많은 난관들과 부딪혀 나가기 시작합니다.

　이 섬사람들은 어떤 비밀을 감추고 있을까요? 조 원장은 섬사람들의 마음의 벽을 넘을 수 있을까요?

　이 소설의 작가 이청준은 1939년 전남 장흥 출생으로, 1965년 『사상계』에 단편 소설 「퇴원」을 발표하면서 작품 활동을 시작했습니다. 2008년 작고하기까지 수많은 작품을 발표하였으며, 그의 소설을 원

작으로 영화화된 작품들도 많습니다. 임권택 감독의 영화 <서편제>, <축제>, 이창동 감독의 영화 <밀양>이 그것입니다. 영화로 제작된 작품이 많다는 것은 그만큼 작가의 작품들이 대중들에게 인기 있다는 의미겠지요.

그럼 세 가지 열쇠말로 작품을 살펴볼까요?

첫 번째 열쇠말_ **낙원**

이 소설의 주인공 조백헌 원장은 소록도 주민들에게 낙원을 건설해 주고자 합니다. 그런데, 소록도 주민에게 낙원을 약속한 것은 그가 처음이 아닙니다. 그 이전의 모든 원장들도 주민들을 위한 시설을 짓고 환경을 개선하기 위한 사업들을 펼쳐 왔습니다. 그 이전 네 번째 원장이었던 주정수 원장 역시 주민들을 위한 병사 시설을 짓고, 새 선창을 만들고, 종각과 만령당을 짓는 일을 했지만, 그 모든 일을 실제로 행한 것은 결국 섬사람들이었습니다.

건설 사업의 명분은 섬사람들을 위한 것이었지만, 공사에서 노역에 시달리고 사고로 죽어 나가는 이들 역시 섬사람들이었습니다. 건설 사업이 거듭될수록 사업은 원장의 업적을 위한 공사로 변질되었고, 섬사람들은 누구를 위한 공사인가를 되묻지 않을 수 없었습니다. 게다가 원장의 업적을 기리는 동상까지 세워지다 보니, 섬사람들은 자신들의 피땀으로 원장의 '낙원'을 세워 준 셈이 된 것이지요. 그야말로 '당신들의 천국'을 위해 '우리들의 천국'은 희생되는 상황을 맞이

한 것입니다. '우리들의 천국'을 위해 원장의 제안에 동의했으나, 결국에는 스스로 맺은 계약을 깨는 배반과 실패를 맛보아 온 섬사람들에게 낙원 건설은 요원한 일이었습니다.

이런 상황에서 조백헌 원장의 낙원 건설 역시 성공할 수 없었습니다. 조 원장은 자신의 업적을 위한 수단으로 섬사람들을 이용하려 하지는 않았습니다. 그러나 조 원장이 병이 없는 정상인이며 섬과 섬사람들에 대한 권력을 가진 인물인 한, 그가 아무리 선의로 제안한 일이라도 그 일의 성공이 섬사람들의 성공이 될 수는 없는 것이었습니다. 섬을 떠난 이상욱은 이에 대해 '원장님과 섬사람들의 길이 다르기 때문이었습니다. 원장님이 아무리 섬사람들을 생각하고 섬을 위해 노고를 바치고 계셨다 해도 원장님은 결국 그 섬사람들과 같은 운명을 사실 수는 없었기 때문입니다.'라고 조 원장에게 쓴 편지에서 말하고 있습니다.

'낙원'은 운명 공동체인 사람들 모두가 서로 동등한 입장에서 함께 의견을 모아 만들어 나갈 때 '낙원'으로서의 의미를 가질 수 있다는 점을 이 소설에서는 이야기하고 있습니다.

🗝 두 번째 열쇠말_ **배반**

이 소설의 2부는 '출소록기/배반 1/ 배반 2'로 구성되어 있습니다. '출소록'을 하기 위해 득량만 간척 공사를 시작할 때는 조 원장도 섬사람들도 모두 부푼 희망을 품었습니다. 섬사람들은 손이 부르트고

등이 터져도 묵묵히 작업에 매달렸습니다. 그러나, 아무리 돌을 깨 넣어도 돌둑은 떠올라 와 주지 않고, 사고로 다치거나 죽는 사람이 생기면서 회의와 의심이 섬사람들에게 퍼져 나가게 됩니다. 게다가 섬사람들의 손으로 일구고 있는 간척지 사업을 차지하기 위해 외부 사람들이 계략을 꾸밉니다. 섬사람들은 이 일을 과연 성공할 수는 있을 것인가, 일구어 놓은 간척지가 우리들 땅이 될 수는 있을 것인가, 성공해도 조 원장의 업적이 되는 것이지 우리랑은 무슨 상관인가 하는 의혹과 의심을 품습니다. 매일매일의 고된 노동과 사고의 위험을 무릅쓴 작업 과정에서 자신들은 또 이용만 당하고 마는 것 아닌가 하는 생각을 하게 됩니다.

 조 원장이 간척지 사업을 제안했을 때 다들 내켜 하지 않았던 것도, 그 이전 원장들 역시 섬사람들을 위한다는 이런저런 사업을 제안했었으나 그 결과로 달라진 것이 아무것도 없었다는 섬사람들의 깊은 회의와 의심 때문이었습니다.

 섬사람들의 입장에서는 그들을 위한다고 하지만 결국 원장 자신의 업적과 명예를 위해 섬사람들을 이용하는 것으로 여겨졌지요. 번번이 계약 위반과 배반이 일어났기에 이 일에 동의할 수 없다는 생각이 팽배했던 것입니다. 자신이 자의로 시작하지는 않은 일, 누군가가 시켜서 하는 일에 대해, 더욱이 그 결과가 힘들거나 좋지 않았을 때, 그것을 끝까지 해야 할 의미를 찾기는 어렵습니다. 소록도에서는 이런 배반의 역사가 오랫동안 번번이 반복되고 있었던 것입니다.

🔑 세 번째 열쇠말_ **자유와 사랑**

항상 섬사람들의 입장을 대변했던 황 장로의 입을 통해 '자유와 사랑'이라는 열쇠말을 풀어 보겠습니다.

황 장로는 조 원장이 섬을 떠날 때 알 듯 말 듯 한 말을 남깁니다. 조 원장은 황 장로에게서 들은 이야기를 이정태 기자에게 다음과 같이 전합니다. "그 양반은 그것을 사랑이라고 하더군요. 사랑은 자유처럼 뺏음이 아니라 베풂이라고, 사랑은 자유처럼 투쟁과 미움과 원망을 낳는 대신 용서를 가르친다고 말이야요." 황 장로의 말을 통해 왜 그들은 그동안 계속 실패해 왔는가를 엿볼 수 있습니다.

황 장로는 그동안의 원장들에게 '과연 섬사람들의 뜻대로, 섬사람들의 자 의사에 의한 결정으로 모든 일들이 행해져 왔는가? 그리고 그 과정에서 섬사람들을 진정 사랑의 시선으로 보고, 섬사람들을 위한 일을 행해 왔는가?'를 묻고 있습니다. 그리고 사랑은 일방으로는 이루어지지 않는다는 점을 이야기합니다. "황 장로는 믿음이 없이는 자유라는 것을 함부로 행할 수 없는 것이라고, 믿음이 없이 자유를 행하니까 싸움과 갈등과 불신과 미움밖에 남는 것이 없다고 말했지요." 섬에 돌아온 조 원장은 황 장로의 이 말을 기억하고 실천하고, 섬사람들과 운명 공동체가 되기 위해 애쓰고 있다는 것을 읽을 수 있습니다.

이 소설은 소록도라는 실제 섬을 무대로, 그 섬의 주민들인 한센병 환자들의 이야기를 바탕으로 하고 있습니다. 주인공인 조백헌 원장은 실제로 두 차례에 걸쳐 8년 가까이 소록도 병원 원장을 지낸 조창원 씨를 모델로 하고 있습니다. 오마도 간척 사업 역시 조창원 원장 시절의 실화에 바탕을 두고 있다고 합니다.

한편으로 이 작품은 정치적인 상징을 품고 있습니다. 소설 첫머리에 군복 차림으로 부임하는 조 원장은 박정희 대통령을 빗대어 표현하고 있으며, 오마도 간척 사업은 박정희 대통령의 산업화, 경제 성장 정책 추진과 겹쳐 보이는 부분이 있습니다. 조 원장 역시 간척 사업을 독려하기 위한 지시문에서 사업을 반대하거나 비방하는 일, 미신과 유언비어를 퍼뜨리는 일 등을 금지하고 있는데요. 박 대통령 시절의 유신 헌법이 연상되기도 합니다.

또한, 이 소설은 지배와 피지배의 문제, 이상적인 사회를 건설하기 위한 노력과 그 과정에서 발생하는 희생에 대한 문제 등을 다루고 있습니다. 풍부한 상징과 철학적, 인문적 질문을 다층적으로 품고 있는 작품입니다. 이 소설을 읽고 친구들과 함께 이야기 나누어 본다면 새로운 질문과 의미의 세계가 열리지 않을까요?

 제갈현소 (대전국어교사모임)

긴긴밤

여러분의 어젯밤은 어땠나요? 혹은 오늘, 긴긴밤에 뒤척이며 잠 못 이루고 있지는 않으신가요? 『그들은 결국 브레멘에 가지 못했다』부터 『메피스토』까지, 루리 작가는 소외된 자들의 아픔과 우정, 그리고 사랑에 대해 이야기합니다. 그중 오늘 소개할 『긴긴밤』은 '위로가 필요한 이에게 어떤 책 선물이 좋을까?'라는 질문에 빠지지 않고 등장하는 책입니다. 지금부터 제21회 문학동네 어린이문학상 대상을 수상한 이 책이 왜 여러 사람의 마음을 울렸는지 세 가지 열쇠말로 만나 보겠습니다.

🔑 첫 번째 열쇠말_ **긴긴밤**

이름 없는 펭귄이 밤하늘을 바라보며 자신의 아버지였던 치쿠, 윔보, 노든을 회상하는 내용으로 시작하는 이 소설의 첫 주인공은 코뿔소 노든입니다. 노든은 코끼리 고아원에서 자랐습니다. 노든은 자신을 가족으로 받아 주는 코끼리 속에서 행복했지만, 존재에 대한 질문이 삶 속으로 들어오면서 용감하게 세상 밖으로 나갑니다. 하지만 아내와 딸도, 동물원에서 만난 친구 앙가부도, 모두 뿔 사냥꾼으로 인해 잃고 맙니다. 그 후 노든은 깊은 상실감에 빠지지요. 하지만 전쟁으로 동물원이 파괴되면서 동물원 밖으로 나갈 수 있게 된 노든은, 알이 든 양동이를 입에 문 까칠한 펭귄 치쿠와 동행합니다. 쉽사리 잠들지 못하는 이들의 밤을 작가는 '긴긴밤'이라고 표현했습니다.

'긴긴밤'은 상실의 순간임과 동시에 아픔을 치유하는 시간이지요. 여기에 덧보태 긴긴밤은 지혜의 시간이기도 합니다. 소설을 읽으면서 두 가지 지혜를 떠올리게 되는데요. 하나는 현명한 코끼리들의 지혜입니다. 덩치도 크고 많은 재주를 가진 코끼리들이, 모습이 다른 어린 코뿔소 노든을 배제하지 않고 포용해 주는 모습은 노든이 만난 첫 번째 지혜였을 것입니다. 코끼리들은 강하지만 스스로의 목숨도 남의 목숨도 함부로 여기지 않습니다. 훌륭한 코끼리가 되고도 싶지만 코뿔소 무리의 삶에 대한 호기심에 좀처럼 잠들지 못하던 긴긴밤, 현명한 코끼리들은 노든에게 '너는 이미 훌륭한 코끼리이니, 훌륭한 코뿔소가 되는 일만 남았군.'이라며 지혜의 속삭임을 건네지요.

또 다른 지혜는 긴긴밤 속에서 끊임없이 이야기 나누며 되살아나는 코끼리들, 노든의 아내와 딸, 앙가부, 웜보와 치쿠, 그리고 노든, 각자의 경험들이 전해지면서 노든과 펭귄에게 스며드는 지혜입니다. 분리된 각자의 경험은 참 보잘것없습니다. 하지만 그것들이 엮이고 쌓이면서 노든에게, 그리고 어린 펭귄에게 큰 삶의 지혜로 다가옵니다. 실제 우리 삶에도 세대를 걸쳐 가며 배움이 아닌 삶의 체험으로 전해지는 지혜들이 있습니다. 단시간의 학습을 통해 얻는 지식이 아닌 긴긴 삶의 체험 속에서 다듬어진 삶의 지혜들이지요. 우리에게도 아버지, 할아버지의 경험들이 공동체의 소중한 지혜로 전해져 내려오던 시간들이 있었습니다. 옛날이지만요. 요즘과 같이 과학 기술이 첨단을 달리는 시대에는 그리 큰 효용이 없어 보이기도 합니다. 경험이 쌓이는 시간보다 훨씬 빠른 속도로 변해 가는 세상이니까요.

이 소설에서 전개되는 시간은 참 편안합니다. 코끼리, 코뿔소, 펭귄, 초원과 바다, 그리도 낮과 밤의 변화들이 만들어 낸 시간의 흐름은 요즘 우리의 시간과는 참 다릅니다. 지금 우리 삶의 속도는 편안한가요? '오래된 어제'처럼 느껴지는, 전해 내려오는 삶의 지혜들의 상실에 대한 아쉬움이 소설을 떠올릴 때마다 길게 남습니다.

'성장'이라는 말은 '상실'과 '치유'를 묶을 수 있는 말이라는 생각이 듭니다. 안정적이고 편안한 상태에서는 어떤 존재도 성장할 수 없지요. 상실한 것을 되찾거나 이겨 내면서 우리는 성장할 수 있습니다. 노든이 자신이 겪은 상실 중 하나만 겪었다면, 이름 없는 펭귄에게 어른스러운 모습을 보이기 힘들었을 겁니다. 밤이 길고 길수록, 상실에 의한 고통을 받으면 받을수록 우리는 그만큼 성장할 수 있습니다.

그런데 상처만 받아서는 성장할 수 없습니다. 당연히 치유의 시간도 필요하지요. 영원히 상실하기만 하면 좌절할 수밖에 없으니까요. 다만, 그 치유의 시간도 상실의 고통과 마주했을 때 가능하다고 생각합니다. 노든이 이름 없는 펭귄에게 자신의 이야기를 꺼내는 장면이 있는데요. 만약 이 장면이 없었다면 노든은 영원히 자신의 아픈 과거에 갇혀서 복수심만 가진 존재로 남았을지 모르겠다는 생각이 듭니다. 자신의 고통을 다른 존재에게 솔직하게 털어놓고 위로받을 때, 그 상처는 치유되고, 치유된 만큼 성장하는 것 같습니다. 그래서 이 책에서 '긴긴밤'은 존재가 성장하는 시간이라고 생각합니다. 그 과정에서 자신의 상처를 드러내는 데는 시간이 걸리고, 치유되는 시간 역시 많이 걸리기 때문에 '길고 긴 밤'이라는 의미로, 작가는 그냥 '긴 밤'이 아닌 '긴긴밤'이라고 표현한 것은 아닐까요?

🗝️ 두 번째 열쇠말_ **그림**

　어린이 문학 또는 동화라는 장르는 글이 전하는 메시지도 있지만, 그림이 전하는 메시지 또한 큽니다. 책을 만들 때 책 디자인이나 삽화, 사진 등을 넣을 때 작가의 의도를 신중히 담아내기 때문입니다. 그리고 중간중간 들어간 그림은 글로 전달하기 힘든 책의 분위기를 만들어 내기도 하지요. 진지하면서 은근히 어둡고 슬픈 이야기임에도 우리가 아름답게 읽을 수 있는 것은 이 책에 있는 그림들이 부드럽고 따스한 색감으로 아름답게 그려졌기 때문입니다.

『긴긴밤』을 다 읽고 난 후, 첫 느낌으로 다가온 것은 무거운 슬픔이었습니다. '무겁다'라는 수식 외에 더 무엇을 붙일 수 있을까 싶을 정도로 이야기 속 슬픔이 너무 컸습니다. 예전 어느 연수에서, 우리가 그 감정을 이해하거나 일상에서 자주 표현하는 감정의 낱말이 수많은 감정 표현 낱말들 중 극히 일부라는 것을 알고서는 꽤 충격을 받은 적이 있습니다. '아, 그래서 사람들이 살면서 말로 다할 수 없는 상황, 감정, 생각들이 있는 것이구나.' 하는 생각도 했지요. 이 책의 그림들이 바로 그런 것이 아닐까 생각합니다.

　인간들이 노든의 아내와 딸을 살육하고 떠난 뒤, 노든이 돌아와 이를 목도하는 부분, '밤보다 길고 어두운 암흑이 찾아왔다.'라는 구절과 함께 한 쪽 전체를 가득 채운 어둡고 옅은 오렌지색 하늘 배경 아래 까맣게 음영만 드러난 코뿔소의 모습이 아주 낮게 그려진 그림이 나옵니다. 노든의 가족들에게 일어난 이 상황을 표현하려면 슬픔, 절망, 고통, 비극, 쓰라림, 속상함, 애가 탐, 피 끓는, 또 어떤 낱말들이 있을 수 있을까요? 때론 말보다 한 장의 그림이 더 많은 말을 하고 있음을 이 책의 그림들을 통해 느낍니다.

　노든의 새까만 눈동자 사이에 비치는 꼬마 펭귄의 모습도 계속 머릿속에 남는 그림입니다. 꼬마 펭귄과 바다를 찾으러 가는 둘만의 여정을 떠났지만, 더는 나아갈 힘이 없어 주저앉은 노든에게 인간들이 다가왔고, 다급해진 펭귄은 최선을 다해 노든의 주변에 똥을 찍찍 뿌리고 도망갑니다. 그때 간신히 눈을 뜬 노든은 펭귄에게 장하다고, 하지만 도망가라고 눈빛으로 말합니다. 아버지로서, 끝까지 펭귄을 지키려고 애쓰는 부정을 보여 주는 장면입니다. 죽음의 순간에도 나보다 더 사랑하는 존재를 생각하는 그 마음이, 노든의 눈동자 속에서 맴돌고 있었습니다. 누군가를 위해 최선을 다한 것이 언제인지 돌아보게 된 장면이기도 합니다.

또한 이 책의 그림들을 보다 보면, 작품 속 시간의 흐름에 나의 호흡이 서서히 스며들고 있다는 느낌을 받습니다. 글을 읽는 시간보다 조금 더 느리게 그림을 읽다 보면, 자기만의 바다를 찾아가는 긴긴밤의 여정에 걸맞는 속도를 가질 수 있습니다. 그 조화 속에서 소설의 감동은 조금 더 커질 수 있겠지요.

🔑 세 번째 열쇠말_ **특별함**

노든은 자신에게 훌륭한 코끼리가 되었으니 훌륭한 코뿔소가 되는 일만 남았다고 말해 주는 코끼리들을 떠나, 엉뚱하지만 특별하다고 말해 주는 아내를 만나게 됩니다. 자연 속에서 살아가는 법에 서툰 남편이지만 아내는 다르다고 배척하지도, 책망하지도 않았죠.

자신이 누구냐는 질문을 하며, 이름을 갖고 싶다는 꼬마 펭귄에게 노든은 말합니다. '이름이 없어도 네 냄새, 말투, 걸음걸이만으로도 너를 충분히 알 수 있으니까 걱정 마. 누구든 너를 좋아하게 되면, 네가 누구인지 알아볼 수 있어. 그게 바로 너야.' 작품에서 노든, 치쿠, 윔보, 앙가부와 같은 이름은 모두 동물원에서 인간이 붙인 것입니다.

자연 속에 존재하는 것들은 이름이 없습니다. 우리가 갖고 있는 이름도 실은 스스로 지은 것이 아니라 태어날 때 타인이 부여한 것이지요. 그래서 노든은 펭귄에게 너라는 존재의 특별함은 이름이 아니라 너로 당당히 설 때 생겨나는 것이라고 말해 주고 싶었는지 모르겠습니다.

이름이 생긴다는 것, 나만의 특별함을 부여받는다는 것은, 어쩌면 뭔가를 자꾸 규정짓는 일인지도 모르겠습니다. 마치 노든이 '노든'이라는 이름을 갖게 된 것, '지구상에 마지막 남은 흰바위코뿔소'라는 특별함을 부여받게 된 것처럼요. 모든 존재는 성장 과정에서 자아가 생겨납니다. 남과는 다른 '나'만의 모습, 생각, 성격, 습관 등등이 각자의 경험 속에서 생겨나지요. 모두가 특별한 존재이고, 그 존재 자체가 이름이 될 수도 있지요. 그런데 이것이 성장 과정에서 단순히 너와 나의 다름이 아닌 '너는 왜 달라?'로 인식하는 순간, 경계와 차별, 나아가 대상화로 인한 폭력이 생기는 것은 아닐까요?

소설 속에서 노든은 자신이 코끼리이건 코뿔소이건 상관하지 않습니다. 펭귄도 마찬가지지요. 노든의 곁을 떠나기 싫은 펭귄은 '코뿔소로 살게요. 내 부리를 봐요. 꼭 코뿔같이 생겼잖아요.'라고 말합니다. 어쩌면 노든은 뿔 같은 코를 가진 코끼리이고, 펭귄은 부리처럼 생긴 뿔을 가진 코뿔소라고 생각할 수도 있겠습니다. 차별이 없는 생각 위에서 훌륭한 코끼리는 훌륭한 코뿔소로, 훌륭한 코뿔소는 훌륭한 펭귄으로 성장할 수 있음을, 이 소설을 통해 깨닫게 됩니다.

'특별하다'는 말은 사전에 '보통과 구별되게 다르다'라고 풀이되어 있는데요. 그렇다면 보통이 무엇인지를 알아야 특별함을 정의할 수 있겠지요? '보통'을 사전에서 찾아보면, '특별하지 않은 것 또는 중간 정도'라는 뜻을 가지고 있습니다. 그렇다면 보통에 딱 맞는 존재는 이 세상에 있을까요? 어쩌면 '보통'은 마치 표준어처럼 사람들이 이럴 것이라고 정의한 일종의 허상은 아닐까요? 결국, 개별성을 지닌 모든 존재는 다른 존재에 비해 특별할 수밖에 없는 존재입니다. 특별하지 않은 존재는 없는 것이지요. 그래서 오히려 특별한 것이 보통의 존재라는 생각을 하게 됩니다.

소설에서 코끼리들은 노든의 코가 다른 것을 보고도 왜 코가 보통 코끼리들처럼 생기지 않았냐고 하지 않고, 코뿔소의 특별함을 인정합니다. 주변의 특별함을 특이하다거나 유별나다고 생각하고, 이를 보통의 모습으로 재단하려고 하지 않았는지 주변을 돌아볼 필요가 있을 것 같습니다. 특별한 것이 보통이기 때문에, 특별함을 기본으로 인정하는 태도가 필요하다고 생각합니다.

지금까지 세 가지 열쇠말로 만나 본 『긴긴밤』, 어떠셨나요? 여러분도 꿈의 바다를 만나길 바라며, 이상으로 마치겠습니다.

 성은주 (대구국어교사모임)

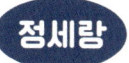

리셋

    정세랑 작가의 단편 소설 「리셋」을 소개하려는 이유는 작가의 말이 너무나도 인상적이었기 때문입니다. 작가는 「리셋」을 쓰게 된 계기에 대해 이렇게 설명합니다. '나는 23세기 사람들이 21세기 사람들을 역겨워할까 봐 두렵다. 지금의 우리가 19세기와 20세기의 폭력을 역겨워하듯이 말이다.……중략……미래의 사람들이 이 시대를 경멸하지 않아도 될 방향으로 궤도를 수정할 수 있으면 좋겠다.' 이 문장이 제 마음을 콕콕 찔렀는데요. 정말 작가의 말처럼, 우리가 과거의 인류가 저지른 잘못을 부끄러워하듯이, 미래의 사람들은 지금 우리가 하는 행동을 수치스러워할지도 모를 일입니다.

    제목에서 알 수 있듯이, 「리셋」은 지금 이곳의 지구를 되돌리는 이야기입니다. 멸망과 멸종이 다가오는 시점에 거대한 지렁이들이 등장해서 역겨운 인류 문명을 갈아엎습니다. 역겨운 인류 문명을 갈아엎는다는 것이 어떤 상황인지 상상이 가시나요? 인간의 끝없는 욕망이 결국 지구를 파괴한다는 것입니다. 우리가 현재 걱정하고 있는 환경 오염과 생태계 파괴, 넘쳐 나는 플라스틱 쓰레기 문제, 기후 위기가 지구의 종말을 불러왔고, 미래에서 온 지렁이가 지구를 새롭게 태어나도록 합니다. 이 지렁이들에게는 비밀이 있는데요, 반전이 궁금하지 않으신가요? 지금부터 '갈등', '생명', '연대'라는 세 가지 열쇠말을 통해 그 궁금증을 함께 해소해 보도록 하겠습니다.

🗝 첫 번째 열쇠말_ **갈등**

'갈등'은 소설의 구성 단계 중 하나인데요, 이 작품에서 다루고 있는 갈등은 어떤 점이 특별할까요? 이 소설을 읽고 나면, 누구라도 기후 위기, 생태계 파괴 문제를 제일 먼저 떠올릴 것 같습니다. 이런 문제들이 재앙으로 닥치고, 그제야 소수의 살아남은 인간들이 환경에 대한 깨달음을 얻는 그런 이야기가 그려집니다. 재난 영화나 공상 과학 영화에서도 비슷한 이야기가 많이 나오지요. 그런데 저는 이 작품에서 지구에 대한 인간의 생태적 관점과 인간이기에 가질 수밖에 없는 인류애라는 가치의 충돌을 느꼈습니다. 지구를 위할 것인가, 인류를 위할 것인가? 그 사이의 갈등이 떠올랐던 것이지요.

'앤, 모른 척해 줘요. 지구를 위해 지렁이를 위해.' 미래에서 온 사람들을 피해 숨어 있는 이 소설 속의 세 번째 서술자인 앤에게, 미래에서 온 사람들이 남겨 놓은 메시지입니다. 앤이 지렁이를 보내는 일에 함께했다는 것을 눈치채셨나요? 미래에서 온 사람들은 숨어 있는 앤의 존재를 이미 알고 있어요. 그것은 곧 그들이 미래의 앤과 어떤 식으로든 관계가 있다는 의미지요. 찰나의 순간에 앤은 이러한 맥락을 간파하고, 어떤 행동을 취할 것인지, 결정을 내립니다. 이들의 방문을, 그리고 미래가 설계한 현재의 재앙에 대해 침묵하기로 결심하지요. 인간을 초월한 전 지구적 생태에 이로운 길을 선택한 것입니다. 앤은 생태와 인간의 대립에서 인간을, 아니 인간의 욕망을 사라져야 할 것으로 판단한 것입니다. 자신의 판단이 어쩌면 인류의 멸종을 가져올 수도 있는데 말이에요.

하지만 인류는 멸종하지 않습니다. 어느 날 갑자기 지렁이들은 활동을 멈추고 이내 소멸합니다. 수십 년이 지난 후 인류는 슬기롭게 절제하는 삶을 살며, 지구 안에서 다른 생물종들과 공존합니다. 앤이 지구와 인간 사이에서 지구를 선택함으로써 얻어진 선물처럼요. 비현실적이지요? 그러니 소설이지요. 가만히 보니, 이 소설의 진짜 갈등은 인간의 욕망에서 비롯된 것 같습니다. 소설은 인간의 욕망이 불러올 재앙에 대한 경각심을 불러일으키지요. 그레타 툰베리의 작지만 큰 행동도 떠오르고, 언젠가 읽었던 남미 시에라네바다산맥에 사는 아루아코족이 예견한 지구의 생태 위기에 대한 이야기도 생각납니다.

'탄소 중립'이니, '탄소 제로'니, '지구 온도 상승 마지노선 1.5도'니, 하는 말들이 마치 선언처럼 쏟아지는 시대입니다. 가능할까요? 좀 더

발달된 과학 기술 문명이라면, 이 문제들을 해결할 수 있을까요? 어쩌면 이 소설이 던지는 메시지처럼 인류의 멸종까지도 포함한 인간의 욕망을 내려놓는, 어떤 결단이 필요한 시점은 아닐까요?

🔑 두 번째 열쇠말_ **생명**

이 소설은 환경 문제와 관련된 화두를 끊임없이 던지고 있습니다. 그리고 이런 환경 문제와 늘 함께 얘기되는 것이 '생명'입니다. 지구는 인간, 동물, 식물 등 여러 생명이 함께 살아가는 공간입니다. 그러나 인간의 탐욕은 지구를 인간에게만 살기 좋은 행성으로 만들었지요. 하지만 인간이라고 다른 생명체와 다를까요? 지구의 다른 종보다 뛰어나니까 지구를 마음대로 만들어도 되는 걸까요? 아니었습니다. 결국 지구는 인간에게도 살기 어려운 행성이 되고 말죠.

최근 동물권에 대한 관심이 커지고 있습니다. 동물권이란 쾌락과 고통을 느낄 수 있는 존엄한 생명체로서, 동물이 가지는 권리입니다. 소설 곳곳에 동물에 대한 이야기가 나옵니다. 우선, 멸종 동물에 대해 서술하는 부분을 살펴볼까요? 사람들은 귀여운 종이 사라지면 짧게 탄식한 후 스티커 같은 것을 만듭니다. 멸종을 안타까워할 뿐 문제를 해결하거나 원인을 밝히려는 생각은 하지 않지요. 심지어 못 생기거나 보이지 않는 종이 죽는 것에는 관심도 없습니다. 어쩐지 지금 우리의 모습과 닮지 않았나요?

리셋 이후의 세상은 어떻게 바뀌었을까요? 인류는 지하로 들어가고 지상을 다른 종들에게 내어줍니다. 지압을 견딜 수 있는 좋은 인간이 유일했기 때문이지요. 종 차별 금지법도 통과됩니다. 지금 우리가 차별 금지법에 대해 얘기하는 것에서 한 걸음 더 나아간 모습이지요. 바다를 식량 창고로 여기던 풍습은 사라지고, 마지막 양식장까지 철거됩니다. 뜨거운 논쟁을 겪고 있는 동물원 문제도 등장하는데요. 리셋 이후의 인류는 동물원의 흔적을 보며 토하기도 합니다. 미래 사람들이 21세기 사람들을 역겨워하는 모습이지요. 너무 이상적인 이야기로만 들리시나요? 작가는 이 작품을 통해 이렇게 평화로운 지구도 존재할 수 있음을 알려 주고 싶었던 것 같습니다. 적어도 소설 속에서는 모두가 행복해 보이니까요.

사실 소설을 읽는 내내 따라다닌 생각이 있습니다. 지구를 리셋한 생명체가 왜 하필 지렁이였을까요? 어렸을 때 걸어가다 지렁이를 발견하면 소리를 지르며 도망갔던 기억이 있습니다. 지렁이를 그저 징그러운 생명체로만 생각했기 때문이지요. 그나마 몸집이 작아서 두렵지는 않았던 것 같아요. 그러나 소설에서는 인류에게 충분히 위협적인 거대한 지렁이가 등장합니다. 너무 무섭게 느껴집니다. 거기다 이 지렁이는 인류 문명을 모두 삼켜 버립니다. 소설에서 지렁이는 우리가 버리고 처치하지 못하는 플라스틱과 휘발성 유기 화합물, 도시를 이루는 거의 모든 구성물을 먹어 치웁니다. 모든 걸 집어삼켜 지구를 멸망시키려는 의도일까요? 아닙니다. 이 거대 지렁이는 지구의 문제를 해결하기 위해 구원자처럼 등장한 생명체였지요. 실제로도 지렁이는 땅을 풍요롭게 일구는 역할을 합니다.

　리셋 이후의 세상에서는 지구상에서 마지막 거대 지렁이가 죽은 날을 '해방의 날'로 정해 기념하고 있습니다. 더 이상 거대 지렁이가 필요 없는 지구를 만들었기 때문이겠죠? 우리가 어떤 생명들과 지구를 공유하고 있는지 다시 한번 생각해 볼 시간이 온 것 같습니다.

🗝 세 번째 열쇠말_ **연대**

　'연대'라는 열쇠말을 이해하기 위해서는 우선 이 소설의 구성을 살펴봐야 할 것 같아요. 이 작품은 인류가 겪는 일련의 사건을 일기 형식으로 기록하여 전달한다는 점도 독특하고, 네 개의 작은 이야기들로 구성되어 있다는 점도 인상적입니다. 큰 틀에서 다 이어지는 이야기지만, 각각 '나는 남쪽/북쪽/동쪽/서쪽으로 걷기로 했다.'라는 부제를 달고, 네 이야기가 기승전결을 이루고 있습니다. 각각의 이야기 배경과 서술자도 모두 다릅니다. 한국, 유럽, 미국, 그리고 싱가포르. 처음엔 생각 없이 쭉 전체 이야기를 읽었는데요. 다 읽고 나서 보물찾기하듯 각각의 에피소드들을 꼼꼼히 다시 살펴보게 됩니다.

　첫 번째 이야기는 한국을 배경으로 합니다. 재앙이 닥친 순간에도 약탈과 강간에 대한 두려움에 인간을 신뢰할 수 없는 장면이 그려지지요. 또한 서술자의 회상을 통해 쓰레기와 과잉 소비로 지구 생태가 파괴되는 현실, 인간과 인간 사이에 어떠한 관계도 맺을 수 없는 곳으로 상징되는, 한국 사회의 문제점을 직설적으로 드러냅니다. 소설이라기보다 현대 사회의 문제점을 진단하는 글의 서두 같은 느낌이 진하게 풍깁니다.

두 번째 유럽 배경에서는, 북극의 어느 섬을 향해 가는 또 다른 서술자의 이야기가 전개됩니다. 긴박한 상황 속에서 나누는 부인과의 통화에서 피해 상황과 사람들의 불안한 심리를 느낄 수 있습니다. 배우자가 대피한 곳이 도시 외곽의 농장이라는 사실이 혹시 실마리를 던지는 열쇠는 아닐까요? 난민을 수용한 경험이 지렁이로부터 유럽을 살리게 되었다는 이야기에서는 그나마 유럽 사회가 현실에서 보여 주는 긍정성을 확인할 수 있습니다. 역시 재앙으로부터 대피한 공간은 숲이었고요.

세 번째 미국 배경에서는, 리셋 시대를 개척해 가는 인류의 모습을 그리고 있습니다. 이 장면에서는 미 서부 개척 시대가 겹쳐 떠오르기도 하지요. 동성 결혼 가정의 자녀인 십 대 소녀, 동양계 여성 전문가, 그리고 중동의 왕자. 배경만 미국일 뿐, 사실 개척을 해 나가는 주인공은 이 사회의 소수자 계층입니다. 두 번째 이야기에 이어, 재앙 상황을 극복할 열쇠의 윤곽이 점점 선명해지는 느낌입니다.

네 번째, 리셋 후 지구 생태와 공존하는 인간의 삶이 그려지는 싱가포르. 재생과 절제의 삶이 표준이 된 인류의 모습이 그려집니다. 그리고 발리 화산 폭발로 위기에 처한 사람들을 구하기 위해 여기저기서 모여드는 사람들의 연대로 이야기는 막을 내립니다.

비로소 드러났습니다. 현실의 재앙을 극복할 열쇠는 바로 '연대'라는 것이요. 이런 생각이 들었습니다. 소설의 표면적 소재는 생태 위기에 따른 지구 재앙이지만, 이게 작가가 이야기하고자 하는 전부일까요? 소설을 다시 되짚어 보면, 생태 위기보다 현실이 안고 있는 인간 소외와 단절의 문제가 더 크게 느껴집니다. 재앙의 모습은 여러 가지일 수 있습니다. 전쟁, 인종, 성별, 성적 지향 등등에 따른 차별과 배제. 이 모두가 사실 인류의 재앙일 수 있습니다. 우리가 재앙으로 느끼지 못할 뿐이지요. 우리 주변에 있지만 절박하지 않아서, 연대 또한 잘 와 닿지 않는 것일까요? 아니면 너무 추상적인 말이라, 아니면 지극히 당연한 개념이라, 현실로 와 닿지 않는 것일까요? 이 소설이 우리에게 던지는 이야기 속에 누가 누구와 어떻게 연대할 수 있는지 방법이 담겨 있는 것 같습니다. 단순히 인류의 연대를 넘어 모든 생명, 나아가 지구와의 연대까지도요. '연대'를 열쇠말로 이 소설을 꼭 한 번 읽어 보시길 권합니다.

'세계는 더디게 더 많은 존재들을 존엄과 존중의 테두리 안에 포함시키는 방향으로 나아갈 거라고 믿는다.'는 작가의 말대로, 너무 늦지 않은 때에 도착한 이 소설이 우리의 내일을 바꿀 수 있길 바라며, 이만 마치겠습니다.

 박영수 (대구국어교사모임)

정은

산책을 듣는 시간

장애를 대하는 태도
제목의 의미
고쳐 쓰기의 위대함

　『산책을 듣는 시간』은 제16회 사계절문학상 대상을 수상한 작품입니다. 최종 심사에서 심사 위원들의 만장일치로 선정되어서 화제가 되었지요. 이 작품을 쓴 정은 작가는 대학에서 컴퓨터공학과 영화를 배웠고, 여러 편의 단편 영화 제작에도 참여했다고 합니다. 서점, 극장, 출판사, 고시 학원, 선거 캠프, 절, 식당 등 다양한 곳에서 일한 적이 있다고 하구요. 매년 한 달 이상 다른 도시에 머물면서 쓴 글과 찍은 사진을 독립 출판물로 만들어 팔기도 했다고 합니다. 이런 여러 경험들이 오늘 소개할 장편 소설 『산책을 듣는 시간』에도 녹아들어 있겠지요.

　저는 이 소설을 '장애를 대하는 태도', '제목의 의미', '고쳐 쓰기의 위대함', 이 세 가지 열쇠말로 이해해 보려고 합니다.

 **첫 번째 열쇠말_ 장애를 대하는 태도**

먼저 이 소설을 읽으면서 가장 놀랐던 부분은 장애를 대하는 태도입니다. 일반적으로 장애를 다룬 여러 작품들은 장애를 불행하고 비참한 것으로, 동정의 대상으로 묘사하는 경우가 많습니다. 그런데 이 소설은 시작부터 다릅니다. 주인공인 '나'는 소리를 듣지 못합니다. 그러나 장애를 가진 것에 대한 거부감이 없으며, 오히려 긍정적으로 바라봅니다. 수화로 세상을 배웠다고 느끼며, 입술의 모양과 손짓과 눈빛으로 대화하는 것이 아름답다고 생각합니다. 그리고 수화로 혼잣말을 하며 걸어가는 자신을 바라보는 사람들의 시선에 대해서도 그다지 신경 쓰지 않습니다. 오히려 자신이 춤을 추고 있다고 생각했을 것이라 여기지요. 그러면서 실제로 새를 쓰다듬는 느낌으로 수화를 하며 걸어 다닙니다.

어떤가요? 주인공이 불행한 것처럼 보이나요? 우리는 장애를 가진 사람들은 삶이 어둡거나 불행할 것이라고 막연히 생각하는데, 이 소설 속 '나'의 모습은 전혀 어둡거나 불행해 보이지 않습니다.

어린 시절 '나'는 엄마와 만든 둘만의 수화로 대화를 나누었습니다. 그때그때 만든 수화라 자랄수록 복잡해져서 나중에는 손짓발짓에 얼굴까지 동원하게 되어 마치 춤처럼 보였지요. 그러다 구화를 배우게 되었습니다. 수화는 손으로 대화를 나누는 언어인데, 구화는 상대가 말하는 입술 모양 따위로 그 뜻을 알아듣고, 자기도 그렇게 소리 내어 말하는 언어입니다.

여덟 살이 되어 특수학교에 가게 된 '나'는 장애에 대한 인식을 하게 됩니다. '나'는 소리를 못 듣는 게 '나'만의 독특한 특성이라고 생각했지, 장애라는 생각을 전혀 하지 않고 살아왔는데, 특수 학교에 다니면서 이것을 장애로 인식하게 되었죠. '나'는 특수 학교가 장애를 가진 사람들에게 특수한 교육을 제공한다기보다는, 보는 게 싫어서 분리수거하듯 분리해 버렸다고 느낍니다.

'나'는 집 밖의 배려 없음에 대해서도 이해가 가지 않습니다. 사람들은 '내'가 못 듣는다는 사실에 화를 내는데, '나'는 그게 이해되지 않습니다. 불편한 건 '나'지 그 사람들이 아닌데, 왜 '내'게 화를 낼까요? '나'의 집에는 곳곳에 전구가 있어서 초인종 소리나 전화 소리가 나면 불빛이 반짝입니다. 그리고 집에선 '나'를 지나치게 신경 쓰지도, 지나치게 배려하지도 않습니다. 하지만 집 밖의 세상은 어떠한가요? 이 부분은 저부터가 참 많이 찔렸던 대목인데요. 소설 속에는 우리가 장애를 가진 사람을 대할 때의 태도에 대해 반성하게 하는 장면들이 꽤 많이 나옵니다.

아무튼 특수 학교에 가게 된 '나'는 수업 시간에는 구화를 하지만, 쉬는 시간에는 수화를 하는 친구들 사이에서 차츰 외톨이 유령이 됩니다. '나'는 정식으로 수화를 배운 적이 없고, 엄마와 만든 수화만 알기에 친구들과 수화로 대화를 나눌 수 없었지요. '나'의 엄마는 '내'가 장애가 없는 사람들과 어울리기를 바랐기에 '내'가 수화 배우는 것을 거부했습니다.

그렇게 외톨이 유령으로 지내던 '나'는 색을 보지 못하고 명암으로만 구분하는 전색맹인 한민이를 만납니다. '내'가 한민이를 처음 보았을 때, 한민이는 아이들이 축구를 하는 운동장 구석에 커다란 골든 리트리버와 함께 있었습니다. 선글라스를 낀 한민이의 눈은 항상 개를 향해 있었는데, 개는 '시각 장애인 안내견입니다.'라고 쓰인 옷을 입고 있었습니다. '나'는 한민이와 개, 그 둘이 '나'의 존재를 알아차리면 좋겠다고 생각합니다. 사랑에 빠지게 된 것이지요. 여러 차례 우연을 가장해 미술실을 찾아간 '나'는 마침내 한민이와 친해집니다.

어느 날 '나'는 경미한 교통사고를 당합니다. 소리를 듣지 못해 일어난 일이지요. 전에도 그런 경험이 있었던 터라, 가족들은 이참에 '나'에게 인공 와우 수술을 받게 합니다. 그런데, 인공 와우 수술을 받은 '나'는 과연 행복해졌을까요? 수술은 성공적이었습니다. '나'는 들을 수 있게 되었지만, 소리가 들린다는 것은 생각했던 것보다 훨씬 나빴습니다. 너무 시끄러워서 정신을 차릴 수가 없었지요. 인공 와우 수술을 받으면 행복해질 거라고 기대한 건 아니었지만, '나'는 생각보다 더 불행했습니다.

침묵의 세계에서 불완전한 소음의 세계로 옮겨진 '나'는 낯선 세상에 적응해 나가기 위해 노력합니다. 하지만 전학 간 일반 학교에 적응하지 못하고, 학교를 그만둡니다. 대학 진학을 앞둔 한민이와도 조금씩 멀어지지요. 설상가상으로 할머니가 죽고, 어머니도 가출을 합니다. 그리고 고모마저 외국으로 떠납니다. 할머니가 '내'게 남긴 돈을 입금하러 은행에 간 '나'는 보이스 피싱을 의심한 은행 직원이 건넨 '내가 도와줄게요.'라고 쓴 메모를 본 순간, 소리 내어 엉엉 웁니다. '나'는 살면서 누군가에게 도움을 요청하지 않으려고 노력했으며, 도움을 주려는 착한 사람들을 싫어했는데, 이제 '나'에게 도움이 필요함을 인정해야 했지요. '나'는 홀로 남겨졌으니까요.

우리는 슬픔을 극복해야 한다는 당위만 배웠지, 충분히 슬퍼하고 충분히 아파해야 함에 대해서는 제대로 배운 적이 없습니다. 홀로 서야 한다는 것만 알았지, 기꺼이 도움을 요청하고 그 도움을 받아들여야 할 때가 있음을 알지 못하지요. 그래서 '애도하는 법을 가르쳐 주는 학교가 있으면 좋겠다.'는 은행 직원의 말은 '나'에게도, 독자에게도 공감을 얻게 되는 것 같습니다.

🔑 두 번째 열쇠말_ **제목의 의미**

온전히 슬픔을 받아들인 후, '나'는 홀로서기를 시작합니다. 고시원에 방을 얻고, 일자리를 알아보지만, 장애가 있다는 사실을 알면 돌아오는 대답은 번번이 '나중에'입니다. 그러다 마침내 새로운 사업을 계획합니다. '산책을 듣는 시간', 이 책의 제목이자 '내'가 시작한 사업의 이름입니다. 어떻게 산책을 듣는다는 것일까요?

산책을 하고 싶은 신청자가 신청하는 이유와 연락처를 메일로 보내면, 함께 산책을 하는 것입니다. 산책하는 동안 신청자가 눈과 귀와 코와 손으로 무엇을 보고 듣고 냄새 맡고 만지는지 그 순간을 나누면서 그것을 들어주는 것이지요. '직업이 무엇인지, 돈이 많거나 적은지, 어떤 병이 있고 과거에 어떤 일이 있었는지 상관없고 궁금하지 않고, 부족한 시간에서 산책할 시간을 만들어 드린다.'는 게 이 사업의 내용입니다.

한민이도 이 사업에 동참하기로 합니다. 산책 신청자가 눈을 감은 한민이를 안내하면서 한민이에게 산책을 하면서 보고 느낀 것들을 자세히 설명하는 것이지요. 그 내용을 녹음했다가, 녹취를 풀어 신청자에게 보내 줍니다. 과연 어떤 사람들이 신청했을까요? 매일 보는 거리에서 새로운 것을 발견하고 싶은 사람들, 화가나 작가가 되려는 사람들, 상심한 사람, 외로운 사람, 좌절한 사람들이 주로 지원합니다. 사업은 번창해서 한민이뿐만 아니라 '나'도 인공 와우 장치를 끄고 사람들과 함께 산책을 시작합니다. 그러면 사람들은 마음을 열고 낯선 감각으로 세상을 보고, 익숙한 것들을 새롭게 발견하고, 그런 감각들을 고백하듯 '내'게 들려주었지요. 산책자들은 산책 전과 후가 다르고, 무언가 변화가 일어났다고 느꼈습니다.

눈이나 귀가 아닌 마음으로 세상을 바라보는 '나'와 함께하는 산책을 통해 사람들은 무엇을 깨달았을까요?

🔑 세 번째 열쇠말_ **고쳐 쓰기의 위대함**

'사계절문학상을 받게 되었다는 소식을 들었을 때 무척 기뻤습니다. 4년째 수정 중인 이 원고를 더는 고치지 않아도 되기 때문입니다.'로 시작하는 작가의 후기에서 생생하고 명징한 문장과 단어들이 어디에서 나오는지 확인할 수 있었습니다. 4년이란 지난한 세월 동안 고쳐쓰기를 거듭해 온 작가님께 무한한 경의를 표합니다.

  소설을 읽다 보면 그동안 미처 알지 못했던, 장애를 가진 사람들의 세상과 생각에 대해 알게 됩니다. 작가는 조심스럽게 '알지 못하는 것에 대해 잘 아는 척 떠들었다는 자괴감이 든다.'고 했지만, 이 소설을 읽으면서 우리가 알지 못하는 세상에 대해 더 많이 알아가고 이해해야겠다는 생각을 합니다. 타인을 온전히 이해하는 것은 불가능할지도 모릅니다. 하지만 기꺼이 시간을 내어 다가가다 보면 절대 일어나지 않을 거라고 생각했던 일들이 일어나겠지요. 그리고 그 걸음들이 모여 작가가 원하는, 그리고 우리 모두가 꿈꾸는 '다양성이 포용되고 존중받는 사회'가 만들어질 것이라고 믿습니다.

  지금까지 '장애를 대하는 태도', '제목의 의미', '고쳐쓰기의 위대함'이란 열쇠말을 통해, 산책을 듣는 시간을 가져 보았습니다. 여러분은 무엇을 들으셨나요?

 김상용 (부산국어교사모임)

어느 날 난민

난민과 강민
이사와 이민
맞서 겨루기에서 균형 맞추기로

　표명희 작가의 장편 소설 『어느 날 난민』은 제목에서 짐작되는 것처럼 난민 문제를 다루고 있습니다. 영종도에 있는 난민 센터를 배경으로, 그곳에 입소한 일곱 살짜리 강민과 외국인 난민들의 갖가지 사연을 통해 난민이 무엇인지, 우리가 난민을 어떻게 대해야 하는지에 대해 생각해 보게 하는 소설입니다.
　저는 세 가지 열쇠말로 '난민과 강민', '이사와 이민', '맞서 겨루기에서 균형 맞추기로'를 뽑았습니다.

🔑 첫 번째 열쇠말_ **난민과 강민**
　이 소설에는 다양한 사연을 가진 인물들이 등장합니다. 가장 먼저 소개되는 인물은 강해나와 강민입니다. 소설의 첫 번째 장은 해나와 강민이 영종도에 온 이야기를 서술합니다. 둘은 남매처럼 보이고, 강민도 해나를 '누나'라고 부르지만, 사실 해나는 미혼모이고 강민은 아들이에요. 아마도 해나는 열일곱 살의 나이에 강민을 낳은 것 같아요. 그래서 강민은 아직 호적도 없는 상태입니다. 둘은 훔친 차에서 지내다가 경찰관 허진수에게 발견되죠. 해나는 허진수의 집에서 한동안 지내고, 강민은 이주민 지원 캠프에서 지내게 됩니다.

이주민 지원 캠프에는 여러 나라에서 온 사람들이 있어요. 먼저, 명예 살인의 피해자인 찬드라. 찬드라는 대학을 나왔지만, 집안에서 정해 준 남자가 아닌 다른 신분의 남자와 결혼했다고 가족들에게 생매장당해 죽을 뻔했죠. 그리고 소수 민족에 대한 박해를 피해, 난민이 된 중국인 가족인 모샤르와 옥란, 그들의 아들 진진과 샤샤가 있죠. 톤레사프 호수 위에서 살던 뚜앙도 있습니다. 뚜앙의 아버지는 베트남전에 참전했다가 탈영한 한국 사람이었는데, 죽으면서 뚜앙에게 한국 국적을 취득하라는 유언을 남겼다고 해요. 대학생 자원봉사자와 아프리카 부족장의 딸로 만난 미셸과 웅가도 있어요. 아버지의 용서와 허락을 받고 결혼해 파리에서 살았지만, 부족 사람들에게 생명의 위협을 받아 망명을 결심했어요. 이 유쾌한 연인들이 한국을 선택한 이유는 유엔 사무총장을 배출한 나라이기 때문이에요.

이들 중에서 난민이 아닌 사람은 강민뿐인데, 아이러니하게도 이주민 지원 센터에 가장 먼저 입소한 사람도 강민입니다. '난민'은 자신의 나라에서 살 수가 없어서 다른 나라에 망명 신청을 한 사람을 가리켜요. 그런 기준에서 보면 강민은 난민이 아니에요. 하지만 강민의 처지를 보면, 다른 난민들과 다를 바가 없어요. 강민과 해나도 원래 살던 곳에서 더 이상 살 수가 없어 섬으로 왔으니까요. 국경을 넘었느냐로 안 넘었느냐로 따지자면 해나와 강민은 난민이 아닙니다. 하지만 소설 앞부분에서 갯벌의 울타리로 사용되는 막대기에 머플러를 묶는 해나의 모습을 보면, 이들도 난민과 다를 바가 없다는 생각이 들지요. 해나는 새로운 삶의 터전을 찾아 영종도에 온 것이니까요.

해나를 도와주는 허진수 경사의 사연은 간단하게만 언급되는데, 집안의 모습이나 해나에게 하는 말을 보면 동성애자인 듯합니다. 그렇게 본다면, 그도 '주류에서 벗어난', 주류가 설정한 '경계를 벗어난' 인물이라는 점에서 난민과 다름없다는 생각이 듭니다.

🔑 두 번째 열쇠말_ **이사와 이민**

해나와 강민이 다른 난민들과 다른 점은 무엇일까요? 전에 살던 곳에서 더 이상 살 수 없게 되어서 섬으로 왔다는 점에서, 해나와 강민이 처한 상황은 다른 난민들과 그다지 달라 보이지 않아요. 해나에게 섬은 서울을 벗어나 선택한 안전지대였고, 다른 난민들도 모두 먼저 살던 곳이 위험해져서 안전지대를 찾아왔죠. 사전을 찾아보면, '이사'는 '사는 곳을 다른 데로 옮김'을 뜻하고, '이민'은 '자기 나라를 떠나 다른 나라로 이주하는 일. 또는 그런 사람'을 뜻해요. 결국 둘의 차이는 국경을 넘는지의 여부에 달려 있겠지요. 요즘은 대부분의 사람들이 국경을 자유롭게 넘나들 수 있지만 누군가에게는 아직도 경계를 넘는 일이 쉽지 않죠. 사실 낯선 곳에 가서 산다는 것은 쉽게 선택할 만한 일이 아니에요. 지금 있는 곳에서 살 수 없게 되는 경우나, 더 나은 삶을 위한 적극적인 선택이 아니라면 대부분은 자신이 살아온 터전에 그대로 머물게 되지요.

공항을 통해 이 섬에 들어온 다른 난민들뿐만 아니라 해나와 강민도 이 섬을 떠나면 갈 데가 없는 암담한 상황입니다. 허진수 경사가 해나에게 몰고 다니는 차가 도난 차량이라고 말해 줬을 때, 해나는 '밝고 환한 세상에서 아이와 함께 추방당한 기분'을 느끼죠. '추방당한 기분'이라는 표현을 보면, 해나나 강민도 난민과 다를 바가 없다는 생각이 들어요. 그래서 외국인 지원 캠프에서도 강민을 받아 준 것인지도 모르고요.

하지만 강민의 경우는 개인적인 선의에서 비롯된 특수한 사례이고, 난민으로 인정되는 건 결코 쉬운 일이 아닙니다. 찬드라는 난민으로 인정받았지만, 뚜앙은 인정받지 못해 결국 자살을 택해요. 공항에 있는 송환 대기실에서 난민 신청이 받아들여지지 않아 자살한 터번 쓴 남자처럼요.

우리나라는 다른 나라에 비해 난민 인정률이 높지 않은 나라예요. 제주도에 예멘 출신 난민이 대거 입국했을 때도 많은 사람들의 반응은 마치 테러리스트를 대하는 듯한 느낌이었지요. 사실 그들은 테러를 피해서 온 사람들이었는데 말이에요. 우리나라 사람들은 난민을 불청객, 잠재적 테러리스트로 생각하는 경향이 있는 것 같아요. 분단 이후 오랫동안 국경이 폐쇄된 채 살다 보니 자유롭게 국경을 넘나드는 일이 낯설어서 더 그런 것 같습니다. 하지만 이제는 좀 바뀌어야 하지 않을까요?

해나에게 보살핌을 제대로 받지 못하는 강민은 정상과는 거리가 먼 행동을 할 때가 많아요. 며칠씩 잠을 안 자고 밥을 안 먹기도 하고, 갑자기 폭식을 하기도 하죠. 폭식하는 강민의 모습이나, 금식과 기도를 하는 이슬람 신자들의 모습은, 한 가지 기준에서 보면 이상해 보입니다. 하지만 사람들이 놓인 환경이나 상황은 모두 다르고, 각자가 그 상황에 적응하며 사는 거라고 생각하면 충분히 이해할 수 있는 모습이지요.

🔑 세 번째 열쇠말_ **맞서 겨루기에서 균형 맞추기로**

섬에 '난민 보호 센터'가 들어서는 것에 대해 지역 주민과 시민 단체는 서로 다른 반응을 보여요. 난민 센터 건립을 반대하는 지역 주민들은 울타리인 하얀 펜스가 너무 낮고 허술하다며 치안을 걱정합니다. 반면, 시민 단체에서는 철제 펜스가 강제 수용 시설을 연상시킨다며 반대하지요. 주민들의 거부감 때문에 이름도 '난민 보호 센터'에서 '이주민 지원 캠프'로 바꾸었지요. 김영묵 주임이 제안하고, 진소희 소장이 생각해 냈죠.

이주민 지원 센터에서 근무하는 김 주임과 진 소장도 매력적인 인물들입니다. 둘은 대학 선후배 사이인데, 김 주임은 학생 운동을 하느라 대학을 늦게 졸업해 10년 아래인 진 소장을 알게 됐죠. 대학을 졸업하고 사법 시험을 준비하다 실패한 후, 뒤늦게 말단 공무원이 된 김 주임은, 어찌 보면 실패한 인생이라고 할 수 있어요. 법무부 공무원으로 승승장구하다 암을 앓고 난 후, 자원해서 난민 센터에 온 진 소장 역시 지금까지와는 다른 인생길을 걷고 있는 인물이고요.

　두 사람은 난민 센터를 법이 아닌 인권의 관점에서 운영하기 위해 최선을 다합니다. 인생에서 산전수전 다 겪은 김 주임은 저쪽이나 이쪽이나 바라보는 방향만 다를 뿐 어차피 같은 시소에 올라앉아 오르락내리락하고 있는 것 같다고 생각합니다. 맞서서 힘을 겨룬다는 게, 넓게 보면 균형을 맞추느라 안간힘을 쓰는 것에 다름 아니라는 생각을 하지요. 그러면서 이러저러한 시각들이 모여 진실이라는 실체에 조금씩 접근해 가는 것이라고 생각하죠. '회색'의 의미에 대해서도 새롭게 규정해요. 이쪽 편에도 어울리고 저쪽 편에서 봐도 크게 튀지 않는, 동화되기 쉬운 색이라고. 그리고 그것이 노화나 퇴색이 아니라 유연성이길 바랍니다. 어떤가요? 삶의 연륜이 느껴지지 않나요? 김 주임을 보면 어떤 경험을 하며, 어떻게 사느냐에 따라 세상을 보는 관점이 달라질 수 있다는 걸 알게 됩니다.

　그런 점에서 마지막으로 미셸과 웅가 이야기를 해 볼까요? 이들은 다른 난민들과 다르게 밝은 사람들입니다. 이 두 사람을 보면, 어떤 가치관과 삶의 방식을 갖느냐가 삶의 모습을 결정짓는 데 큰 역할을 한다는 생각이 듭니다. '제3 세계에 가서 봉사하며 여행하듯 사는 것'이 꿈이라는 미셸은 비록 난민 신세지만, 그 상황에서도 자신의 꿈을 실현하려고 노력합니다. 그리고 그런 미셸의 꿈이 실현될 수 있도록 도와주는 웅가. 두 사람의 모습이 참 멋있어 보였어요. 미셸이 기획한 파티는 어떻게 보면 실패로 끝났지만, 관객으로 참여한 사람들도 각자 자신의 위치에서 뭔가 하나씩 역할을 하며 즉흥극 한 편을 완성한, 성공한 공연이었죠. 아마도 모두에게 잊지 못할 파티가 되었을 거예요.

  난민을 대하는 우리 사회의 모습도 지금은 맞서 겨루는 것처럼 보이지만 균형을 맞춰 가는 과정이라고 생각하고 싶어지는 소설입니다.

  우리 삶이 언제든 나의 의지와 상관없이 전개될 수 있다는 것, 그렇기 때문에 남의 입장에서도 한번쯤 생각해 보며 살 수 있어야 한다는 것, 각자의 삶의 모습은 엄청난 차이가 아니라 사실 종이 한 장의 차이일 수도 있다는 것을 생각해 보면 좋겠습니다. 그래서 좀 더 너그럽고 포용적인 마음을 갖고, 그것을 표현하고 실천하며 살면 좋겠다는 생각을 해 보게 됩니다.

박미연 (교육과정모임)

김초엽

지구 끝의 온실

재건
지구
마음

최근 SF 소설이 베스트셀러에 올라 독자들의 폭넓은 사랑을 받고 있는데, 김초엽 작가는 단연 이 흐름의 중심에 있는 작가라고 할 수 있습니다. 포항공과대학에서 생화학을 전공한 작가는 2017년 「관내분실」과 「우리가 빛의 속도로 갈 수 없다면」으로 제2회 한국과학문학상 중단편 대상과 가작을 수상하며 작품 활동을 시작했습니다. 소설집 『행성어 서점』, 『방금 떠나온 세계』를 비롯해 논픽션 『사이보그가 되다』 등 활발한 작품 활동을 벌이고 있으며, 2019년 오늘의작가상, 2020년 젊은작가상을 수상했습니다.

이번 시간에는 참신한 과학적 발상과 소재, 긴 호흡의 감동을 선사하는 장편 소설 『지구 끝의 온실』을 '재건', '지구', '마음'이라는 세 가지 열쇠말로 풀어 보려 합니다.

 첫 번째 열쇠말_ **재건**

소설 속에서 여러 번 반복되는 '재건'이라는 단어는 작품 전체에 걸쳐 특정한 분위기와 이미지를 드리우고 있습니다.

2055년 자가 증식하는 먼지들인 '더스트'가 지구를 뒤덮어 인류의 멸망을 가져오는 듯했으나, 2064년에 세계 더스트대응협의체의 광범위한 광역 살포를 통해 2070년 5월에 완전 종식되었지요. 소설은 그로부터 60년이 흐른 2129년의 세계를 다루고 있습니다.

이야기의 바탕이 되는 더스트 시대는 모든 생명을 소멸시키는 디스토피아를 떠올리게 합니다. 절망, 비극, 불안, 종말이 관통하는 시대임에도 소설의 느낌은 희망적입니다. 소설을 읽는 내내 불안하고 막막한 기분이 들지 않고, 마음 한편에 희망을 품을 수 있는 이유는, 재건의 과정을 거쳐 일상으로 돌아온 사람들이 현재를 살아가고 있기 때문입니다.

소설의 현재는 종식 이후를 그리고 있고, 더스트 시대는 과거의 이야기로서 등장하고 있지요. 더스트생태연구센터, 인기 없는 더스트생태학, 과거를 역사의 일부로 받아들이고 완벽한 일상을 살아가는 사람들의 모습, 더스트 시대에 사라져 버린 작물 품종을 복원하는 프로젝트의 일환으로 재배된 산딸기를 진지하게 맛보는 연구원들의 모습을 위트 있게 그리기도 합니다.

소설은 어느 날 갑자기 상상하기 어려운 위기가 닥친다고 해도, 사람들은 현실을 딛고 결국 일상을 살아가게 될 것이라는 희망을 보여 주고 있습니다. 코로나19 바이러스가 일상을 뒤흔들었던 시절에도 함께 위기를 극복하고, 코로나가 종식되자 일상을 회복하기 위해 노력했던 우리의 모습처럼 말이지요.

🔑 두 번째 열쇠말_ 지구

'지구'는 그토록 사람들이 지키고 싶었던 우리의 세상을 뜻합니다. 그리고 이 지구는 인간만이 사는 세상이 아니라는 당연한 사실을 직시하게 합니다.

더스트 시대의 원인을 제공한 인간은 돔을 만들 때조차 인간이 아닌 다른 생명체는 철저히 배제합니다. 뿐만 아니라 더스트에 내성을 가진 사람들을 내성종이라 부르며, 그들을 사냥하고 실험의 도구로 사용하지요. 소설은 그런 이기적인 인간들 사이에서 살아남아, 지구를 구한 식물의 이야기를 중심에 두고 있습니다.

더스트 시대에 유례없는 번영을 누린 덩굴 식물 모스바나는 인간들이 돔 안에서 죽어 갈 때 우점종으로 살아갑니다. 그리고 그 영광의 시대가 끝났을 때, 모스바나는 기꺼이 그 자리에서 물러납니다. 모스바나는 모순되게도 자신의 경쟁력을 만드는 더스트라는 환경 자체를 무너뜨리는 식물이었지요.

모스바나는 원래 더스트를 닮은 생물입니다. 그 자체로 끊임없이 증식하고, 공격하고, 침투하는 성질을 가졌지요. 동시에 단일 바이러스 하나에도 멸종에 이를 수 있는 취약한 생물이기도 했습니다. 그래서 더스트와 함께 역사의 저편으로 사라질 것이라고 예상되었지요. 그런데 모스바나는 공존과 유전적 다양성을 습득하고, 인간에게 적응해 독성을 점점 낮추고, 염증을 일으키는 가시의 크기를 작게 만들고, 눈에 띄는 발광성 돌연변이를 상실하면서 더스트 시대의 흔적을 지우는 형태로 살아남았습니다. 그렇게 더스트 시대 이전부터 존재했던 잡초들처럼 희미하게 모습을 감춘 것이죠.

정점에서 추락하지도 않고, 끝도 없이 정복을 향해 가다가 멸종하는 것도 아닌 결말입니다. 거창한 뜻을 가지고 생색을 내며 물러나는 것도 아닌, 누군가를 밟고 살아남으려는 것도 아닌, 그저 변화하는 세상에 맞추어 소중한 생명을 이어 나가는 자세만을 보여 주고 물러난 모스바나. 이 모든 비극을 초래한 인간의 입장에서 볼 때, 모스바나는 미안함을 넘어 경이로움을 느끼게 합니다. 우리 인간이 어디까지 어리석을 수 있는지, 또 얼마나 작고 초라한 존재인지 반성하게 하지요.

🔑 세 번째 열쇠말_ **마음**

'마음'은, 모스바나의 정체를 밝히기 위한 아영의 추적이 가리키는 결말을 보여 줍니다.

강원도 해월의 폐기 구역에서 유해 잡초가 이상 증식하는 현상이 나타납니다. 민가에 막대한 피해를 입힐 지경에 이른 덩굴 식물의 정체를 밝히기 위해 산림청은 생태연구센터에 지원을 요청합니다. 생태학 연구원인 아영은 이 임무를 담당하게 되지요. 광활한 지역을 뒤

덮은 덩굴 식물을 보며, 아영은 어린 시절 이웃 할머니 이희수의 정원에서 본 푸른빛의 덩굴 식물을 떠올립니다.

　세계 곳곳에서 일어나는, 설명하기 어려운 현상을 제보하는 사이트인 스트레인저 테일즈의 도움을 받아 아영이 퍼즐을 맞춰 나가는 과정은 흥미로운 추리 소설의 추리 과정을 떠올리게 합니다. 아영은 에티오피아의 '민간 약초학자', '랑가노의 마녀들'이라고 불리며 약초로 사람들을 치료한 나오미와 아마라 자매를 만나 실타래를 풀게 되지요. 그들은 더스트 시대에 돔 밖에서도 생명체가 살 수 있었던 '프림 빌리지'가 존재했다는 사실을 이야기합니다. 온실에서 식물을 키우는 기계 인간 레이첼, 그리고 그녀의 몸을 돌보며 리더의 역할을 한 기계 정비사 지수, 숲에서 서로 협력하고 의지하며 살아간 대니와 하루, 야닌 등. 유일한 구원의 장소이자 희망의 공간에서 살아갔던 사람들에 대해 이야기합니다. 끊임없이 파괴되는 돔 시티처럼 언젠가는 프림 빌리지의 생활에도 끝이 올 것이라는 막연한 불안감 속에서도 희망의 끈을 놓지 않던 그곳 사람들에 대해서요.

　돔 바깥의 세계를 떠돌던 나오미 자매가 프림 빌리지의 존재를 알게 되어 찾아온 것처럼, 프림 빌리지는 언제까지나 바깥 세계에 비밀스러운 공간으로 지켜질 수는 없었습니다. 게다가 점점 더 위협적인 방식으로 바깥 세계의 침입자들이 다가오고 있었습니다. 엄청난 크기의 더스트 폭풍이 프림 빌리지를 덮치기 전, 레이첼의 모스바나는 더스트로부터 사람들을 지켜 냅니다. 그러나 급격한 증식의 속성을 갖는 모스바나로 인해 다른 작물들이 모두 죽게 되지요. 더스트로부터 자신들을 지켜 주었지만 그 때문에 먹을거리가 사라진 모순 속에서, 사람들 사이엔 예견된 갈등이 시작됩니다. 불길에 휩싸여 프림 빌리지가 끝을 맞이할 때, 프림 빌리지의 사람들은 독성이 완화된 모스바나와 더스트 환경 속에서도 살아남도록 개발된 레이첼의 식물들을 가지고 세계 각지로 모두 흩어집니다.

모스바나는 더스트를 막을 수 있는 식물이자 더스트 종식기에 잠시 세상을 뒤덮었던 우점종입니다. 그러나 모스바나가 더스트 종식을 이끌었다는 사실을 나오미 자매는 말할 수 없었습니다. 더스트의 활동은 인류의 힘으로 종식시켜야만 했고, 그것만이 사람들이 원하는 진실이었기 때문입니다.

아영이 모스바나를 추적해 가는 과정의 끝은 푸른빛을 띤 최초의 모스바나가 지구의 전 대륙에서 나타났다는 사실이었습니다. 나오미 자매가 모스바나를 퍼트린 곳뿐만이 아니었지요. 나오미 자매가 지키려고 했던 약속, 프림 빌리지를 재현하려 했던 마음, 그곳에서의 행복했던 순간들을 잊지 않으려 한 마음이 연결된 점들이, 바로 모스바나가 등장했던 곳들이었습니다. 프림 빌리지를 떠난 사람들이 한마음 한뜻으로 재건을 이루어 냈다는 사실이 마침내 증명되는 순간이었지요. 그리고 이것이 과학 기술이나, 모스바나의 기능만으로는 설명할 수 없었던 재건의 힘이었습니다.

또 한 가지, 레이첼과 지수의 이야기를 빠뜨릴 수 없겠네요. 서로를 위하면서도 한 번도 그 마음을 드러내지 못하고 그리워한 이들의 이야기입니다. 지수는 레이첼의 뇌를 고치는 과정에서 자신에게 호감을 느끼게 하는 스위치를 활성화시킵니다. 그러나 이후 레이첼이 보여 준 애정에 회의와 죄책감을 느끼지요. 지수가 스위치를 올린 이유는 레이첼이 자신을 좋아해 주길 바라서였지만, 레이첼은 자신을 기계 장난감으로 여겼다고 오해합니다. 둘은 스위치와 관계없이 서로를 필요로 했고, 특별한 존재가 되기를 바랐음에도, 한 번도 진정으로 마음을 드러낸 적이 없습니다. 이 표현되지 않은 마음이 끝까지 어긋난 관계를 만들고 맙니다. 이 둘의 관계에서 우리는 기계와 사람의 경계를 넘는 '마음의 힘'을 돌아보게 됩니다.

아영이 어린 시절 살던 동네에서 만났던 노인 이희수와 레이첼을 정비했던 프림 빌리지의 지수는 어떤 관계가 있을까요? 그리고 프림 빌리지가 불탄 후 기계 인간인 레이첼과 지수는 어떻게 되었을까요? 그것은 독자 여러분이 소설을 직접 읽고 찾아보시기 바랍니다.

우리가 사는 지구를 재건하려는 마음이 모인 이야기 『지구 끝의 온실』을 세 가지 열쇠말 '재건', '지구', '마음'을 통해 살펴보면서 삶이 무엇인지 생각해 봅니다. 인간만이 전부라고 생각하는 우리의 오만을 직시하고, 우리 스스로 희망과 공존의 모습을 절박하게 찾아 나서야 하지 않을까요?

사소한 것 하나하나가 중요한 퍼즐 조각이었음을 보여 주는 흥미로운 전개, 진실을 담고 있는 허구적인 소재, 단숨에 읽어 내려가게 만드는 재미와 깊이 있는 내용이 어우러진 소설을 만나 참으로 행복한 시간이었습니다. 독자 여러분도 이 책을 읽으면서 그런 시간을 가져 보시기 바랍니다.

 이효선 (인천국어교사모임)

푸른 머리카락

아버지의 부재
그냥 보통 아이처럼
이어진 바다

  오늘 살펴볼 작품 「푸른 머리카락」은 SF, 즉 과학 소설로, 지구에 온 외계인인 자이밀리언과 지구인의 공생이 이루어지는 시대를 배경으로 하고 있습니다.

  이 작품을 쓴 남유하 작가는 2018년 제5회 과학 소재 장르 문학 단편 소설 공모전에서 「미래의 여자」로 우수상을, 「푸른 머리카락」으로 제5회 한낙원과학소설상을 받았습니다. 단편 「국립 존엄 보장 센터」는 미국 SF 잡지 『클락스월드』에 번역, 소개되었습니다. 작가는 SF뿐만 아니라 동화, 로맨스, 호러 등 다양한 장르의 글을 쓰고 있습니다.

  「푸른 머리카락」은 새 학교로 전학을 온 주인공 손지유가 푸른 머리카락을 지닌 자이밀리언 하재이를 만나 서로의 다름을 받아들이고, 상처를 치유해 가는 이야기입니다.

🗝️ 첫 번째 열쇠말_ **아버지의 부재**

먼저 소설의 배경을 이야기할게요. 소설은 지구인이 여러 외계 생명체와 접촉하는 시대를 배경으로 하고 있습니다. 30년 전, 자이밀 행성에서 자이밀리언이 지구에 옵니다. 지구인과 의사소통이 가능했던 그들은, 자이밀 행성에 '여성'이 소멸되어 지구에 왔다고 했습니다. 그들은 자신의 종족을 번식하는 데 도움을 준다면, 대신 지구의 만성적인 물 부족 현상을 해소하는 데 도움을 주겠다며 지구인과 협상을 합니다. 자이밀리언은 담수화 능력을 갖고 있는데, 배우자가 자신의 아이를 임신하면 깊은 바닷속에서 반투명 막에 싸여 기나긴 잠을 잡니다. 수명을 다할 때까지 깨어나지 않고요.

물 부족 현상을 겪고 있는 지구와, 행성 간 충돌로 인한 유전자 변이로 '여성'이 소멸된 자이밀 행성의 모습은 언젠가는 우리가 겪게 될 수도 있는 모습을 보여 주는 듯합니다.

자이밀리언이 무해하다는 사실이 입증되고, 논쟁 끝에 지구는 범우주적인 차원에서 자이밀리언의 요청을 받아들입니다. 하지만 자이밀리언들과 평등하게 지구에서 공생하는 것은 아니었죠. '자궁 약탈자'라는 별칭을 붙이며 공생을 반대하는 사람들도 있었고, 지구인과 자이밀리언 사이에서 태어난 아이들을 바라보는 시선도 호의가 아닌 호기심인 경우가 많았습니다.

부모님이 이혼하고 엄마와 살고 있는 지유는 학교에서의 따돌림과 부모의 이혼 소문을 퍼뜨린 친구에 대한 배신감에 전학을 옵니다. 전학 온 첫날, 지유는 창밖만 바라보는 푸른 머리카락의 남자애를 보며 좋지 않은 기분을 느낍니다. 푸른 머리카락을 지닌 그 아이는 자이밀리언과 지구인 사이에서 태어난 '하재이'라는 아이였죠. 재이는 학교에서 아무 말도 안 하고, 혼자 밥을 먹으며, 누구와도 어울리려고 하지 않습니다.

사실 지유에게는 자이밀리언과 결혼한 고모가 있습니다. 고모는 바쁜 부모님을 대신해 어린 시절 지유를 키워 줬죠. 다른 아이들이 부모와 함께하는 많은 일들을 지유는 고모와 함께했습니다. 놀이공원에 가는 일, 애니메이션 시리즈를 보러 극장에 가는 일, 디저트 카페에서 케이크를 먹는 일 등. 고모는 지유가 아홉 살 때인 6년 전, 자이밀리언과 결혼했습니다. 고모는 대학원생으로 S시의 자이밀리언 특별 거주 지역에 관한 논문을 쓰다가 고모부를 만났습니다. 고모는 지유에게 고모부에 대한 얘기를 많이 해 줬는데, 지유는 다 잊고 고모 목에서 반짝이던 파란 목걸이만 선명하게 기억합니다.

지유의 엄마와 아빠는 고모의 결혼 문제로 크게 싸웠는데, 엄마는 고모의 선택을 존중하자는 의견이었고, 아빠는 고모가 평생 외계인의 씨를 혼자 키우는 걸 허락할 수 없다며 반대했습니다. 그런데 아빠는 엄마와 이혼하고 떠났죠. '고모한테 아버지 없는 아이를 키운다고 비난하던 아빠는 자기 자식을 아버지 없는 아이로 만들어 버렸다.'고 지유는 표현하고 있어요. 지유는 부모의 이혼으로 아빠 없이 엄마와 둘이 살았고, 재이는 지구인과 한 약속을 지키기 위해 아빠가 깊은 바닷속에 들어가 잠을 자고 있어서 엄마와 둘이 살았죠. 결국 지유와 재이, 두 아이 모두 아버지 없이 살고 있는 것이죠. 그리고 그런 이유로 두 아이는 다른 사람들의 편견이 담긴 시선을 받고 있습니다.

🔑 두 번째 열쇠말_ **그냥 보통 아이처럼**

지유는 전학 온 첫날 자신을 투명인간 취급하는 재이 때문에 기분이 상합니다. 종례를 마치고 재이가 의자를 뒤로 미는 바람에 지유의 연필이 떨어졌는데, 재이는 사과도 없이 그냥 갑니다. 사과를 받기 위해 뒤쫓아 간 지유는 순순히 사과하며 아무 일도 없었다는 듯이 가는 재이를 보며 혼자 바보짓을 한 기분을 느껴요.

그리고 자전거를 타고 바닷가로 향하던 지유는 방파제 끝에서 재이를 만나죠. 학교 밖에서 만난 재이는 지유에게 먼저 말을 거는 등 학교에서와는 전혀 다른 모습을 보이죠. 놀란 지유가 뭘 잘못 먹은 거 아니냐고 묻자, 재이는 '학교가 싫어서'라고 얘기합니다. 정확히 말하면 자신을 특별하게 대하는 아이들과 선생님 때문에 불편하다고 합니다. 괴롭히는 애들도 없고, 신경 써 주는 선생님도 있지 않냐는 지유의 말에, 재이는 "난 그냥 보통 아이처럼 대해 주시면 더 좋겠어."라고 답해요.

자이밀리언은 물이 닿으면 그 부분이 푸른색 감각으로 변해요. 그래서 지유는 방파제에 맨발로 앉아 있는 재이에게 물이 튀면 어쩌려고 그러냐고 묻지요. 그러자 재이는 "그게 어때서?"라고 반문합니다. 그러고는 방파제 아래에 내려섭니다. 재이의 발이 바닷물에 잠겨 푸르게 물들어 가는 모습을 보면서, 지유는 '낯설고 기괴하면서도 신비로운, 강렬한 느낌에 머리를 부딪친 것 같은 충격'을 받아요.

두 아이는 서로 가까워지는 듯했지만, 학교에서는 여전히 아무 말도 안 하는 재이 때문에 지유는 화를 냅니다. 하굣길에 재이는 애들은 자신과 친해지고 싶은 게 아니라 자이밀리언이 신기한 것일 뿐이라고 얘기합니다. 그래서 아이들과 말 한마디 섞기 싫은 거라고. 왕따를 당해 본 경험이 있는 지유는 다른 아이들에게 철저히 무시당했던 자신의 경험을 바탕으로, 다른 아이들의 구경거리가 된 재이가 어떤 기분이었을지 짐작합니다. 지유와 재이는 왕따나 호기심의 대상이 아닌, 그리고 편견이나 차별이 없는 상태로 다른 사람들과 관계를 맺고 싶었을 거예요.

🔑 세 번째 열쇳말_ **이어진 바다**

재이와의 사이를 오해하는 친구들 때문에 지유는 곤란한 상황에 처합니다. 지유는 재이가 편들어 주길 바라지만 모른 척 지나가는 재이 때문에 둘은 크게 다툽니다. 급기야 지유는 재이에게 '너희 별로 돌아가.'라고 말하고, 재이는 자신은 자이밀 행성에 가 본 적도 없다며, '여기가 내 고향, 우리 별'이라고 말하죠. 거기서 멈췄어야 했는데, 지유는 화를 멈추지 못하고, 하지 말아야 할 말을 내뱉고 말아요. '지구인은 물에 닿아도 변하지 않아!'라고. 그 말을 듣고 재이는 굳은 얼굴로 돌아서 가 버리죠. 그 후 재이는 학교에 오지 않습니다. 그리고 학교에는 재이가 S시의 학교로 전학 갈 것이라는 소문이 돌지요. 지유는 기말고사 준비로 방파제에 가지 못하고, 재이를 만나지 못한 채 여름 방학을 맞게 됩니다.

엄마에게서 더 늦기 전에 사과하는 게 좋겠다는 충고를 들은 지유는 재이를 찾아, 방파제로 갑니다. 재이는 엄마가 S시로 전근을 가게 되어 곧 S시로 떠난다고 합니다. 지유가 미안하다고 사과하자, 재이는 틀린 말도 아니라며 괜찮다고 말합니다. '괜찮지 않지만 괜찮은 척' 웃음을 짓는 재이의 모습을 보고, 지유는 전학 오기 전 자신의 모습을 떠올려요. 재이가 학교에서 말을 하지 않게 되기까지 얼마나 많은 일들이 있었을지, 그리고 얼마나 많은 상처를 받았을지 생각하면, 마음이 아파 오는 장면이지요.

재이는 '널 그렇게 모른 척해서, 많이 부끄러웠어.'라고 말하며, 지유에게 자신이 차고 있던 팔찌를 채워 줍니다. 팔찌는 자이밀 행성의 파란 산호로 만든 것으로, 지유의 고모도 자이밀리언인 고모부에게 받은 파란 산호 목걸이를 갖고 있었죠. 오히려 재이로부터 마음의 상처가 치유되는 기분을 느낀 지유는 용기를 내서 재이에게 말합니다. "야, 지구인. 우리 수영할래?"라고요.

바닷물에 잠긴 재이는 자이밀리언의 본모습으로 변해요. 푸른 머리카락이 물결에 일렁이고, 분홍색 입술에서 촉수가 뻗어 나오는 재이의 모습을 본 지유는 기괴하다는 생각이 완전히 사라진 건 아니지만, 그 모습 역시 재이라는 '내 친구'라는 사실을 마음으로 받아들일 수 있게 되면서 소설은 끝이 납니다.

  자신과 다른 점이 있지만, 그 다름까지 포용할 수 있게 된 두 친구의 모습이 인상적입니다. 바닷속에서 변해 가는 재이의 모습에 놀라면서도 지유가 재이에게 수영을 하자고 얘기하고, 또 그런 자신의 본모습을 자연스럽게 지유에게 보여 주는 건, 둘이 결국 같은 존재임을 받아들이게 되었음을 의미하지요.

  왕따를 당한 아이와 외계 행성에서 온 아버지를 둔 아이의 이야기를 다룬 이 소설을 통해 우리가 자신과 다른 사람들, 다수가 아닌 소수자들을 어떻게 대하고 있는지, 그리고 다름에 대한 우리의 태도가 어떠해야 하는지 생각해 보는 시간을 가져 보면 좋겠습니다.

 박미연 (교육과정모임)

네 이웃의 식탁

    이번에 이야기할 책은 구병모 작가의 『네 이웃의 식탁』입니다. 구병모 작가는 재치 있는 문장이 길게 이어지는 독특한 문체가 특징인 작가로, 2018년에 이 작품을 발표하였습니다. 저는 오늘 이 작품을 '이상', '공유', '돌봄'이라는 세 가지 열쇠말로 풀어 보고자 합니다.

    총 열두 가구가 입주할 수 있는 '꿈미래실험공동주택'에서 네 가족이 만나며 여러 가지 사건이 벌어집니다. 이곳은 가파르게 곤두박질치는 출생률을 반등시켜 보고자 나라에서 마련한 공공 임대 주택입니다.

    저렴한 비용으로 새집에 입주할 수 있다는 장점이 있지만, 그런 만큼 입주 당첨 기준이 무척 까다로운 곳이었답니다. 설립 취지에 따라 지원자가 '가임기 이성 부부'인지 여부가 가장 중요한 입주 조건이었고요. 반드시 아이를 셋 이상 낳겠다는 자필 서약서까지 써야만 추첨에 응모할 수 있는 곳이었습니다.

이곳은 여느 주택과는 다르게 입주자들 간의 매우 밀착된 생활을 전제로 합니다. 네 이웃은 비슷한 나이 또래의 젊은 부부에 자녀를 하나 또는 둘 가진, 겉으로 보면 동질 집단처럼 보이는 사람들입니다. 아무래도 밀착된 공동생활을 하기에는 동질 집단이 낫겠지요. 비슷한 환경에 있는 사람들끼리 재능을 품앗이하며 아름다운 생활 공동체를 일구어 가고, 기왕이면 자녀도 여럿 낳아 함께 기를 수 있으면 좋겠고요. 공동 주택을 설계한 주체의 원대한 포부도 거기에 있지 않았을까 싶습니다.

🔑 첫 번째 열쇠말_ **이상**

꿈미래실험공동주택의 이상은 바로 서로의 삶에 이바지하는 마을 공동체, 육아와 돌봄을 함께하는 공동체를 만드는 것에 있었습니다. 마치 농경 사회의 공동체처럼요. 과연 현대 사회에서도 이것을 제대로 실현할 수 있을까요?

첫 번째 열쇠말과 관련하여 제목 이야기를 조금 더 해 보려고 합니다. 이 소설의 제목에 나오는 '식탁'은 공동 주택의 뒤뜰에 놓인 어울리지 않는 가구로 등장합니다. 어른 열여섯 명가량이 둘러앉을 수 있는 꽤 무겁고 고급스러운 수제 제품으로 그려지고 있어요. 저마다의 사연을 가진 공동 주택 이웃들의 삶과는 동떨어져 보이는 원목 식탁인데, 이 식탁이 상징하는 바가 작가가 전하려는 메시지와 맞닿아 있는 것으로 보입니다. 작가는 이 무거운 식탁이 '효용이나 합리보다 철저한 당위가 지배하는 장소'에 자리를 차지하고 있다고 묘사합니다. 아마도 그 당위란 꿈미래실험공동주택의 이상과도 긴밀히 맞닿아 있는 것이겠지요. 그러나 이야기가 전개되며 몇몇 이웃이 이것과는 전혀 다른 생각을 하며 이곳에 입주했음이 속속 드러납니다. '이상'을 실현하겠다는 자필 서약서까지 쓰며 입주한 사람들인데 말이지요. 과연 공동 주택 설계자의 생각대로 일이 잘 풀려나갈지 작품을 더 살펴봅시다.

🔑 두 번째 열쇠말_ **공유**

공동 주택에서는 서로의 생활이 가감 없이 공유됩니다. 공동 주택은 편의 시설 하나 없는 산속에 자리 잡고 있어요. 도시나 외부로 나가려면 반드시 차가 있어야 하는 섬 같은 곳입니다. 좋든 싫든 사적인 영역 대부분이 공유될 수밖에 없는 환경이지요. 입주자들도 그걸 각오하고 입주했을 것이고요.

앞서 이곳에 입주한 부부들은 비슷한 나이 또래에 비슷한 가족 구성을 가진 동질 집단이라고 말했는데요. 동질이라는 말로 넘겨짚어도 되는 집단인지 좀 더 살펴보겠습니다.

우선 첫 번째 이웃, 전은오와 서요진 부부. 시나리오 작가를 꿈꾸던 남편 전은오가 가정주부가 되기로 하면서, 아내인 서요진이 계약직

약국 보조원으로 일하며 경제적 가장 역할을 맡습니다. 저렴한 비용으로 입주할 수 있는 임대 주택이 있다는 소식을 듣자, 당장의 집 문제를 해결하지 않고는 버틸 재간이 없던 서요진이 입주에 응모하고 운 좋게 당첨됩니다.

두 번째 이웃, 신재강과 홍단희는 아들 둘을 키우는 부부인데, 신재강은 꽤 잘 나가는 일을 하는 남편으로, 홍단희는 똑소리 나는 부녀회장 타입의 아내로 묘사됩니다. 특히 홍단희는 공동체 질서를 위해 힘쓰는 실질적인 리더이자, 대차면서도 집요한 인물로 그려집니다.

세 번째 이웃, 손상낙과 조효내는 어린 딸을 하나 키우는 부부입니다. 프리랜서 삽화가로 밤낮없이 마감에 쫓기는 조효내는 도저히 자녀를 더 낳을 자신이 없었으나, 그럼에도 서요진과 같은 이유로 공동주택의 입주자가 되고자 합니다.

네 번째 이웃, 고여산과 강교원은 남매를 키우는 부부입니다. 고여산이 가져오는 월급이 넉넉하지가 않아 강교원은 중고 물품 사이트를 주로 이용해 가며 아이들을 알뜰하게 키워 왔습니다. 그러다 고여산이 숨겨 왔던 금전적인 문제를 들키는 바람에 큰 부부 싸움이 일어나기도 하지요.

두 번째 열쇠말 '공유'를 설명하려다 보니 인물 소개가 길어졌는데요. 다시 질문으로 돌아가서, 이들이 과연 동질 집단일까요? 나이나 가족 구성 같은 것만으로 이들이 '비슷하다'라고 말할 수 있는 걸까요?

서요진은 출퇴근길 카풀 중 신재강의 미묘한 지분거림을 맞닥뜨리게 되고, 점점 분노가 쌓이다가 결국에는 폭발하고 맙니다. 조효내에게는 일과 육아를 병행하며 하루를 버티는 것 자체가 고역이었기 때문에 사근거리는 사회적 스킬을 발휘할 기회도 능력도 없었는데, 이걸 홍단희가 매우 고깝게 보고 타박합니다. 고여산과 강교원의 부부 싸움은 공동 주택에 생중계될 수밖에 없었고, 그 탓에 도리어 다른 이웃들이 이들의 눈치를 보는 지경에 이릅니다.

개성이 뚜렷한 성인들이 현실적인 목적으로 한곳에 모여 집단생활을 시작했을 때 벌어지는 사건들이 무척 사실적으로 그려지고 있습니다. 이러한 사실성은 『네 이웃의 식탁』의 가장 큰 특징이자 장점이라고 할 수 있습니다. 그들은 서로의 삶을 공유하기엔 이미 굳은 고집을 가진 사람들이었습니다. 결국 서로의 경계를 부드럽게 허물고 화합한다는 것이, 또는 경계 너머로 하나의 온전한 공동체를 일구어 나갈 수 있으리라는 기대가 헛되고 헛될 뿐이라는 결론에 이르게 됩니다

🗝️ 세 번째 열쇠말_ **돌봄**

이웃들 간의 갈등이야 남남이니까 그렇다고 치고, 한 가족 내의 부부 문제는 좀 나았을까요?

전은오는 비자발적으로 주부가 되어 집에서 아이를 돌보고 있지만, 아이에게 필요한 물건이 어디 있는지와 같은 세세한 정보는 직장 일

을 하는 서요진이 오히려 더 잘 알고 있습니다. 그것에 전은오는 어떤 죄책감이나 불편함도 품고 있지 않고요.

홍단희가 입주민 자녀들을 한곳에서 돌보는 공동육아 어린이집 시스템을 야무지게 추진해 갈 때, 신재강은 이웃집 아내 서요진에게 지분대고 있었지요.

조효내는 또 어떤가요. 의뢰 마감 때문에 밤을 새우며 몸과 마음을 갉아 먹히는 동안, 동시에 아이를 무사히 키워 보려고 발버둥 치는 동안에도 양가 식구들에게 조효내는 '집에 있는 사람'일 뿐이었고, 결국에 시어머니의 유방암 간병이 조효내의 몫으로 떨어집니다.

마지막으로 강교원은 알뜰한 살림을 해 보려 백방으로 노력하지만, 남편이 친 금전 사고 때문에 끝내 크게 낙담하고 말지요.

서요진, 홍단희, 조효내, 강교원은 모두 '엄마'들입니다. 아이를 돌보고 살림을 꾸리는 고된 일의 무게가 소설 속에서 아이 엄마들에게 치우쳐 있다는 것은 다시 쓰지 않아도 모두가 알 법한 내용입니다. 커리어를 착실하게 쌓다가 아이를 낳아 기름과 동시에 어쩔 수 없이 일을 그만둔 여성들의 수많은 사례가 떠오릅니다. 돌봄은 소중하고 고귀한 일이지만 그렇다고 해서 그것이 군말 없이 그냥 해내야만 하는 일은 아닐 것입니다. 가족 구성원 중 누군가에게만 과도한 짐이 지워지는 일이라면, 또한 그것에 대해 '잘했다, 수고한다'라는 인사말조차 없다면, 도리어 작은 실수 하나만으로도 큰 죄인이 되는 일이라면, 그저 할 일이니 모두 감당하라는 말은 너무 가혹하지 않을까요?

책의 끝부분에서 네 이웃 중 한 쌍의 부부만이 남고, 다른 부부들은 공동 주택을 떠나게 됩니다. 마지막까지 남은 한 쌍의 부부가 누구일 것 같으세요? 아마도 꿈미래실험공동주택의 궁극적인 취지에 의심 없이 따르며 자기 나름의 방식으로 부서진 자존심을 회복할 수 있는 사람, 아니 어쩌면 조각날 자존심마저도 갖고 있지 않은 사람, 그 여성이 속한 부부만이 남았답니다. 어쩌면 이 공동 주택에 남거나 떠나는 것을 결정하는 키는 결국 아내가 잡고 있었던 게 아닌가 싶네요. 자세한 것은 직접 책을 읽어 확인해 보시기를 권합니다!

지금까지 구병모 작가의 『네 이웃의 식탁』을 '이상', '공유', '돌봄'이라는 세 가지 열쇠말로 풀어 보았습니다. 작품을 이해하는 데 도움이 되었길 바라며 이야기를 마칩니다.

 김은영 (서울국어교사모임)

김원일

도요새에 관한 명상

이카로스의 날개
폐수
도요새

「도요새에 관한 명상」은 한국 현대 소설에서는 처음으로 환경 오염 실태를 고발하고 있다는 점에서 주목받는 작품입니다. 뿐만 아니라 분단으로 인한 사회 문제와 산업화로 인한 환경 오염이 불러온 인간 삶의 황폐화를 동시에 다루는 사회 생태 소설로서, 가치를 인정받고 있지요.

김원일 작가는 1942년 경상남도 김해에서 태어났습니다. 한국 전쟁 때 월북한 아버지 때문에 연좌제로 고통을 겪기도 했지요. 「어둠의 혼」, 「미망」, 『불의 제전』, 『마당 깊은 집』처럼 그의 작품에는 분단과 전쟁 체험을 다룬 소설이 많이 있습니다.

「도요새에 관한 명상」은 1부에서 3부까지는 철새 도래지인 동진강 하구를 배경으로 각기 다른 세 명의 '나'의 이야기가 펼쳐집니다. 그리고 4부에서는 전지적 작가 시점에서 이야기가 전개됩니다. 1부부터 3부까지의 서술자인 '나'가 서로 다른 사람이라는 점이 특이하지요? 1부의 '나'는 철새와 나그네새의 사체를 박제사에게 팔아넘기는 족제비를 도와 용돈벌이를 하는 재수생 병식입니다. 2부의 '나'는 대학에서 제적당하고 귀향해 동진강 하구의 생태 문제에 관심을 갖게 된 병식이의 형 병국이고, 3부의 '나'는 한국 전쟁에 참전했다가 실향민이 된 병식 형제의 아버지입니다.

그럼, 이 작품을 '이카로스의 날개', '폐수', '도요새'라는 세 가지 열쇠말로 살펴보도록 하겠습니다.

🔑 첫 번째 열쇠말_ 이카로스의 날개

이카로스는 그리스 신화에 나오는 다이달로스의 아들입니다. 미노스 왕의 노여움을 사서 미궁에 갇힌 다이달로스는 새의 깃털을 모아 밀랍으로 붙여 날개를 만듭니다. 이 날개로 미궁에서 탈출하려고 하는 거죠. 탈출에 앞서 다이달로스는 아들인 이카로스에게 너무 높이 날면 태양의 열기에 밀랍이 녹아 추락할 수 있고, 너무 낮게 날면 바닷물에 깃이 젖어 무거워지므로, 하늘과 바다 가운데로 날아야 한다고 당부합니다. 하지만 이카로스는 너무 높이 날아올라, 밀랍이 녹아 버리는 바람에 바다로 추락하죠. 첫 번째 열쇠말 '이카로스의 날개'는 이 신화에서 나온 것입니다. 왜 이카로스의 날개를 첫 번째 열쇠말로 뽑았는지 자세히 알아볼까요?

병국이는 서울의 명문 국립대학 사회 계열을 좋은 성적으로 입학해, 모두의 기대를 받았던 촉망받는 수재였습니다. 부산의 K대학 공과 대학을 낙방하고 엄마에게 눈칫밥과 용돈을 받으며 재수하는 병식이에게 형인 병국이는 우상이었죠. 그런 형이 대학에서 제적당하고 집으로 내려와 '자살 직전의 몰골'로 피폐해지는 모습을 보며 병식이는 '형의 이카로스 날개는 완전히 퇴화하고 말았다.'고 생각합니다. 병국이도 '환경을 내가 거부했는지 환경이 나를 도태시켰는지 한동안 갈피를 못 잡은 채 어리둥절한 상태'였다고 하지요. 어쩌면 소설의 마지막 장면에서, 병국이가 환상으로 본 도요새의 비상은 하늘 높이 치솟은 이카로스의 날개일지도 모르겠습니다.

낙향한 자신을 향한 어머니의 실망과 분노, 아우 병식이의 냉대를 감내하며 무기력하게 지내던 병국이는 동진강 하구 삼각주의 철새에 관심을 갖게 됩니다. 그리고 환경이 오염돼 더 이상 도요새가 동진강 하구에 오지 않는다는 걸 알게 됩니다. 철새나 나그네새가 죽는 원인이 공장 폐수에 있다고 생각한 병국이는 선배인 정배와 함께 그 원인을 조사하지요.

🗝 두 번째 열쇠말_ **폐수**

병국이는 정유 공장, 플라스틱 공장, 화학 공장 등의 굵직굵직한 공장들이 자리 잡고 있으나, 집진기가 제대로 가동되는 공장이 거의 없는 석교 마을의 오염된 물을 수거해 오염 실태를 확인하려고 합니다.

성창 비료 석교 공장의 노무 과장은 공장의 폐수로 인한 오염 실태를 고발하는 병국이의 진정서에 대해 '빈대 잡겠다고 초가삼간 태우겠다는 미친놈의 짓거리'로 치부합니다. 그러나 병국이는 개발이나 공해로 자연환경이 파손되면 그곳에 살던 생물은 생존하지 못하며, 특히 조류는 이런 환경 변화의 영향을 정면으로 받는다고 생각합니다. 환경 오염은 새나 물고기의 죽음만을 의미하지는 않지요. 사람들의 삶의 터전까지도 뿌리째 흔드는 문제인 거죠.

1960년대만 하더라도 자연 상태를 그대로 보존했던 석교 마을은 지금은 한 마리의 곤충은 물론 지렁이류의 환형동물조차 살 수 없는 버려진 땅이 되었습니다. 공업 단지가 들어서며 유출된 기름 찌꺼기 때문에 땅이 망가지고, 이로 인해 농사를 짓지 못하자 주민들은 손해를 보고 동남만 개발 공사에 땅을 팔아넘깁니다. 이에 대한 보상으로 마을 청장년을 공장에 취직시켜 주겠다고는 했지만, 굴뚝의 매연이 마을로 날아와 아픈 사람이 늘어나고, 점점 사람이 살 수 없는 동네가 되었습니다. 동남만 연안이 폐수의 오염으로 고기잡이를 할 수 없게 되자, 포구였던 웅포리는 유흥가로 변합니다. 이렇게 산업화로 오염된 환경은 새나 물고기의 서식지가 사라지는 데 그치지 않고, 그곳을 터전으로 삼던 사람들의 삶의 근간까지 흔들리게 하지요.

세 번째 열쇠말_ **도요새**

동진강 하구의 삼각주에서 갑자기 새들이 집단으로 죽는 것을 조사하던 병국이는 군사 지역에 잘못 들어가 군부대에 감금되었다가 풀려납니다. 병국이는 새들이 떼죽음을 당한 원인이 폐수가 아니라 새를 밀살하는 이들의 짓 때문이라고 생각합니다. 그리고 그들과 한 패거리일 거라고 의심되는 아우 병식이를 추궁하지요. 병식이는 날아다니는 새를 잡아 박제를 해서 호구를 잇는 건 죄가 되고, 돈 많은 놈이 허가 낸 사냥총으로 잡아 구워 먹는 건 죄가 안 되느냐며 오히려 병국이에게 따져 묻습니다. 병식이는 철새나 나그네새를 독살하여 박제사에게 팔아넘기는 것이 소나 닭을 죽이는 것과 하등 다를 바 없다고 생각하고 있죠. 병식이에게 도요새는 '한갓' 새나 물고기 따위에 불과했습니다. 그는 죽은 새의 사체를 팔아 용돈벌이를 했다고 비난하고, 박제사를 대라고 추궁하는 형 병국이를 이해하지 못합니다.

병국이는 도시의 생활 환경이 왜 자연을 파손시키는가라는 문제에 관심을 갖고, 동진강 하구에서 자취를 감춘 도요새를 찾아 헤매기 시작합니다. 병국이는 도요새가 도래하는 봄가을철을 기다립니다. 병국이의 의식 속에서 도요새는 떠남, 이동의 자유와 그 자유를 쟁취하기 위한 인내, 고통에 대해 경험담을 재잘거립니다. 병국이는 일 년에 두 번, 지구 반 바퀴를 돌아 가로지르는 도요새의 여행이 '자유를 찾기 위한 고통의 길고 긴 도정'이라고 생각합니다.

'내 고통의 원인을 제공한 이 땅을 떠나 멀리로 완전한 자유인이 되어 떠나고 싶은 마음이 나그네새를 볼 때마다 간절하게 사무쳤다.……중략……선택권을 준다면 새 중에서도 시베리아나 저 툰드라가 고향인 도요새가 되어 높게 멀리 날고 싶었다.'는 병국이는 새의 독살을 자신의 살점 한 부분을 도려내는 고통으로 받아들입니다. 병식이를 구슬려 박제사가 누구인지 추궁해, 박제사에게 철새의 박제만은 하지 말아 달라고 이야기할 생각이었으나 병식이와의 몸싸움으로 무위에 그치고 말지요.

반면, 병국이의 아버지에게 도요새는 언젠가 통일이 되면 가고 싶은 고향 통천을 마음대로 왕래할 수 있는 존재이기에, 향수 그 자체입니다. 고향에서 본 도요새 무리를 동진강 삼각주에서 발견했을 때, 병국이의 아버지는 마치 헤어진 부모와 동기간과 약혼녀를 만난 듯 반가웠다고 합니다. 그래서 봄가을 환절기가 돌아오면 도요새를 보기 위해 동진강 하류의 개펄을 찾아가지요. 마치 숨겨 둔 여자라도 만나러 가는 그런 뜨거운 마음으로요.

웅포리의 해주집에서 아버지는 수첩 속에 소중히 간직한 옛 약혼녀의 사진을 병국이에게 보여 주며, 이룰 수 없는 꿈을 파먹고 산다는 것이 얼마나 괴로운지 아느냐고 물어요. 엄마는 봄가을이면 얼빠진 개처럼 바닷새를 찾아 싸다니더니 이젠 자식 놈까지 대를 이어 그 발광이라고 면박을 하지만, 아버지는 새벽이 오듯 통일이 되어 통천에 갈 수 있을 거라는 꿈을 꾸지요.

도요새가 병식이에게는 일탈을, 병국이에게는 자유를 의미했다면, 아버지에게 도요새는 이룰 수 없는 꿈이었던 것이지요.

김원일의 중편 소설 「도요새에 관한 명상」은 1979년에 발표된 작품입니다. 환경과 생태의 문제에 관한 관심보다는 경제 개발, 소득 성장이 더 중요시되었던 시기에 발표된 작품이었다는 걸 고려한다면, 이 작품의 의미가 더 크게 다가올 것입니다. 독자 여러분도 작품을 읽으면서, 자연과 인간의 관계, 지속 가능한 미래를 위한 태도에 대해 생각해 보는 기회를 가져 보시기 바랍니다.

 하윤옥 (교육과정모임)

조세희/ 뫼비우스의 띠
윤흥길/ 아홉 켤레의 구두로 남은 사내
이기호/ 사과는 잘해요
양귀자/ 밤의 일기
박완서/ 도둑맞은 가난
알베르 카뮈/ 이방인
장강명/ 한국이 싫어서
김재영/ 코끼리
해이수/ 관수와 우유

2부

부조리한 세상에서

뫼비우스의 띠

우리나라 소설책 가운데 가장 많이 읽힌 것이 아마도 『난장이가 쏘아 올린 작은 공』이 아닐까 합니다. 「뫼비우스의 띠」는 이 소설집 맨 앞에 수록되어 있는 작품입니다. 한 편의 단편 소설이지만, 전체 소설을 읽는 열쇠 역할을 하며, 많은 생각을 하게 하지요.

「뫼비우스의 띠」는 1976년 잡지 『세대』 2월호에 처음 발표되었고, 다른 11편의 단편들과 함께 『난장이가 쏘아 올린 작은 공』으로 출판되었습니다. 이 작품을 '뫼비우스의 띠', '스타카토', '꼽추와 앉은뱅이'라는 세 가지 열쇠말을 이용해서 설명해 보려 합니다.

첫 번째 열쇠말_ **뫼비우스의 띠**

'뫼비우스의 띠'는 수학에서 평면인 종이를 길쭉한 직사각형으로 오린 뒤, 한 번 꼬아 양 끝을 붙이면 만들어지는 띠입니다. 겉과 속을 구별할 수 없으며, 경계가 하나밖에 없는 2차원 도형이지요. 이 띠는 면이 하나로, 앞면과 뒷면의 구별이 없고, 좌우의 방향을 정할 수도 없습니다. 면의 어느 한 지점에서 계속 선을 그리며 나아가면 두 바퀴를 돌아서 처음 위치에 도착할 수 있는 연속성을 지니고 있어요. 이 띠는 1858년에 독일의 아우구스트 페르디난트 뫼비우스와 요한 베네딕트 리스팅이 각각 따로 발견했다고 합니다. 시간이 흐르면서 리스팅의 이름은 잊히고, 뫼비우스의 이름만 남아 '뫼비우스의 띠'라고 불립니다. 그런데 작가는 왜 이 도형의 이름을 작품의 제목으로 사용했을까요?

  이 소설은 액자식 구성을 취하고 있습니다. 외부 이야기는 수학 교사가 학생들과 대화를 나누는 것이고, 내부 이야기는 꼽추와 앉은뱅이의 이야기입니다. 소설의 첫 장면에는 학교에서 유일하게 학생들에게 신뢰를 받는 수학 교사가 등장합니다. 수학 교사는 굴뚝 청소를 하는 아이들에 대한 이야기를 하고, 칠판에 '뫼비우스의 띠'라는 글자를 적으면서 내부 이야기가 시작됩니다. 소설의 마지막에는 다시 외부 이야기로 나오면서, 수학 교사는 자신이 왜 마지막 시간에 굴뚝 이야기나 하고, 띠 이야기나 하는지 학생들이 생각해 주기를 바란다고 합니다. 그는 뫼비우스의 띠에는 많은 진리가 숨어 있다며, 대학에서 많은 지식을 배울 때에 그 지식이 자기 이익에 맞추어 쓰이는 일이 없도록 하라는 말을 당부처럼 남깁니다.

뫼비우스의 띠를 우리가 사는 세상과 연결 지어 생각해 볼까요? 사물에 대한 시각이나 현상에 대한 생각은 저마다 다릅니다. 그런데 가끔 우리는 하나의 시각이나 생각만이 옳다고 여기거나, 심지어 자신의 생각을 타인에게 강요하기도 합니다. 하지만 사람들의 시각이나 생각은 한 면만 존재하거나 안과 밖이 분명하게 나누어지는 것은 아니에요. 이 세상은 어쩌면 뫼비우스의 띠처럼 안과 밖, 정의와 불의, 피해와 가해 등의 절대적인 구분이 모호할 때가 많으니까요.

그러면 소설 속 내부 이야기와 뫼비우스의 띠와는 무슨 연관성이 있는 걸까요? 내부 이야기 속에는 3명의 주요 인물이 등장합니다. 꼽추와 앉은뱅이, 그리고 부동산업자인 사나이. 꼽추와 앉은뱅이는 아파트 재건축으로 인해 그들이 살던 곳에서 쫓겨날 처지에 놓입니다. 입주권이 나오긴 하지만 입주금이 없어 새로 지어지는 아파트에 들어가 살 수 없습니다. 그래서 입주권을 팔았습니다. 부동산업자인 사나이는 그들을 속이고, 헐값에 입주권을 사들였습니다. 꼽추와 앉은뱅이는 나중에 이 사실을 알게 되었습니다. 그래서 사나이를 찾아가 시세에 맞게 20만 원을 더 요구합니다. 하지만 사나이는 앉은뱅이를 무시하며 발길질과 주먹질을 합니다. 그러고 나서 그가 차에 타려는 순간, 미리 차에 타고 있던 꼽추의 발길질에 나가떨어집니다. 꼽추와 앉은뱅이는 사나이의 가방에서 20만 원씩을 챙기고 나서, 차에 불을 붙여 그 사나이를 죽이게 됩니다.

자, 여러분은 이 상황에서 누가 가해자이고, 누가 피해자라고 생각하시나요? 부동산업자인 사나이는 자신의 돈을 이용하여 입주권을 사들이고 가난한 사람들을 더욱 고통스럽게 만들었지만, 법적으로 죄를 지었다고 말하기는 어렵습니다. 하지만 꼽추와 앉은뱅이는 좀 다릅니다. 둘은 비록 속아서 헐값에 입주권을 팔았고, 먼저 폭력을 당하기는 했지만, 결과적으로는 돈을 훔치고 살인을 저질렀지요. 법적인 해석의 차이는 있겠지만, 둘 다 살인죄로 처벌을 받을 가능성이 큽니다. 하지만 단순히 법적인 기준으로만 이들을 평가할 수 있을까요? 법의 테두리를 벗어나 도덕적인 기준이나 자본주의를 바라보는 시각의 차이, 부유함과 가난함의 불균형 등 여러 가지 측면을 고려한다면, 이들에 대한 평가는 다양해질 수밖에 없을 것입니다. 누가 가해자이고, 누가 피해자인가는 쉽사리 결론을 내리기 어렵습니다. 마치 어디가 안이고, 어디가 밖인지 구별할 수 없는 뫼비우스의 띠처럼 말입니다.

🔑 두 번째 열쇠말_ **스타카토**

음악 용어인 '스타카토'라는 말을 굳이 두 번째 열쇠말로 정한 이유는, 최재봉 문학 전문 기자의 말을 인용한 것입니다. 최재봉 기자는 조세희 작가의 트레이드마크를 '스타카토식 단문'이라고 표현했습니다. 음악에서 한 음 한 음씩 똑똑 끊듯이 연주하거나 부르는 것을 스타카토라고 하는데요. 최 기자는 작가가 『난장이가 쏘아 올린 작은 공』이라는 소설에서 사용한 호흡이 짧은 문체를 '스타카토'에 빗대어 표현한 겁니다. 이 소설이 지닌 문체의 특징 가운데 하나는 문장이 아주 짧다는 것입니다. 수식어도 별로 없고, 접속어도 없어서 아주 간결합니다.

이 작품은 1970년대에 쓰였습니다. 당시에는 창작 여건이 자유롭지 못했고, 생각이나 사상을 자유롭게 드러내는 일도, 사회나 국가에 대해 비판하는 일도 어려운 시절이었습니다. 이런 상황에서 작가는 최대한 수식과 주관을 배제한 간결한 문장으로, 직설적이기보다는 은유와 상징을 통해 현실과는 한 발 떨어진 동화 같은 느낌을 주려고 했습니다. 이 소설의 외부 이야기인 '뫼비우스의 띠'나 '굴뚝 이야기'도 그렇고, 사회적 약자인 꼽추와 앉은뱅이를 등장시킨 것도 같은 맥락이라고 할 수 있습니다.

짧고 간결한 문장을 썼던 또 다른 이유도 있습니다. 작품을 쓸 당시, 출판사에 다니던 작가는 다방에 앉아서 틈틈이 글을 썼다고 합니다. 심지어는 직장 근처에 있던 공원에서 쓰기도 했답니다. 항상 시간에 쫓겨야 했고, 회사의 눈치를 봐야 했고, 조각난 시간을 이용해야 했기에 그의 문체는 점점 단문이 되었다고 합니다.

또 작가가 영향을 받은 소설들도 작가의 짧은 문체에 한몫했다고 할 수 있습니다. 작가는 '헤밍웨이의 하드보일드 스타일, 독일의 하인리히 뵐 같은 전후 문학의 짧은 문장들'이 자신의 작품 스타일이나 형식 등에 영향을 주었다고 말한 적이 있습니다. 그리고 '포크너의 의식의 흐름과 카프카 소설의 독특한 분위기'에도 영향을 받았다고 합니다. 이런 모든 이유로 작가 특유의 문장이 완성된 것입니다.

🔑 세 번째 열쇠말_ **꼽추와 앉은뱅이**

꼽추와 앉은뱅이는 내부 이야기의 주인공입니다. 꼽추와 앉은뱅이는 신체적인 장애를 가지고 있는 사람들이지요. 작가는 왜 이들을 주인공으로 삼았을까요? 1970년대 산업화와 근대화의 물결에 따라 도시에는 아파트나 새로운 주택이 우후죽순처럼 생겨났고, 그로 인해 삶의 터전을 잃어버리는 사람들이 많이 나타났습니다. '입주권'이라고 해서 새로 지어지는 주택에 들어갈 수 있는 권리를 주기는 하지만, 가난한 사람들은 주택이나 아파트가 지어질 기간 동안 살 곳이 없습니다. 다 지어질 때까지 어찌어찌 지낸다고 해도, 막상 입주할 때는 또다시 얼마의 입주금을 더 내야 하는데, 이 금액 역시 감당하기 어려웠습니다. 작품의 주인공인 꼽추와 앉은뱅이도 이와 같은 상황에 놓여 있지요.

신체가 건강한 사람이라 하더라도 이 같은 상황은 절망적일 수밖에 없는데, 몸이 불편한 사람이라면 그 절망이 얼마나 더 했을까요? 작가는 이러한 절망적인 상태를 더 극대화하기 위해 주인공을 신체적으로 불편함을 가진 꼽추와 앉은뱅이로 설정했을 것입니다. 이 작품과 같은 소설집에 수록된 작가의 또 다른 소설 「난장이가 쏘아 올린 작은 공」에서 주인공을 비참한 도시의 변두리에서 생활하는 난쟁이로 설정한 이유도 마찬가지일 것입니다.

자본주의, 산업화와 도시화, 경제 발전, 경제 성장 등 좋은 말 같아 보이는 이 용어들 속에는 항상 어두운 면이 존재하고 있습니다. 1970년대와 1980년대는 우리나라가 경제적으로 급속한 성장을 이룩한 시기입니다. 하지만 대한민국 국민 모두가 다 잘살게 된 것은 아닙니다. 자본주의라는 경제 체제의 추악한 면모, 산업화와 도시화에서 소외된 사람들, 눈부신 경제 성장의 어두운 이면, 성장이라는 말 속에 숨어 희생을 강요당하는 사람들, 그리고 소수를 위한 낙원과 빈부의 격차. 어쩌면 작가는 꼽추와 앉은뱅이를 통해 이런 것들을 얘기하고 싶었는지도 모르겠습니다.

시대가 변해도 잘 변하지 않는 것들이 있습니다. 그 가운데 하나가 가난한 사람들과 소외된 사람들이 언제나 존재한다는 것이지요. 어쩌면 오늘날은 소설의 배경인 1970년대보다 오히려 더 많은 꼽추와 앉은뱅이가 존재할지도 모르겠습니다. 이 소설을 읽는 여러분 주변에서 단순히 신체적 불편함이 아니라 가난, 경쟁, 차별 때문에 소외된 사람들은 없는지 한번 살펴볼 수 있었으면 좋겠습니다.

마지막으로, 이 소설을 통해 안팎의 구별이 없는 '뫼비우스의 띠'처럼 빈부의 격차 없이 평등하게 살고자 하는 사람들의 희망은 무엇일지를 생각해 보는 기회를 가지는 것도 좋을 것 같습니다.

 권순보 (전북국어교사모임)

아홉 켤레의 구두로 남은 사내

상징적 소재
도시화의 그늘
소시민

　윤흥길 작가의 「아홉 켤레의 구두로 남은 사내」는 1977년에 발표된 작품으로, 1970년대의 급격한 사회 변화가 사람들의 삶에 어떠한 영향을 미쳤는지를 잘 보여 주는 작품입니다. 당시의 우리 나라 상황을 잘 보여 주는 또 다른 작품으로 조세희 작가의 「난장이가 쏘아 올린 작은 공」을 떠올려 볼 수 있는데요. 두 작품은 모두 1970년대 산업화의 그늘을 보여 주면서, 연작 소설이라는 점에서도 공통점을 가지고 있지요.

　「아홉 켤레의 구두로 남은 사내」의 주인공 '권씨'는 「직선과 곡선」, 「날개 또는 수갑」, 「창백한 중년」 등에도 등장하며, 이 네 편의 소설들은 내용이 유기적으로 연결돼 있습니다. 이 작품은 권씨 이야기의 시작이라고 할 수 있죠. 교과서에 실리기도 했고 수능 문제로 출제된 적도 있어서 학생들에게 잘 알려진 작품이기도 합니다.

먼저 소설의 줄거리를 살펴볼까요?「아홉 켤레의 구두로 남은 사내」는 1인칭 시점의 소설로, 서술자 '나'가 '나'의 집에 세 들어 사는 권씨에 대해 이야기하는 방식을 취하고 있습니다. 서술자 '나'는 온건한 성격의 소유자로, 셋방살이를 하다 어렵게 집을 마련한 학교 교사입니다. 그리고 소설의 실질적인 주인공인 '권씨'는 선량한 소시민이었으나, 시위 사건의 주동자로 몰려 경찰의 감시 대상이 되고, 마땅한 일자리를 구하지 못해 계속 몰락하는 인물입니다.

소설은 '나'에게 순경이 찾아와 권씨를 감시해 달라고 부탁하면서 시작됩니다. 안 그래도 '나'는 권씨 가족으로 인해 속상해하고 있었는데요, 이들은 통보도 없이 약속한 날보다 앞서 이사를 와서는 전세금마저 다 내놓지 않았기 때문이죠. 이런 데다가 권씨가 전과자라는 이야기까지 들으니 집주인인 '나'는 권씨를 더욱 못마땅하게 여깁니다.

대학을 나오고 출판사에서 근무했던 권씨는 공사판에서 막일을 할 사람은 아니었죠. 그런데, 사건에 휘말려 출판사에서 쫓겨나다시피 하다 보니 가족의 생계를 위해 할 수 없이 공사판에서 막일을 하게 되었지요. 어느 날 '나'는 우연히 공사판에서 일을 하는 권씨와 마주칩니다. 그날 자존심이 상한 권씨가 술을 마시고 '나'를 찾아와 자신이 어떻게 전과자가 되었는지를 이야기하죠. 권씨는 자신의 집을 마련하기 위해 경기도 광주 지역에 땅을 분양받았으나 정부의 일방적인 정책으로 땅을 잃을 위기에 처하였답니다. 권씨와 같은 처지의 사람들이 불합리한 정부 정책에 항의하며 시위를 벌였고, 권씨도 항의하는 시위에 휘말려 주동자로 몰리게 되었지요. 당시 지식인이라 할 수 있는 권씨는 이 일을 계기로 전과자가 되었고, 결국 공사판 막노동자로 몰락하게 된 것입니다.

권씨가 '나'에게 전과자가 된 사연을 이야기하고 며칠이 지난 후, 권씨의 아내가 아이를 낳다 위급한 상황에 이르게 됩니다. 수술비가 필요한 권씨는 '나'를 찾아오고, '나'는 돈을 돌려받지 못할까 염려하여 처음에는 돈을 빌려주지 않습니다. 하지만 뒤늦게 자신의 잘못을 깨닫고 돈을 구하여 병원으로 가서 권씨의 아내가 수술을 받을 수 있도록 돕습니다. 이때 권씨는 병원에 있지 않았기 때문에 집주인인 '나'가 아내를 도운 사실을 몰랐지요. 그날 밤 '나'의 집에 강도가 듭니다. 술에 취한 권씨가 아내의 수술비를 마련할 생각에 주인집인 '나'의 집에 강도로 침입한 것이지요. '나'는 어설픈 강도의 행각을 보고 복면을 한 강도가 권씨임을 알아차립니다. 자신의 정체가 '나'에게 탄로 났다고 느낀 권씨는 자존심이 상한 채 집을 나가 행방불명이 되고 말지요. 소설은 '나'가 권씨의 행방불명 사실을 경찰에 신고하면서 끝이 납니다. 권씨의 행방과 관련된 이야기를 완결짓지 않고 끝이 나서 뒷이야기가 궁금해지고 더 여운이 남는 작품입니다.

그러면 세 가지 열쇠말을 이용하여 소설에 담긴 의미를 정리해 보겠습니다.

🔑 첫 번째 열쇠말_ **상징적 소재**

가장 먼저, 제목에 나온 '아홉 켤레 구두'의 상징적인 의미를 알아볼까요?

권씨에게는 모두 열 켤레의 구두가 있습니다. 권씨는 그중 일곱 켤레를 골라 한 번에 공들여 광을 낸 뒤, 매일매일 한 켤레씩 반짝거리는 구두를 번갈아 신고 다닙니다. 심지어는 건축 공사판에서 노동을 하는 중에도 광을 낸 구두를 신고 일을 합니다. 권씨가 매일 반짝거리게 닦아 신고 다니는 구두는 그가 늘 외치는 '안동 권씨', '대학 나온 사람'으로서의 자존심을 상징하지요.

강도가 되어 '나'의 집에 들어왔다가 자존심에 심한 상처를 입은 '권씨'는 어디론가 사라져 버리지요. 권씨가 떠난 뒤 그의 집에 남겨진 '아홉 켤레의 구두'는 마지막 자존심마저 잃고 삶의 벼랑 끝에 선 권씨의 힘겨운 삶을 보여 줍니다. 즉, 그가 늘 반짝거리게 닦고 다녔던 구두는 그의 마지막 자존심을 상징하고, 남겨진 아홉 켤레의 구두는 권씨의 부재와 자존심마저 잃게 된 권씨의 처지를 보여 준다고 이해할 수 있습니다.

🔑 두 번째 열쇠말_ **도시화의 그늘**

소설의 주인공인 권씨가 몰락한 원인을 이해하면, 작가의 주제 의식을 파악할 수 있을 것입니다. 권씨가 땅을 산 곳은 오늘날의 성남시입니다. 이곳은 원래 경기도 광주군 중부면이었으나, 정부에서 서울시의 빈민들을 집단 이주시킴으로써 새로 탄생한 도시입니다. 1968년 서울시의 주택 및 인구 문제를 해결하기 위해 정부에서 한강 변과 청계천 변을 개발하면서, 그곳에 무허가 건물을 짓고 살던 빈민들을 당시 농촌 지역이던 중부면으로 집단 이주시켰습니다. 간단히 정리하여 말하자면 철거민 이주 정책을 위해 광주 지역을 개발하여 서울시가 땅을 분양한 것이지요.

작품 내용을 보면, 권씨는 '보름 안에 불하받은 땅에 집을 지어라, 보름 안에 땅값을 일시불로 지급하라'는 당국의 일방적인 통지서를 받습니다. 돈이 없는 서민들은 도저히 감당할 수 없는 요구였지요. 심지어 이를 이행하지 않을 경우 6개월의 징역살이를 하거나 땅값보다 비싼 돈을 벌금으로 내야 한다는, 말도 안 되는 통보를 받았습니다. 이에 입주민들이 이런 불합리한 정책을 시정하라는 요구를 하고 나섰습니다. 이 소설은 1970년대에 실제 일어난 사건을 간접적으로 다루고 있는데요, '광주 대단지 사건'이 바로 그것입니다. 백과사전에서는 이 사건을 '1971년 8월 10일 경기도 광주 대단지(지금의 경기도 성남시) 주민 수만여 명이 정부의 무계획적인 도시 정책과 졸속 행정에 반발하며 도시를 점거했던 사건'이라고 정의하고 있습니다.

사태를 수습하고자 서울시에서 나섰지만, 이 사건으로 검거된 총 22명의 주민은 징역 2년 이하의 선고를 받았다고 합니다. 권씨는 여기서 탄생한 인물이지요. 권씨는 선량한 소시민이었으나 뜻하지 않게 시위 사건의 주동자로 몰려 경찰의 감시 대상이 되었고, 급기야 도시

빈민으로 전락했습니다. 권씨를 통해 급격한 산업화와 도시화 과정에서 희생된 소외 계층의 어려운 삶을 살필 수 있지요. 또한 부조리한 현실을 고발하고 있는 작가의 비판 의식을 엿볼 수 있습니다.

🔑 세 번째 열쇠말_ **소시민**

소시민의 사전적 정의는 노동자와 자본가의 중간 계급에 속하는 소상인, 수공업자, 하급 봉급생활자, 하급 공무원 따위를 통틀어 이르는 말입니다. 이 작품의 서술자인 '나'는 셋방살이를 하다가 어렵게 집을 마련한 학교 교사로, '나' 역시 소시민입니다. '나'는 셋방살이 시절, 주위의 가난한 이웃들이 '교사'라는 이유로 자신에게 지나친 관심을 갖는 것을 부담스러워했습니다. 그리고 '나'의 집에 전세로 입주한 권씨에게 연민의 시선을 보내면서도, 한편으로는 권씨 때문에 피해를 입을까 염려하는 모습도 보입니다. 이는 소외된 하층민의 삶을 외면할 수는 없지만, 그렇다고 자신의 안락한 삶을 포기하지도 못하는 전형적인 소시민의 모습이라고 볼 수 있습니다.

권씨도 처음에는 선량한 소시민이었지요. '나'는 권씨 역시 본래 '나'와 같은 처지였다는 점에서 공감대를 갖고 있습니다. 같은 소시민이라는 입장이어서 그의 심리를 잘 이해하고 있고, 그의 처지를 독자에게 비교적 정확히 전달하는 서술자의 역할을 하고 있지요. 그리고 대부분의 소시민인 독자들도 이런 권씨의 처지에 연민을 느끼고, 서술자인 '나'의 입장에 공감을 하게 됩니다.

처음부터 끝까지 소시민의 자리를 지킨 '나'에 비해, 권씨는 소시민에서 도시 빈민으로 몰락하고 마는데요. 여기서 원인으로 작용한 것이 바로 무분별한 도시 개발 및 비인간적인 산업화라고 할 수 있습니다. 순응적이고 저항을 두려워하는 소시민이었던 권씨는 행방불명 이후에는 어디서 어떤 삶을 살고 있을까요?

지금까지 '상징적 소재', '도시화의 그늘', '소시민'이라는 세 가지 열쇠말로 「아홉 켤레의 구두로 남은 사내」에 담긴 의미를 정리해 보았는데요. 어떠신가요? 산업 사회에서 소외된 계층의 어려운 삶이라는, 작품의 주제를 파악하는 데 도움이 되었나요?

이 소설의 뒷이야기가 궁금하다면 앞서 말씀드린 「직선과 곡선」이라는 소설을 읽어 보시기를 추천합니다. 「아홉 켤레의 구두로 남은 사내」에 나온 권씨가 서술자인 '나'로 등장하여 자신의 심리와 삶의 변화를 독자에게 구체적으로 전달하는 내용입니다. 권씨 입장에서 강도로 침입했을 때의 심정, 집을 나간 뒤에 겪은 일 등이 묘사되어 있어 흥미롭게 읽을 수 있습니다.

부디 집을 나간 권씨가 무사히 돌아와서 건강한 아내와 아이를 만나면 좋겠다는 바람을 가져 봅니다.

 윤여정 (고양파주국어교사모임)

이기호

사과는 잘해요

죄를 찾다
죄를 만들다
죄를 키우다

    이기호 작가의 첫 장편 소설 『사과는 잘해요』는 2008년 겨울부터 2009년 봄까지 한 인터넷 포털 사이트에 연재되던 것을 모은 작품인데요. 그때 연재된 것에서 골격만 제외하고는 거의 모든 내용을 새로 썼다고 합니다.

    이기호 작가는 『갈팡질팡하다가 내 이럴 줄 알았지』, 『웬만해선 아무렇지 않다』, 『세 살 버릇 여름까지 간다』 등의 작품에서 결말의 반전, 생생한 입담, 재기 발랄함 등을 보여 주고 있습니다.

    그런데 오늘 소개하는 소설 『사과는 잘해요』는 좀 다릅니다. 읽다 보면 화도 나고, 분노도 치밀다가, 결국 인간이란 뭘까라는 근원적 고민을 하게 됩니다. 물론 TV 고발 프로그램처럼 내내 무겁거나 아프지만은 않습니다. 주인공들의 어리숙한 진지함에 웃음도 났다가 마음이 짠해지기도 하지요.

지금부터 『사과는 잘해요』를 이 작품을 나누는 각 장(章)의 제목이기도 한 '죄를 찾다', '죄를 만들다', '죄를 키우다'를 열쇠말로 하여 자세히 살펴보고자 합니다.

🗝 첫 번째 열쇠말_ **죄를 찾다**

주인공인 '나'와 시봉은 시설에서 처음 만납니다. 여기서 시설은 무연고 부랑자나 지적 장애인들을 수용하는 사회 복지 시설을 가리키는 듯합니다. 그런데, 소설 속 시설은 정부의 지원금을 착복하기 위해 길에서 노숙자를 강제로 잡아 와 가두고, 강제로 일을 시키는 등 정상적인 운영을 하는 곳이 아니었습니다. 가끔 TV나 신문에서 이러한 사회 복지 시설의 비리를 폭로하는 기사를 볼 수 있지요.

시설에서는 '나'와 시봉에게 매일 정체 모를 알약을 먹입니다. 처음엔 어지럽고 속이 좋지 않았으나 나중에는 알약을 먹지 않으면 어지러운 상태가 됩니다. 알약을 먹지 않는 시간에는 양말을 포장하거나, 비누에 상표를 붙이는 일을 합니다.

시설의 복지사들은 '나'와 시봉을 매일 때립니다. 복지사들은 '나'와 시봉을 때릴 때마다 '네 죄가 뭔지 아냐?'고 묻습니다. '나'와 시봉은 아무리 생각해도 지은 죄가 무엇인지 모릅니다. 왜냐하면 죄를 짓지 않았으니까요. 그러면 복지사들은 '네 죄가 뭔지 몰라서 이렇게 맞는 거'라고 말하며 때립니다.

그래서 '나'와 시봉은 매를 맞지 않기 위해 없는 죄를 지었다고 거짓말을 합니다. 그리고 사과를 합니다. '사과'란 자기의 잘못을 인정하고, 그에 대한 용서를 비는 것을 말하죠. 그런데 잘못도 안 했는데 용서를 빌 게 있을까요? 그래서 '나'와 시봉은 사과를 먼저하고, 나중에 죄를 짓습니다. 사실 '나'와 시봉은 어떤 것이 죄가 되고, 어떤 것이 죄가 안 되는지조차 모르는 사람들입니다.

'나'와 시봉은 매를 맞지 않기 위해 계속 죄를 지으며 살아갑니다. 죄를 고백하는 것이, 고백을 안 하는 것보단 덜 맞기 때문에 언제나 고백부터 먼저 했지요. 약을 먹지 않았다고 고백한 날엔 정말로 약을 먹지 않고 버렸으며, 화장실에서 원장 선생님을 욕했다고 고백한 날엔 정말로 원장 선생님을 욕했습니다. 고백한 대로만, 꼭 그만큼의 죄만 지었습니다. 그래야 마음이 놓였고, 잠도 잘 왔으니까요.

한 번은 복지사들을 욕했다고 고백했다가 쇠 파이프로 허벅지를 두들겨 맞았습니다. 복지사들이 '같은 죄를 계속 짓는 건 더 나쁜 일'이라고 말하며 더 때린 것이지요. 그래서 '나'와 시봉은 매일매일 새로운 죄를 짓습니다.

'나'와 시봉이 '선 사과, 후 잘못'이라는 말도 안 되는 일을 벌이는 것은 복지사들이 매일 행하는 폭행과 약 때문입니다. 맞기 싫어서 거짓 죄를 고백합니다. 그리고 약을 먹어 정신이 몽롱한 상태에서 제대로 된 판단을 할 수 없게 됩니다.

그렇다면 복지사들은 왜 때리는 걸까요? 아무도 저항하지 않기 때문이 아닐까요? 복지사들은 자신들이 절대 권력자이고, 시설에 감금된 사람들과 다르다고 생각하며, 원생들을 함부로 대합니다. 폭언과 폭행이 일상화되어 있지요. 군화를 신고, 하얀 가운을 입고, 시설의 원생들을 매일 폭행하고, 사람을 죽게 하고, 죄를 짓습니다. 그러나 정작 사과해야 할 사람들은 사과하지 않고, 오히려 '나'와 시봉은 매일 사과를 합니다.

🔑 두 번째 열쇠말_ 죄를 만들다

 기차역 광장에서 자다가 시설로 끌려오게 된 구레나룻 아저씨는 약을 먹지 않고 몰래 버립니다. 그러고는 양말 상자를 포장하는 작업장에서 몰래 종이를 구해 와, 시설의 실상을 고발하는 내용을 적어 밖으로 던집니다. '나'와 시봉은 아저씨가 안쓰러워 양말 포장 상자 안에 '우리는 갇혀 있습니다. 이 쪽지를 발견하시는 분은 경찰에 신고해 주십시오. 같은 방 아저씨가 후사하겠다고 합니다.'라는 메모를 써서 넣습니다. 이 메모가 밖에 알려져, 결국 시설은 폐쇄되고, 두 사람은 시설 밖으로 나오게 됩니다.

 이제 폭언과 폭행으로부터 자유로워진 두 사람은 행복하게 잘 살게 되었을까요? 그랬으면 좋겠지만, 사회에서의 그들의 삶은 그리 녹록지 않습니다. 오랜 시간 사회와 단절되었던 두 사람은 일자리를 구하기 어려워, 시설에서 배운 '사과하기'로 돈을 벌기로 합니다. 누군가의 잘못을 대신해서 사과해 주는 일을 하기로 한 것이죠.

'나'와 시봉은 동네 정육점 아저씨를 매일 찾아가 과일 가게 아저씨에게 사과할 것이 없느냐고 묻습니다. 대신 사과해 주겠다면서요. 여러분에게 어떤 사람이 찾아와 "너 A에게 사과할 거 없어? 내가 대신 사과해 줄게."라고 말한다면 뭐라고 할 건가요? 대부분 "나 사과할 거 없는데?"라는 반응을 보이겠죠? 그런데 그 사람이 매일 찾아온다면 어떨까요? 고민하게 되지 않을까요? '내가 진짜 잘못 한 건 없나?', 'A가 나에게 뭔가 서운했나?', 그러면서 자신의 잘못을 생각해 보지 않을까요? 정육점 아저씨도 마찬가지입니다. 결국 이 사건으로 정육점 아저씨와 과일 가게 아저씨는 크게 다투고, 다시는 얼굴을 보지 않는 사이가 됩니다.

사람들의 죄를 대신 사과하겠다는 이 말도 안 되는 상황에서 사람들은 자신이 감추고 있는 잘못, 죄의식을 발견하게 되지요.

🗝️ 세 번째 열쇠말_ **죄를 키우다**

두 건의 '사과 대행'을 완수한 '나'와 시봉에게 출소한 복지사들이 나타납니다. 자신들의 잘못을 인정하고 진정한 사과를 하면 좋겠으나, 그런 사람들이었다면 처음부터 그렇게 무자비한 폭행을 저지르진 않았겠죠. 복지사들은 자신들의 죄와 원생들의 부당한 죽음이 기록된 시설 원장의 공책을 가져오라며 시봉을 인질로 잡고, '나'를 집으로 보냅니다.

언젠가 시봉은 시설에 있을 때 '나'에게 이런 말을 한 적이 있습니다. 나중에 혹시 자기에게 사과할 마음이 생기면, 그냥 너한테 하라고요. 자기 대신 '내'가 사과를 받아도 된다고 했지요. 그 말을 듣는 순간 '나'는 계속 시봉에게 죄를 짓고 싶어졌다고 합니다. 그리고 결국 돌이킬 수 없는 죄를 시봉에게 짓습니다. 시봉을 버리고 도망친 것이지요.

그렇다면 남겨진 '나'는 행복하게 살게 될까요? 아닐 것입니다. 복지사들은 '나'와 시봉이 살고 있는 곳을 알고 있고, 시봉의 여동생 시연이 오빠를 찾고 있고, 멀리 도망쳤다고 생각했지만 아직도 병원의 파란색 십자가가 '나'와 시연을 내려다보고 있으니, 영원히 죄를 용서받지 못할 것입니다.

'죄'의 반대말은 '무죄'가 아닌 '사과'라는 작가의 말이 오래도록 남는 소설입니다. 폭력에 길든 무기력한 사람들, 잘못을 저지르고도 그것을 인정하지 않고 진정한 사과를 하지 않는 비인간적인 사람들과 부조리한 사회에 대한 풍자, 인간의 죄의식을 보여 주는 이 소설을 꼭 읽어 보셨으면 좋겠습니다.

 권진희 (서울국어교사모임)

밤의 일기

평범한 사람들
폭력
정의로움에 대한 한계

  오늘 살펴볼 작품은 양귀자의 단편 소설 「밤의 일기」입니다. 소설가 양귀자는 1978년 「다시 시작하는 아침」으로 문학사상 신인상을 수상하면서 등단한 후, 첫 창작집 『귀머거리 새』, 연작 소설집 『원미동 사람들』을 출간하면서 '단편 문학의 정수를 보여 주고 있다.'는 비평가들의 찬사를 받았습니다. 이후 장편 소설에도 주력해 『희망』, 『나는 소망한다 내게 금지된 것을』, 『모순』 등을 펴내며 탁월한 문장력과 소설적 구성력을 보여 주었습니다. 그 외에도 산문집 『따뜻한 내 집 창밖에서 누군가 울고 있다』, 장편 동화 『누리야 누리야』 등을 펴내며 다양한 분야에서 활동을 하고 있습니다.

  「밤의 일기」는 1985년 발표된 작품으로, 집에 강도가 들어와 이웃에게 도움을 청했으나 거절당한 옆집 여자 이야기를 이틀이라는 시간 동안 그리고 있습니다. 그리고 그 이야기 틈틈이 주인공 태희가 출근길에 갑자기 사라졌다가 일주일 만에 고문 후유증을 안고 돌아온 남편을 회상합니다. 폭력적인 상황에 노출된 현대인의 모습을 그린 것인데요, 마지막 부분에서는 젊은 처녀가 폭력을 당하는 장면을 목격하고도 그냥 지나치는 태희의 모습을 보여 주며 끝이 납니다.

🗝 첫 번째 열쇠말_ **평범한 사람들**

  이 소설은 태희의 시점에서 전개됩니다. 그리고 태희의 남편, 옆집 여자인 경주 엄마가 등장하고, 소설 마지막 부분에 분홍 양장을 화사하게 떨쳐입은 처녀가 등장해요. 소설에서 태희는 '그녀' 또는 '태희'로, 태희의 남편은 '그'로, 경주 엄마는 '(옆집) 여자'로, 분홍 양장을 입은 처녀는 '분홍 양장'으로 지칭되고 있어요.

  태희는 평범한 가정주부이고, 203호에 살고 있습니다. 202호에는 경주네가 살고 있었고, 경주네는 태희가 아파트에서 서로의 집을 드나들며 사귀는 단 하나의 이웃이었죠.

  태희와 남편은 결혼한 지 5년 정도 됐지만 아이가 없었습니다. 남편은 고등학교 역사 교사입니다. 남편은 5년 전 사건이 있기 전까지는 '김 교수'라는 별명으로 불렸고, 대학 강단에 서는 것을 목표로 하고 있었어요. 하지만 사건이 있은 뒤부터 전공인 역사 관련 도서가 아닌 아닌 테러리즘에 관한 책을 읽으며 시간을 보냈고, 별명도 형광등으로 바뀌었죠.

202호에는 부부와 세 살짜리 딸 경주가 살고 있었습니다. 사건이 있었던 날, 경주 아빠는 출장 중이어서 대낮의 끔찍한 사건은 세 살짜리 경주와 경주 엄마가 당해야 했어요. 202호에 강도가 든 날 태희는 친구의 개업식에 다녀왔어요. 그래서 사건을 직접 목격하지는 못하고, 옆집 여자가 이웃들에게 보내는 '적의'에 가득 찬 몸짓만 봤죠.

밤에 혼자 있기 무섭다는 옆집 여자의 말에 태희는 옆집에 가서 잠을 잡니다. 하지만 신경은 온통 자신의 집에 있는 남편에게 가 있었죠. 남편은 밤마다 쉽게 잠들지 못했거든요. 그래서 태희는, 어린 경주가 받았을 충격에 대해 걱정하며 불안해하는 옆집 여자를 제대로 위로해 주지도 못해요.

다음 날 태희는 주부 방범대의 방범 대장을 맡아 달라는 반장과 아파트 여자들의 요청을 거절합니다. 방범대원이 되어 남들이 꺼리는 시간대에 순찰 당번을 맡는 것은 기꺼이 응낙하겠지만, 방범 대장은 아무나 하는 것이 아니라고 생각하면서. 태희가 거절한 이유 중 하나는 강도가 들어와서 옆집 여자가 미친 듯이 소리를 지르고 문을 두드리며 도움을 요청할 때는 내다보지 않던 사람들이, 위협이 사라진 뒤에는 밖으로 나와 옆집 여자를 위로하는 듯한 모습을 보이는 것이 못마땅했기 때문이었죠.

당사자인 옆집 여자의 입장에서는 정말 배신감과 분노가 치미는 상황이었을 겁니다. 그런데 이런 모습은, 안타깝지만 사실 우리 주변에서 흔히 볼 수 있죠.

🔑 두 번째 열쇠말_ **폭력**

이 작품에는 세 가지 폭력이 등장합니다. 먼저 옆집 여자가 당한 폭력이 있어요. 옆집 경주네는 대낮에 강도가 들이닥쳐 세 살짜리 아이를 볼모로, 옆집 여자를 위협해 돈을 빼앗기는 사건을 겪었죠. 그런데 옆집 여자가 203호부터 209호까지 소리를 지르고 문을 두드리며 도움을 요청했지만, 아무도 나와서 돕지 않았어요. 심지어 209호는 자신의 집으로 다가오는 경주 엄마의 인기척을 느끼고 안에서 문을 잠갔지요. 폭력이 자행되는 상황을 알고도 사람들은 방관하거나 피한 것이죠. 그로 인해 옆집 여자는 심리적인 충격까지 입은 것 같아요.

'사람이 다치지 않은 것만도 재수가 좋았다.'고 생각하기로 했다는 옆집 여자의 모습을 보며, 태희는 5년 전 남편이 겪은 사건을 떠올립니다. 이것이 두 번째 폭력이지요.

남편은 5년 전, 출근길에 실종되었다가 일주일 만에 온몸이 멍투성이가 되어서 돌아왔어요. 그 후 히스테리성 기억 상실증의 하나인 '해리 신경증'을 앓아요. 출근 시간만 되면 자동적으로 기억의 기능이 폐쇄되기 시작하죠. 출근하려고 나섰는데, 자신이 무엇을 하려고 했는지, 어디로 가려고 했는지 잊고, 멍하게 현관에 서 있는 거예요. 하지만 일단 출근을 하면 평소처럼 일을 합니다. 남편을 누가 끌고 가 고문을 했는지 명확히 나오지는 않지만, 정황을 통해 짐작할 수 있지요. 옆집 여자가 개인에게 폭력을 당한 것이라면 남편은 국가에게 폭력을 당한 겁니다.

그런데 옆집 여자는 "강도보다 더 미운 것은, 이 아파트에 사는 우리들의 이웃이었어요."라고 말하며 분노해요. 믿었던 사람들에 대한 배신감이 컸기 때문이겠죠. 그리고 이렇게 폭력에 대해 방관하는 사람들 때문에 폭력은 계속되고, 더 큰 폭력이 지속되는 것이라고 볼 수 있습니다. 강도가 든 옆집에 몰려든 여자들이 '또 들었어요.'라고 말하는 것에서 보듯, 이 아파트에 이런 일이 있었던 것이 처음은 아니었습니다. 같은 일이 반복된다는 건 사람들이 그런 상황에 대해 계속 방관하고 있었다는 걸 의미해요. 뒤늦게 방범대를 조직해서 대처하려고 하지만 방범 대장을 맡을 사람이 없었지요. 태희를 찾아와서 아이가 없다는 이유로 방범 대장을 맡으라고 했으니 말이에요.

세 번째 폭력은 이 소설 마지막 부분에 나옵니다. 태희는 친정인 청주로 가는 옆집 여자를 배웅하기 위해 고속 터미널에 갑니다. 그리고 옆집 여자를 배웅한 후 집으로 가기 위해 지하도로 내려섰을 때, 야바위꾼들과 분홍 양장을 화사하게 떨쳐입은 처녀, 그 처녀의 친구처럼 보이는 여자를 봅니다. 야바위꾼들이 벌인 도박판에 분홍 양장 처녀가 돈을 걸고 있는 모습이었는데, 결국 처녀는 야바위꾼들의 속임수에 넘어가 친구에게 빌린 돈마저 모두 잃지요. 사기라는 처녀의 말에 야바위꾼들은 여자들을 향해 욕을 하고 음담을 내뱉었고, 여자들이 경찰을 부르겠다고 하자 여자들의 뺨을 때리고 폭력을 행사해요. 옆집 여자처럼 처녀들도 폭력 앞에서 속수무책으로 당하며, 주위에 도움을 요청하지만 사람들은 외면하죠.

옆집 여자가 강도에게 당하는 모습은 보지 못했지만, 처녀들이 야바위꾼들에게 폭력을 당하는 모습을 목격한 태희. 그녀는 어떻게 행동했을까요? 세 번째 열쇠말에서 자세히 알아볼게요.

🗝 세 번째 열쇠말_ **정의로움에 대한 한계**

분홍 양장이 야바위꾼들에게 맞는 모습을 보며, 태희는 구경만 하는 사람이 되지 않겠다는 생각만은 간절했지만, 파출소를 찾아다니는 자신의 모습을 상상하는 것으로 끝납니다. 태희는 싸움을 말리지도, 여자들의 편을 들어주지도, 경찰에 신고하지도 못했죠. 그러면서 생각해요. '사람들의 저 은밀한 심중에 도사리고 있는 정의로움에 대한 한계는 어디에서부터 어디까지일까. 그것의 한계에 의해 또 하나의 폭력이 공공연히 묵인되고 있는 것을 어떻게 설명할 수 있을까.'

태희는 파출소를 찾아가 신고하는 일이 대단한 의협심을 필요로 하지 않는다는 걸 알고 있고, 구경이나 하자는 사람들의 무리에 합류해서도 안 된다고 생각하지만, 행동으로 옮기지는 못했습니다. 그래서 '다 똑같은 놈들이야.'라고 말하는 분홍 양장의 말을 들으며, 태희는 자신 역시 똑같은 놈들 중의 하나라고 생각하지요. 그런데 '스스로가 더욱 가증스런 것은 그럼에도 불구하고 그 똑같은 무리를 향해 이상한 사람들이라고 고개를 갸웃거리고 있었다는 사실'이었죠. 남들과 다를 바 없는 행동을 하면서도 자신은 남들과 다르다고 생각하는 자신의 모습에 혐오를 느끼는 겁니다.

태희는 지하도를 나온 뒤, 바로 길 건너에 있는 파출소를 발견하지만, 이미 늦었다고 생각하며 애써 눈길을 돌려 버려요. 그러고는 '어떤 종류의 더러움이든지 깨끗하게 닦아 낸다는 강력 수세미'를 파는 남자를 보며, 남편이 5년 전 일주일간의 실종 끝에 얻은 훈장인 발바닥에 새겨진 동전 크기만 한 홈집을 떠올립니다. 남편의 발바닥에 있는 군살은 남편의 상처를 상징적으로 보여 주지요. 태희는 그 군살을 강력 수세미로 떼어 버리고 싶다고 생각합니다. 하지만 상처는 그렇게 없어질 수 있는 게 아니죠. 이유도 모른 채 일주일간 혼자서 모진 고문을 당한 남편의 상처는, 그 사건 후에도 태희를 비롯한 그 누구와도 고통을 나눌 수 없었던 데에서 비롯된 것일 테니까요.

버스를 기다리던 태희는 처음에는 다른 사람들처럼 뛰어가서 버스를 타지 않습니다. 첫 번째 버스를 놓친 후 지하도로 향하던 태희는 지하도 앞에서 또 다른 사람들을 속이고 있는 야바위꾼들을 다시 보게 되지요. 다시 버스 정류장으로 향한 태희는, 이번에는 다른 사람들처럼 버스를 향해 맹렬하게 달립니다. 이번에는 절대 놓쳐서는 안 되는 것처럼.

남들과 조금은 다르게 행동하리라 생각했던 태희도, 결국 다른 사람들과 똑같이 행동하는 겁니다. 이걸 보면 아마 옆집에 강도가 든 시각에 태희가 집에 있었더라도, 태희 역시 이웃들과 같은 모습이지 않았을까요? 위험이 사라진 뒤에야 밖으로 나와서 옆집 여자를 위로하려고 했던 사람들이나, 처녀들이 야바위꾼들에게 폭력을 당하는 모습을 보고도 외면했던 태희나 결국 같은 모습인 거죠.

 옳다고 생각하는 일을 실천으로 옮기는 일은 쉽지 않습니다. 많은 사람들은 내 일이 아닌 남의 일이라고 생각하며 외면하는 방관자적인 모습을 보이죠.
 이 소설의 제목이 '밤의 일기'인 까닭은 무엇일까요? 폭력을 방관하게 되면 밤과 같은 폭력이 일상에서 언제든 일어날 수 있다는 것, 방관하는 우리의 태도가 결국 폭력을 키우고, 그 폭력이 결국 우리에게 돌아온다는 사실을 생각하면 좋겠습니다.

 박미연 (교육과정모임)

도둑맞은 가난

「도둑맞은 가난」은 1975년 4월 『세대』에 발표된 작품인데요. 제목이 참 재미있습니다. '도둑맞은 가난'이라니. '가난'도 도둑을 맞을 수 있을까요? 도대체 누가 '가난'을 훔쳐 갈까요?

이 작품을 쓴 박완서 작가는 한국 현대 문학에서 빼놓을 수 없는 작가입니다. 1931년생으로, 늦은 나이에 여성동아 장편 소설 공모전에 『나목』이 당선되면서 등단했지요. 그 후로 『그해 겨울은 따뜻했네』, 『그 많던 싱아는 누가 다 먹었을까』, 『그 남자네 집』 등 수많은 작품을 남겼고, 2011년 담낭암으로 사망했습니다. 남성 중심의 한국 문학사에서 여성 문학의 시대를 연 작가로 평가됩니다.

이제부터 '가난', '공장', '도둑'이라는 세 가지 열쇠말을 통해 작품에 대한 이야기를 나눠 보도록 하겠습니다.

 첫 번째 열쇠말_ **가난**

'가난'이라는 말은 소설의 제목에도 들어 있고, 이 소설 전체를 관통하고 있는 문제이기도 합니다. 이 소설에는 '가난'을 대하는 세 가지 부류의 사람들이 등장하지요.

첫 번째는, 가난을 견디지 못하고 거부하는 사람들입니다. 주인공인 '나'의 가족들이 이에 해당합니다. '나'에게는 아버지, 어머니, 오빠 세 사람의 가족이 있었는데, 이들은 가난한 자신들의 처지를 비관해 방에 연탄불을 피워 두고 동반 자살을 합니다. 아버지는 실직 후 사업을 시작했다가 망했지요. 그래도 자식들 공부는 시켜야 한다고, 삼류 대학에 다니는 오빠의 등록금과 '나'의 고등학교 등록금을 대느라 전세금까지 모두 날립니다. 결국 '나'의 가족들은 보증금도 없이 월세만 4천 원인 산동네까지 쫓겨 온 신세가 되지요.

특히 '나'의 어머니는 허영으로 가득 차 있는 인물입니다. 아버지가 직장에 다니고 있을 때에도 모임을 다녀오면 다른 사람들과 비교하면서 아버지를 들볶았고, 아버지의 퇴사 후에는 아버지를 부추겨 사업을 하게 해서 '사모님' 소리를 듣는 것을 즐겼지요. 그리고 아버지 사업이 망해 산동네까지 내몰렸음에도 살아갈 궁리를 하기보다는 온 가족이 동반 자살을 하는 비극적인 선택을 합니다. 그래서 주인공의 가족들을 가난을 거부하는 첫 번째 부류의 사람으로 넣었습니다.

두 번째 부류는 가난한 사람들을 경멸, 동정하고 돈이면 모든 것을 다 할 수 있다고 생각하는 사람들입니다. 가난을 경멸하고, '나'의 진심을 이해하지 못하고, 돈으로 모든 것을 할 수 있다고 생각하는 상훈이와 가난을 체험하는 일을 교육이나 놀이 정도로 생각하는 상훈이의 아버지가 이에 해당됩니다. 이들은 가난에 대한 이해나 공감이 전혀 없습니다.

마지막으로 세 번째 부류의 사람들은, 삶에 대한 애정을 가지고, 성실히 살아가는 대부분의 사람들이 해당됩니다. '나'는 집안이 망하고 산동네까지 내몰리면서도, '나'의 삶을 아끼며 주어진 여건 안에서 부지런히 살아갑니다. 비록 가난하지만, 성실하게 살면서 언젠가는 이 가난에서 벗어날 수 있을 것이라는 기대와 희망을 안고 있지요.

이렇게 첫 번째 열쇠말에서는 가난을 대하는 각각 다른 방식의 사람들에 대해 정리해 보았습니다. 여러분은 어느 부류에 해당된다고 생각하시나요? 지금 가난한 처지이든 아니든, 어느 가치관으로 살아가야 할지 한번쯤 생각해 볼 필요가 있을 듯합니다. 이제 두 번째 열쇠말로 넘어가 볼까요?

🔑 두 번째 열쇠말_ **공장**

이 소설에서 공장은 매우 중요한 배경 요소입니다. 그런데 소설 속의 공장들은 직원들을 위한 복지 시설과 제도가 잘 갖추어진 큰 공장들이 아닙니다. 개인이 운영하는 소규모 공장들이 대부분이지요. 주인공인 '나' 또한 어머니의 친구가 운영하는 인형 옷을 만드는 소규모 공장에서 일합니다. '나'의 남자 친구인 상훈이도 멕기 공장이라

불리는 도금 공장에서 일을 하지요. 주인공이 살고 있는 동네 사람들도 대부분 이런 작은 규모의 공장에 다니며 삶을 꾸려 가고 있어요.

공장에서 일을 하는 '나'의 모습과 태도를 보면 대견하다는 생각이 듭니다. 지금은 비록 보잘것없는 인형 옷을 만들고 있지만, 언젠가 양재를 배워서 일류 재봉사, 즉 패션 디자이너가 되기를 꿈꿉니다. 상훈이가 폐병으로 쓰러진 동료를 아무 생각 없이 집에 데려다준 것을 보고는 동료들과 돈을 걷어 가족에게 전해 주고 위로의 말도 건네야 하는 것이라고 알려 주기도 하지요. 비록 상훈이가 둘이서 어렵게 모은 돈 3만 원을 모두 가져다준 일로 크게 다투기는 하지만요.

두 사람이 애써 모은 돈을 한 푼도 남기지 않고 다른 사람에게 모두 주었으면서도 태평히 잠을 자는 상훈이의 행동은 '나'의 입장에서는 좀처럼 이해하기 어려웠지요. 상훈이는 폐병쟁이를 뼈아프게 동정하는 것도 아니었고, 가난한 이들이 남을 도와주고 싶어도 돈을 넣었다 뺐다 이타심과 이기심 사이에서 벌이는 갈등도 전혀 없었지요. 그 외에도 상훈이는 '나'의 입장에서는 이해하기 어려운 행동이나 말을 종종 합니다. 집에서 밥을 먹을 때 찌개에 들어 있는 멸치의 허연 눈깔이 징그럽다고 대가리는 좀 따고 넣으라고 한다든지, 5원짜리 붕어빵을 먹으면서 냅킨에 싸서 먹고, 그 냅킨으로 입 주변을 꼼꼼하게 닦아 냅니다. 한마디로, 상훈이에게는 가난에 대한 절실함이 없었습니다. 상훈이의 이런 행동들은 '나'를 알 수 없는 불안에 휩싸이게 하지요. 그것은 '내'가 '나'와 상훈이의 차이에 대해 어렴풋이 인식하기 시작했다는 것을 의미합니다.

　상훈이가 두 사람이 힘들게 모은 3만 원을 폐병을 앓는 동료에게 모두 털어 준 일로 '나'는 상훈이를 들볶습니다. 평범한 사람이라면, 그것도 형편이 넉넉지 못한 상황이라면 자신의 전 재산을 털어 남을 돕지는 않으니, 이런 '나'의 행동은 당연했을지 모릅니다. 그런데 며칠 후, 상훈이는 갑자기 집에 들어오지 않습니다. 상훈이가 일하던 공장엘 찾아가 봐도 그는 없었습니다. 그날부터 '나'는 매일매일 상훈이가 다시 집에 오기를 기대하면서 무시무시한 상상으로 두려워하며 살아갑니다.

　'나'는 상훈이가 '나'와 같은 공장 노동자이며, 가난뱅이라는 사실 외에는 상훈이에 대해 아는 것이 아무것도 없습니다. 함께 사는 사람에 대해 아무것도 알지 못했다는 것, 그것은 '나'의 입장에서 무척 절망적이었을 것입니다.

🔑 세 번째 열쇠말_ **도둑**

　앞에서 얘기했듯이, '나'는 아버지의 사업이 망한 뒤 부모와 오빠는 동반 자살을 했고, 산동네 단칸방으로 내몰린 무척 불행한 처지에 있는 여자입니다. 그럼에도 불구하고, 자신의 가난에 대해 기꺼이 인정하고, 자신에게 주어진 여건 속에서 성실하게 하루하루 살아가는 대견한 인물이지요. 상훈이를 만나 함께 살게 된 것도 그런 과정 중에서였지요. '나'는 상훈이에게 함께 살자고 말하면서 월세도 줄이고,

연탄값도 줄이고, 더 알뜰하게 살림을 살 수 있기 때문이라고 말합니다. 사실 '나'에게는 사랑하는 사람을 만나 함께 산다는 의미도 있었지만, '내'가 상훈이에게 그렇게 말할 수 있었던 것은 그만큼 '내'가 가난에 대해 누구보다 떳떳하게, 그것을 잘 견디고 있기 때문입니다.

그런 '나'에게 사라졌던 상훈이가 근사한 옷차림을 하고 대학 배지와 전공책들을 들고 다시 나타납니다. 상훈이의 이런 모습을 보고 '나'는, 돈 3만 원 때문에 상훈이를 너무 많이 괴롭혀서 그가 도둑질을 했다고 생각하지요. '나'는 상훈이가 틀림없이 자신과 같은 처지의 가난뱅이며, 혼자 산다고 하는 것으로 봐서 고아이거나 혹은 고아나 다름없을 것이라고 생각해 왔습니다. 그러니 상훈이의 변해 버린 모습에 대해 오해할 수밖에요. 하지만 상훈이는 자신이 원래 부잣집 도련님이며, 엄격한 자신의 아버지가 돈 귀한 줄 알아야 한다며 집에서 무일푼으로 쫓아냈기 때문에 가난뱅이 행세를 했다고 말합니다.

그 말에 주인공은 큰 충격을 받아요. 자신과 비슷한 처지의 남자를 만나서 사랑하고, 그와 함께 살림을 차렸는데, 그 사람이 자신과 전혀 다른 부류의 사람이라는 것을 알게 됐으니 얼마나 충격적이었을까요? 그뿐 아니라 자신이 떳떳하게 여기고, 굳건히 잘 견디고 있는 가난을 놀이 삼아 체험하고 있다니, 더 충격적이었지요. 그래서 주인공은 상훈이가 돌려준 돈 3만 원을 내동댕이치고, 욕설을 퍼부으며, 상훈이를 쫓아냅니다

소설의 마지막 부분은 상훈이를 쫓아내고 다시 방으로 돌아온 '나'

가 이전까지의 방과는 완전히 달라진 모습과 의미를 깨닫고, 깊이 절망하는 모습이 그려집니다. '나'가 그토록 애정을 가지고 최선을 다해 살아내고자 했던 삶이 부자인 상훈이에게는 고작 가난을 체험하고, 그 삶을 더욱 다채롭기 만들기 위한 놀이였을 뿐이라니. '나'는 '나'의 삶이, '나'의 가난마저도 상훈이에게 송두리째 도둑맞았다고 생각합니다.

  소설의 제목인 '도둑맞은 가난'은 결국 가진 자들의 탐욕이 힘들게 살아가는 사람들의 모든 것을 다 빼앗아 간다는 뜻이지요. 더 안타까운 것은 주인공이 상훈이를 만나 함께 살고, 상훈이에 대해 품게 된 마음은 진심이라는 것입니다. '나'는 먼저 나서서 상훈이에게 함께 살 것을 제안하고, 함께 살게 될 경우 경제적으로 얼마나 이익이 될 것인가에 대해 이야기하면서도 상훈이를 좋아하게 되었다거나, 사랑한다거나 하는 말들만은 일절 하지 않았습니다. 그런 류의 말들만은 반드시 상훈이가 먼저 하게 만들고 싶었기 때문이지요. 결국 그 말은 끝까지 듣지 못하게 되었습니다. 듣지 못했을 뿐 아니라 더욱 절망적이게도 상훈이로부터 연탄을 아끼기 위해 남자를 방으로 끌어들이는 여자애라는 말까지 듣습니다. 상훈이를 사랑하는 '나'의 진심이 상훈이에게는 연탄을 아끼기 위해 함부로 남자를 끌어들이는 막돼먹은 여자로 비친 것이지요.

  아마도 상훈이는 자본주의 사회에서 유리한 위치를 차지하고 있는 기득권을 상징하는 것 같습니다. 가난하지만 성실한 자세로 살아가는 주인공의 진심 따위는 상훈이에게는 관심의 대상조차 되지 못하는 것이죠. 그래서 주인공은 가난으로 인해 가족을 모두 잃고, 처음으로 마음을 준 남자에게마저 배신을 당하고, 자신이 처해 있는 가난이라는 무서운 현실을 더욱 처절하게 느끼게 됩니다.

'나는 쓰레기 더미에 쓰레기를 더하듯 내 방 속에, 무의미한 황폐의 한가운데 몸을 던지고 뼈가 저린 추위에 온몸을 내맡겼다.' 소설의 마지막 문장입니다. 주인공이 처해 있는 상황에 공감이 가는 구절이지요.

오늘 살펴본 박완서 작가의 「도둑 맞은 가난」은 1975년에 발표된 소설이지만, 오늘날에도 여전히 그 의미를 생각해 볼 만한 작품입니다. 지금도 어디에선가 살아가고 있을 상훈이가 다른 사람들의 진심에 귀 기울이고, 타인을 더 잘 이해하게 되기를 빌어 봅니다. 그리고 주인공의 가난에 담긴 진심이 응원받을 수 있기를 바랍니다.

 김인 (울산국어교사모임)

이방인

　오늘 살펴볼 『이방인』은 1942년에 발표된 작품인데요. 출간 이후 프랑스의 베스트셀러 목록에서 빠진 적이 없으며, 작가인 알베르 카뮈가 노벨문학상을 수상하는 데 결정적인 역할을 하였습니다.

　알베르 카뮈는 프랑스의 식민지였던 알제리 태생으로, 가난한 집안에서 태어났습니다. 아버지는 카뮈가 태어난 이듬해에, 제1차 세계대전이 발발하면서 징집되었다가 전쟁 중에 사망합니다. 가정 형편이 몹시 어려운 상황에서 초등학교 2학년 때 만난 담임 선생님의 후원으로 개인 교습도 받고, 장학생으로 중등학교에 진학할 수 있었습니다. 카뮈는 나중에 노벨상을 수상하면서 수상 연설을 그 담임 선생님께 헌정했어요.

　대학에 진학하면서 철학 교수 장 그르니에를 만나게 되는데, 두 사람은 매우 깊이 교류했고, 장 그르니에는 카뮈에게 결정적인 영향을 끼쳤습니다. 장 그르니에의 대표작인 에세이집 『섬』에 실린 카뮈의 서문이 유명하죠.

　카뮈는 좌파 정치 활동을 열심히 했고, 노동 계급을 위해 노동 극단을 만들어서 활동하기도 했습니다. 일간지 기자와 편집자 등 언론인으로서도 꽤 많은 활동을 했습니다. 실존주의 철학자 장 폴 사르트르와도 친분이 두터웠으나, 나중에 공산주의에 대한 견해 차이로 결별하게 됩니다. 카뮈는 폐결핵 때문에 고생을 많이 하기도 했는데, 안타깝게도 마흔일곱의 이른 나이에 교통사고로 사망했습니다.

🗝 첫 번째 열쇠말_ **무관하다**

　이 작품은 주인공 뫼르소의 시점에서 서술되는데, '나'의 말이나 의식 세계를 한마디로 요약하면 '무관하다'입니다. 소설은 '오늘 엄마가 죽었다. 아니, 어쩌면 어제.'라는 짧은 문장으로 시작합니다. 어머니의 죽음 앞에서도 아무런 특별한 감정이 느껴지지 않고, 그냥 자신과 무관한 일을 전달하는 것으로 여겨집니다. 더구나 어머니 장례식에 참석하기 위해 사장에게 휴가를 청하면서 '그건 제 탓이 아닙니다.'라는 말까지 합니다.

　일반적인 사고방식으로 본다면 상당히 충격적인 표현인데, 작품에서는 이런 표현이 자주 반복됩니다. 여자 친구인 마리가 자신을 사랑하느냐고 물었을 때, 그런 것은 아무 의미도 없는 말이지만 사랑하는 것 같지는 않다고 대답합니다. 그리고 그다음 날 마리가 자기와 결혼할 마음이 있느냐고 물었을 때, 그건 아무래도 상관없지만 그녀가 원한다면 해도 좋다고 합니다. 사랑하지 않는데 왜 결혼하겠다는 거냐고 묻자, 그건 아무 중요성도 없는 거지만 정 원한다면 결혼해도 좋다고 하죠.

마치 모든 것이 자신과는 무관하다는 듯이 얘기해요. '나'가 일하는 회사의 사장이 파리에 출장소를 설치하려고 하는데, 그리로 갈 의향이 있는지 물었을 때도 마찬가집니다. '나'는 이러나저러나 자신에게는 마찬가지라고 말하죠. 사장이 생활 환경이 바뀌는 것에 흥미를 느끼지 않느냐고 묻자, 사람이란 결코 생활을 바꿀 수는 없는 노릇이고, 어떤 생활이든지 다 그게 그거라고 합니다. 삶에 대한 적극적 의지가 없는 사람이라는 느낌이 들죠.

하지만 이런 무심함이 살인과 연결되었습니다. 아파트의 같은 층에 사는 레몽이라는 건달이 자신과 친구가 되겠느냐고 묻자, 어느 쪽이든 상관없다고 말합니다. 레몽이 여자에게 복수하기 위해 편지를 대신 써 달라고 했을 때도, 레몽의 마음에 들지 않아야 할 이유가 없기 때문에 마음에 들도록 쓰기 위해 노력합니다. 하지만 이렇게 특별한 의미 없이 무심하게 레몽의 복수에 가담했다가 살인을 하게 됩니다.

레몽이 아랍인과 맞서서 싸우게 된 상황에서 레몽이 권총을 쏠까 묻자, '나'는 상대방이 단도를 뽑기 전에는 쏘지 말라고 합니다. 레몽으로부터 권총을 넘겨받으면서, '나'는 권총을 쏠 수도 있고, 쏘지 않을 수도 있다고 생각합니다. 아랍인과 둘만이 마주한 상황에서 '나'가 뜨겁게 내리쬐는 태양을 피하기 위해 한 걸음 내딛자, 아랍인은 단도를 꺼내 들었습니다. 단도에 반사된 강력한 태양 빛을 느끼며 '나'는 결국 권총 방아쇠를 당기게 되죠. 세상 모든 일, 심지어 자신과도 무관한 듯했으나 결국은 사람을 죽이고 말았죠.

살인범으로 재판받는 상황에서도 '나'는 재판이 자신과 무관한 것 같은 태도를 취해요. 재판을 기다리면서 간수가 떨리느냐고 묻자, 여태껏 그런 기회가 한 번도 없었기 때문에 재판을 구경하는 것이 흥미 있다고 합니다. '피고석에 앉아서일지라도 자기 자신에 대해 이야기하는 소리를 듣는 것은 언제나 흥미 있는 일'이라는 말도 하죠. 마치 구경꾼으로 재판에 임하고 있는 것처럼 보입니다.

🗝 두 번째 열쇠말_ **솔직하다**

'솔직하다'는 말은 '거짓'이라는 말과 연관 지어 봤을 때 의미가 더 분명해지지 않을까요? '거짓말은 실제로 있지도 않은 것을 말하는 것뿐만이 아니다. 실제로 있는 것 이상을 말하는 것, 인간의 마음과 관련해서는 자신이 느끼는 것 이상을 말하는 것이다.' 카뮈가 『이방인』 미국판 서문에서 말한 내용입니다. 그러니까 솔직하다는 건 허위가 없다는 의미만이 아니라, 과장이 없다는 의미를 포함해야 한다는 거죠.

소설에서는 오히려 거짓의 의미를 '자신이 느끼는 것 이상을 말하는 것'에 더 초점을 두고 있습니다. '나'는 상황을 고려하지 않고 자기 생각을 그대로 노출하잖아요. 어머니의 죽음을 알리는 전보를 받고 사장에게 휴가를 신청하면서 '그건 제 탓이 아닙니다.'라고 말한다든지, 어머니의 장례식 날 아침에 해가 떠올랐을 때 '엄마 일만 없었다면 산책하기에 얼마나 즐거울까 하는 생각'을 하기도 합니다.

'나'는 여자 친구 마리가 자신과 결혼하겠느냐고 했을 때 원한다면 하겠다고 했죠. 그런데 마리가 자신과 비슷한 관계로 맺어진 다른 사람이 청혼을 하더라도 승낙하겠느냐고 물었을 때 '물론'이라고 단호하게 대답합니다. 그러자 마리는 '나'를 이상한 사람이라고 하죠.

'나'의 이런 모습은 재판 상황에서도 볼 수 있습니다. 변호사가 어머니를 사랑했느냐고 묻자, 엄마를 사랑했으나 그런 것은 아무 의미가 없다고 말합니다. 그리고 '건전한 사람은 누구나 사랑하는 사람의 죽음을 다소간 바랐던 경험이 있는 법'이라고 덧붙이죠. 변호사가 매우 흥분하면서 법정에서 절대 그런 말을 하면 안 된다고 말하죠. '나'는 육체적 욕구에 밀려 감정은 뒷전이 되는 그런 천성이라고 말합니다. 엄마의 장례식이 있던 날 '나'는 너무 피곤하고 졸려서 일이 어떻게 되었는지 잘 알 수가 없었고, 분명한 것은 엄마가 죽지 않았으면 좋았을 것이라고 말했지만 변호사는 그걸로는 부족하다고 하죠.

재판 진행 중에 증인들을 심문하는 과정에서는 자신에게 불리할 수 있지만 사실을 바르게 얘기해 주기도 합니다. 증인으로 나온 양로원 문지기를 심문하면서 어머니의 시신 옆에서 함께 담배 피운 사실을 지적하자 담배를 자신이 먼저 권했다고 확인해 줍니다. 유리하거나 불리한 점을 따지지 않는 거죠.

🔑 세 번째 열쇠말_ **부조리**

부조리란 '인생에서 그 의의를 발견할 가망이 없음'을 이르는 철학 용어인데, 부조리라는 말은 카뮈에 의해서 부각되었다고 할 수 있어요. 부조리의 가장 궁극적인 이유는 죽음이라고 할 수 있습니다. 인간은 결국 죽는다는 사실을 부정할 수는 없잖아요. 법정에서 사형 선고를 받은 뒤 '나'는 상고를 거부합니다. '인생이 살 만한 가치가 없다는 것은 누구나 알고 있다. 결국, 서른 살에 죽든지 예순 살에 죽든지 별로 다름이 없다.'는 생각에서 그렇게 하죠.

이 작품은 구성상 죽음이 중요한 의미를 지닙니다. 맨 먼저 어머니의 죽음으로 시작하고, 이어서 아랍인이 '나'의 총격으로 죽어요. 그 결과로 '나'가 법정에서 사형을 선고받은 뒤 집행을 앞두고 있는 게 전체적인 구성입니다. 어머니의 죽음은 늙어서 자연사한 것이고, 아랍인의 죽음은 상당히 우발적인 사고로 죽임을 당한 거죠. 그리고 '나'는 사회가 정한 규칙에 따라 재판을 받고 사형을 선고받습니다. 이런저런 죽음의 양상이 제시되어 있죠.

어머니의 죽음 앞에서 보인 '나'의 태도가 아랍인에게 총을 쏜 행위를 판단하는 중요한 근거가 됩니다. 변호사는 '나'가 어머니 장례식 날 무심한 태도를 보였다는 사실이 검사 측에 중요한 논거가 될 것이라고 합니다. 우리 사회의 일반적인 문화와 동떨어진 이방인의 태도가 사형을 선고하는 중요한 근거가 될 수 있는 것입니다.

일반적으로 사람들은 삶이 유한하다는 것을 알고 있습니다. 그리고 세계와 자아가 일치할 수 없다는 것을 늘 경험하면서도 그 안에서 나름의 의미를 부여하며 살아가죠. 종교나 사상 같은 것이 한몫을 하기도 합니다. 그러나 '나'는 좀 다릅니다. 사형 선고를 받은 뒤에 '나'를 종교로 인도하기 위해 사제가 찾아왔을 때 '나'는 하느님을 믿지 않는다고 말합니다. '당신은 아무 희망도 없이, 죽으면 완전히 없어져 버린다는 생각으로 살고 있습니까?'라고 사제가 묻자, '나'는 그렇다고 간결하게 대답합니다.

전반적으로 '나'가 세상에 대해 보이는 무심한 태도는 이런 부조리에 대한 인식을 바탕에 깔고 있는 것으로 보입니다. 이래도 좋고 저래도 좋다, 혹은 이러나저러나 의미가 없다는 태도로 일관하죠. 그러다 보니 자신에 대해서도 거리를 두고 관찰자가 되기도 합니다.

'나'는 딱 한 번 격정적으로 내면을 드러냅니다. 소설의 마지막 부분에서 사형 선고를 받은 뒤 사제가 찾아왔을 때죠. '내가 살아온 이 부조리한 전 생애 동안, 내 미래의 저 밑바닥으로부터 항시 한 줄기 어두운 바람이, 아직도 오지 않은 세계를 거슬러 내게로 불어 올라오고 있었다.' 이 어두운 바람은 곧 죽음이나 죽음에 대한 예감이겠지요. 그리고 이 죽음에 대한 예감이 부조리의 근원이라는 짐작을 하게 됩니다.

'나'는 사제에게 격정적으로 감정을 표출한 뒤에 오히려 평온함을 느끼죠. 엄마는 죽음 앞에서 해방감을 느꼈고, 모든 것을 다시 살아 볼 마음이 내켰을 것이라고 합니다. 그리고 '나'도 모든 것을 다시 살아 보고 싶은 마음이 들었다고 하죠. '나'는 '전에도 행복했고, 지금도 행복하다는 것을 느꼈다.'고 합니다. 인간은 죽음과 정면으로 대응함으로써 삶의 가치를 깨닫는다고 할까요?

사르트르는 『이방인』을 '부조리에 관해서, 그리고 부조리에 맞서 쓰인 작품'이라고 평가했습니다. 카뮈 자신은 『시시포스의 신화』에서 부조리는 결론이 아니라 출발점이라고 했지요. 인간의 삶은 부조리하지만 그래서 허무한 것이 아니라, 끊임없이 세계를 이해하기 위해 노력하며, 현재의 삶에 충실해야 한다는 게 카뮈의 생각입니다.

인간은 죽음을 피할 수 없는 부조리한 존재이지만 대개 절망하기보다는 적당히 희망을 지닐 만한 관습과 문화를 만들어 살아가고 있습니다. 이 작품을 통해 그런 타협을 거부하고 마침내 죽음과 마주하는 뫼르소라는 주인공을 만날 수 있습니다. 인간은 필연적으로 죽을 수밖에 없으며, 사형수처럼 한정된 삶을 살아야 하므로 더 치열하게 살아야 한다는 작가의 목소리를 곱씹어 보게 됩니다.

고용우 (울산국어교사모임)

한국이 싫어서

　오늘 우리가 같이 읽어 볼 『한국이 싫어서』는 제목에서부터 매우 강렬한 인상을 주는 작품입니다. 책을 읽지 않고 제목만 보더라도 하나의 대화 주제가 만들어지죠. 책 표지를 먼저 살펴보면, 심각한 제목과는 다르게 초록색 배경에 마치 공원에 산책 나온 듯한 많은 사람들의 모습이 그려져 있습니다. 제목을 본 사람들이 대화를 나누는 모습 같기도 하고요.

　장강명은 1975년생으로, 기자 생활을 하던 중 전업 소설가가 되기 위해 퇴사를 하고, 작품 활동을 시작했습니다. 이후 『표백』, 『댓글 부대』 등 왕성한 창작 활동을 하며, 사람들로부터 많은 사랑을 받고 있습니다.

　장강명 작가의 인터뷰를 보면 이런 얘기가 나옵니다. '사람들이 관심을 가지고 힘들어하는, 그리고 가장 보편적인 사람의 이야기를 담으려고 했다.'라고요. 오늘 세 가지 열쇠말로 이 작품을 살펴보면서, 바로 현재 우리의 삶을 돌이켜보는 시간을 가져 보고자 합니다.

🗝 첫 번째 열쇠말_ 계나

여러분은 '헬조선'이라는 말을 들어본 적 있으신가요? 열심히 노력해도 살기 어려운 지옥 같은 한국 사회를 부정적으로 일컫는 말이지요. 간혹 저도 대화를 하면서 이 말을 사용하기도 했는데요. 당연히 좋은 의미는 아니었죠. 이 말은 날이 갈수록 삶이 팍팍하다는 의미의 자조적인 표현입니다. 그러고 보면 '흙수저'라는 말도 비슷하게 자주 쓰이고 있죠. 이런 말들은 자기가 사는 나라와 부모를 비하하고, 우리 사회를 살기 힘든 세상으로 인식하는 요즘의 세태를 잘 반영하는 말입니다.

그런데 그 이면에는 많은 논쟁들이 존재합니다. 헬조선이라는 표현에 대해서, 많은 기성세대들은 젊은 세대들의 노력이 부족하다고 말합니다. 반면, 젊은 세대는 노력이 부족하다는 말을 듣기에는 자신들이 매우 뛰어난 스펙을 갖고 있으며, 기성세대보다 우월한 스펙을 갖추기 위해 힘들게 노력했다고 말합니다. 단지, 기울이는 노력보다 얻을 수 있는 희망이 너무 작다고 하지요.

'한국이 싫어서'. 도대체 소설 속의 인물들은 어떤 점이 싫었을까요? 작품 속의 주인공 계나는 한국이 싫은 사람 중 한 명입니다. 사는 것이 힘들어서 한국이 싫은 건데요. 계나의 삶을 살펴보면 자기 삶에 어느 정도 충실히 살아온 인물입니다. 서울의 한 대학을 나올 정도로 학업을 게을리한 것도 아니고, 대기업은 아니지만 나름 알아주는 금융업계에서 평범한 직장인으로 살아가고 있습니다. 또 집안, 학벌, 성격 모두 꽤 괜찮은 지명이라는 동갑내기 남자 친구도 있습니다. 그녀는 재개발 추진 지구에서 부모님과 언니, 여동생과 함께 살아갑니다.

　여기까지만 보면 그녀의 삶은 정말 보편적인, 가장 보통의 삶을 누리고 있습니다. 그러나 계나는 한국이 싫습니다. 다른 이유로 싫은 게 아니라 자신이 영원히 주류로 살 수 없는 곳이라는 것을 깨달았기 때문입니다. 무엇을 해도, 어떤 노력을 해도, 보이지 않는 유리 천장이 있는 곳. 그녀의 아버지가 재개발을 앞두고 돈 2천만 원이 필요해 계나에게 빌리고자 했지만, 계나는 그것을 거절하고 호주로 떠나 버립니다. 남자 친구인 지명은 취업 준비생이라는 자신의 처지 때문에 그런 그녀를 막을 수 없습니다.

　계나가 한국을 떠나는 이유는 두 마디로 요약하면 '한국이 싫어서'입니다. 세 마디로는 '여기서는 못 살겠어서'이고요. 책을 읽다 보면, 이런 말도 나옵니다. '나더러 왜 조국을 사랑하지 않느냐고 하던데, 조국도 나를 사랑하지 않았거든.……중략……나라가 나를 먹여 주고 입혀 주고 지켜 줬다고 하는데, 나도 법 지키고 교육받고 세금 내고 할 건 다 했어.'

🔑 두 번째 열쇠말_ **호주에서는**

한국에서의 삶을 견디지 못해 떠난 계나는 호주에서 어떻게 살아갈까요? 우선 계나는 늘 초여름 정도의 날씨인 호주의 기후에 만족해합니다. 사계절의 장점에 대해서 귀에 못이 박히도록 들은 우리에게는 변덕 없이 한결같은 계절이 다소 지겹게 느껴질 수도 있겠지만, 적당한 계절이 이어지는 것도 나쁜 것만은 아니라고 생각합니다.

그리고 계나는 호주 유학원에서 재인이라는 남자를 만나는데, 그는 여느 한국 사람들과는 좀 다릅니다. 20대 중반의 그는 대학에서 전공하고 싶은 것도, 하고 싶은 일도, 인생의 뚜렷한 목표도 없습니다. 그렇지만 그는 초조해하지 않습니다. 바로 여기에 굉장히 중요한 차이가 있습니다. 확신이 없고 불안정한 삶으로 보이지만, 그는 여유가 있습니다.

계나는 한국과 호주에서 느끼는 행복이 다르다고 했는데요, 이를 '자산성 행복'과 '현금 흐름성 행복'이라고 표현하고 있습니다. '자산성 행복'은 무언가를 이루어서 생기는 행복입니다. 좋은 대학을 나오고 대기업에 들어갔을 때, 몇몇 사람들이 행복을 느낍니다. 흔히 우리가 무언가를 이루었을 때 느끼는 행복감이 '자산성 행복'이라는 것이죠. 반면 '현금 흐름성 행복'은 순간순간 작은 것에서 느끼는 행복입니다. 예컨대, 퇴근하고 시원한 맥주 한 잔을 들이켤 때, 바람을 느끼며 자전거를 탈 때, 우리는 무언가를 크게 이룬 것은 아니지만 작은 행복을 느낍니다. 이런 행복을 '현금 흐름성 행복'이라고 합니다.

계나는 호주에서 살면서, 이러한 현금 흐름성 행복을 느끼게 됩니다. 그리고 매일매일 웃으며 행복하게 살고 싶은 마음에 호주에서 살기로 결심합니다. 계나는 호주에서 다양한 사람들을 만나고, 노력해서 회계학 석사 학위를 따고, 여러 가지 일들을 해 나갑니다. 그러다 잠시 한국에 들어왔을 때, 자기가 떠나기 전과 다를 바 없이 아등바등 살아가는 친구들의 모습을 보며 안타까워합니다. 사실 친구들이 나누는 대화는 두 가지뿐이었습니다. 한 친구의 시어머니 이야기와 또 다른 친구의 회사 이야기. 그런데 그 두 이야기는 몇 년 전, 계나가 한국에 있을 때 들었던 거랑 내용이 하나도 다를 게 없었지요. 아마 앞으로 몇 년이 지난 뒤에도 친구들은 여전히 똑같은 이야기를 하고 있을지 모릅니다.

친구들은 계나에게 공감을 원하고 이야기한 것이겠지만, 맞장구쳐 주는 것은 근본적인 해결책이 될 수 없습니다. 근본적인 해결책은 힘이 들고, 실행하려면 상당한 용기가 필요하지요. 친구들이 시어머니에게 그건 싫다, 회사 상사에게 이건 잘못됐다라고 딱 부러지게 말하지 못하는 이유는 지금의 생활이 주는 안정감과 예측 가능성이 너무나 소중해서 그것이 깨질까 두렵기 때문입니다.

🔑 세 번째 열쇠말_ **나의 행복**

호주에서의 시민권 취득을 앞두고, 헤어진 남자 친구 지명이 계나에게 전화를 합니다. 취업 준비생이 아닌 번듯한 방송 기자가 되어서요. 언제까지고 기다린다는 말에 감동을 받은 계나는 잠시 한국에 돌아와, 지명과 두어 달 가량 함께 지냅니다. 이제는 한국에서 그냥 살아도 됩니다. 그럴 여건이 갖춰졌으니까요. 하지만 지명에게는 개인 시간이 거의 없었습니다. 해 뜨기 전에 집을 나가서 달을 보며 퇴근하고, 주말에도 일을 해야 하는 삶. 분명 계나의 입장에서 지명은 좋은 조건을 가진 남자 친구이지만 그러한 상황 그대로 한국에서 살고 싶지는 않았습니다. 물론 호주에서의 삶도 녹록하지는 않았습니다. 계나는 같은 한국인에게 바가지를 쓰고, 사기를 당하고, 동양인이어서 무시를 당하고, 언어가 서툴러 취업도 어렵고, 현지 상황이나 법을 몰라서 위기에 처하고, 기껏 모은 돈을 잃기도 했습니다. 그럼에도 계나는 호주에서의 삶을 선택합니다.

처음 호주로 갈 때는 한국이 싫어서였는데, 이제는 한국이 싫어서가 아니라 자신이 행복해지기 위해서 호주로 갑니다. 아직 행복해지는 방법은 잘 모르겠지만 호주에서라면 더 쉬울 거라는 직감을 가지고요. 계나의 눈에는 대부분의 한국 사람들이 자기 행복을 어느 깊은 곳에 꽁꽁 싸 놓고, 자기 행복이 아닌 남의 불행을 원동력 삼아 하루하루 버티는 것처럼 보입니다. 집을 사느라 빚을 잔뜩 지고 정작 사용할 현금이 없어서 절절매거나, 또 일부 사람들은 일부러라도 남을 불행하게 만들려고 하는 것처럼 보이죠. 가게에서 진상을 떨거나, 며느리를 괴롭히거나, 부하 직원을 못살게 구는 것. 자기보다 약하다고 여겨지는 사람을 아예 사람 취급을 안 하는 이런 행위들이 모두 남을 불행으로 밀어 넣고 자신의 하루를 버텨 보려는 모습처럼 보입니다.

　이 작품은 오늘날 여전히 경쟁이 심한 우리 한국 사회와, 그런 환경에서 살아남으려는 한국 사람들의 일상을 잘 표현하고 있습니다. 책을 읽은 많은 사람들이 작품 속 한국 사회의 모습에 충분히 공감할 것입니다.

　그렇다고 해서 이 소설이 이민을 권장하는 것은 절대 아닙니다. 얼마 전 친구들과 이민에 대해서 대화를 나눈 기억이 납니다. 헬조선을 떠나면 어디로 갈까라는 주제로 몇 시간이나 떠들었지요. 그 와중에 이 작품에 대해서도 이야기를 하게 되었고요. 사실 외국에 나가면 답답함이 느껴지는 순간들도 있습니다. 사람들이 일 처리를 하는 속도가 너무 느려서 화가 나기도 하고요. 한국에서 이렇게 일 처리하면 항의하는 사람들이 넘쳐 났을 텐데라고 생각한 적도 있습니다.

　하지만 우리는 한번쯤 생각해 보아야 합니다. 어쩌면 내가 답답해하지 않으려고 누군가의 현금 흐름성 행복을 빼앗고 있는 것은 아닐까? 그리고 나 역시 누군가에 의해서 현금 흐름성 행복을 빼앗기고 있는 것은 아닐까? 한국에서도 불편함과 기다림이 조금은 필요하지 않을까? 이런 생각들을 하면서 이 작품을 읽어 보았으면 합니다.

 이재호 (대구국어교사모임)

코끼리

**히말라야
외국인 노동자의 삶
소용돌이**

「코끼리」는 네팔 출신 외국인 노동자와 조선족 여자 사이에서 태어난 열세 살 소년 아카스의 시각으로, 외국인 노동자들의 꿈과 절망을 담아낸 작품입니다.

2005년 올해의 문제 소설과 올해의 좋은 소설로 선정된 「코끼리」는 1990년대 식사동의 가구 공단을 배경으로 하여, 하루 동안 벌어진 일을 그리고 있습니다. 아카스의 이야기와 회상을 통해 이주 노동자들에 대한 우리 사회의 차별과 편견, 그리고 이들이 처한 고통스러운 현실을 사실적으로 그려 내고 있지요.

작가 김재영은 2000년 「또 다른 계절」로 내일을여는작가 신인상을 받으며 작품 활동을 시작했습니다. 소설집으로 『코끼리』, 『폭식』, 『사과파이 나누는 시간』 등이 있고, 동남아시아 등지에서 이주해 와 일하고 있는 외국인 노동자들의 어려운 현실을 담은 작품을 많이 썼습니다.

그러면 지금부터 세 가지 열쇠말 '히말라야', '외국인 노동자의 삶', '소용돌이'를 통해 작품을 살펴보겠습니다.

🔑 첫 번째 열쇠말_ 히말라야

주인공인 '나(아카스)'는 열세 살로, 네팔에서 온 아버지 어루준과 살고 있습니다. 조선족인 엄마는 지난봄 집을 나갔습니다. 마흔이 된 아버지는 손에 지문이 없어질 정도로 열심히 일했지만, 이들이 사는 집은 십여 년 전까지 돼지 축사로 쓰였다는 낡은 건물입니다.

이 건물에는 모두 다섯 집이 있는데, 1호실에는 미얀마 아저씨들, 2호실에는 스리랑카인 남편과 방글라데시인 아내와 갓난아기 토야, 3호실에는 파키스탄 청년 알리와 비재 아저씨, 5호실에는 러시아 아가씨 마리나가 살고 있습니다. 아카스와 아버지는 4호실에 살고 있습니다. 다섯 개의 방에 사는 사람들은 모두 국적이 다르지만, 공통점이 있죠? 모두 외국인 노동자들이고, 한국에 올 때는 부푼 꿈을 갖고 있었지만 지금은 그 꿈을 잃어 가고 있다는 점이죠.

히말라야가 '지도로 그릴 수 없는 땅'인 것처럼 그들의 사연도 한마디로 이야기할 수 없습니다. 아카스의 아버지 어루준도 '심장이 사납게 뛰는 스물여섯' 살 생일날 아침에 고향을 떠나와 마흔이 되었습니다. 네팔에서 천문학을 전공한 아버지는 한국에 와서 하루에 수백 개씩 전구를 만들었어요. 하지만 화학 약품 때문에 기침이 멈추지 않아 상자를 만드는 직장으로 옮겼지요. 아버지가 만든 전구와 상자는 백화점으로 보내졌지만, 아버지와 아카스는 한 번도 백화점에 가 본 적이 없었습니다. 아카스는 작년 겨울에 아버지와 엄마의 생일 선물을 사려고 백화점에 갔지만 입구에서 쫓겨났어요.

 2호실에 살고 있는 갓난아기 토야의 아빠는 단속반을 피해 뒷산으로 도망치다가 발목을 삐는 바람에 결국 단속반에 잡혔고, 스리랑카로 추방되었습니다. 3호실에 살던 알리는 일을 하다 한쪽 손가락 다섯 개를 다 잘렸고, 비재 아저씨가 막내아들 수술비로 모아 놓았던 돈을 훔쳐 달아났죠. 5호실에 사는 마리나는 러시아 하바로프스크에서 왔는데, 나이트클럽에서 일하고 있습니다. 그 외에도 네팔에서 온 스물다섯 살의 쿤은 산업 연수생으로 한국에 왔는데, 지하방에서 휴일도 없이 하루 열여섯 시간씩 노동에 시달리다가 한밤중에 창문으로 도망쳤지요. 아카스와 아버지가 쿤을 처음 만났을 때, 그의 몸은 시퍼런 멍과 상처로 얼룩져 있었고, 화덕처럼 뜨거웠다고 해요.

 아카스의 아버지는 밤마다 낡은 춤바를 입고 고향 마을로 찾아가는 꿈을 꿉니다. 하지만 다음 날 공항에서 한국행 비행기에 오르려고 하면 누군가 아버지 앞을 가로막으며 거칠게 끌어내는 악몽이지요. 그리운 고향에 가지만, 또 다른 가족이 있는 한국으로는 돌아오지 못하는 꿈. 과연 무슨 의미일까요? 고향에 간다는 것은 힘든 현실에서 겪는 아픔을 치유한다는 의미일 것입니다. 하지만 한국으로 돌아올 수 없는 꿈은 아버지가 한국에 뿌리내릴 수 없다는 사실을 보여 주는 것이 아닐까요? 네팔에 돌아가지도 못하고, 한국에서도 정착하지 못하는 삶, 이것이 아버지의 현실이죠. 그래서 아버지는 히말라야의 푸른 달빛을 그리워하고, 매년 히말라야 달력을 사 옵니다.

하지만 아카스에게는 그리워할 것조차도 없습니다. 태어난 곳은 있지만 고향이 없기 때문입니다. 곰팡이가 핀 집에 살고 아무도 자기 말을 믿어 주지 않는 현실, 그리고 때리거든 피하지 말고 맞아 주라는 아버지의 말에 아카스는 분노합니다. 어린 나이에 너무 다양한 삶을 보아 버린 아카스의 머릿속은 히말라야처럼 굴곡이 패어 있었죠.

🔑 두 번째 열쇠말_ **외국인 노동자의 삶**

아카스는 아버지의 생일상을 차리기 위해 거럼메살라 양념을 사러 미래슈퍼에 갑니다. 미래슈퍼 주인아주머니는 가짜 결혼을 해 주고 외국인한테 매달 삼십만 원씩 받고 있지요. 미래슈퍼 간이 탁자에서는 필용이 아저씨와 세르게이, 샨, 쿤이 술을 마시고 있었습니다. 술에 취한 필용이 아저씨는 옛날에 자기가 공장에서 일할 땐 손가락 잘리는 것은 유도 아니었다며, 한국 놈들한테도 안 해 준 걸 니들 해 주겠냐고 하지요. 그러면서 험한 일이니까 니들 시키는 거라며 아니꼬우면 돌아가라고 해요. 그러자 우즈베키스탄에서 온 세르게이는 돈도 좋지만 사람 대우를 받고 싶다고 말해요. 돈을 벌어 고향에 간다고 해도 삼 년 동안 한국에서 겪은 일들이 삼십 년 동안 악몽으로 남을 거라고 하죠. 쿤은 네팔인이지만 피부가 흰 아르레족이어서 머리를 노랗게 염색해 미국인처럼 보이려고 해요. 쿤은 한국 사람들이 단일 민족이라 외국인한테 거부감을 갖고 있고, 그래서 이주 노동자들한테 불친절한 거라고 얘기하지만, 웃기는 소리라고 하죠. 그러면서 한국 사람들은 미국 사람 앞에서는 친절하다 못해 비굴할 정도라고 비판합니다.

　우리의 편견과 차별이 참으로 부끄러워지는 말들이지요. 사실 우리나라의 외국인 노동자 문제나, 이주민들에 대한 처우와 사람들의 태도는 반성할 점이 매우 많아요. 이 소설들을 읽으면서 반성하게 되는 부분이에요.

　그런데 너무 힘들게 사는 이들은 결국 서로를 갉아 먹고, 서로를 나락에 빠뜨립니다. 인도에서 온 나딤 몰라는 이 마을에 살면서 돈을 모아 귀국하는 첫 번째 사람입니다. 사고로 죽은 동료의 장례식에 조의금도 안 내고, 장례식 날 특근까지 했죠. 그런 그를 사람들은 '노랭이'라고 불렀어요. 아카스는 집으로 돌아가는 어두운 산길에서 노랭이 나딤을 공격하고 지갑을 빼앗아 가는 검은 물체를 목격해요. 그 검은 물체는 비재 아저씨였죠. 비재 아저씨는 막내아들의 심장 수술 비용을 마련하기 위해 한국에 왔어요. 그는 송금 비용을 아끼려고 벽에 구멍을 파서 돈을 숨겨 놓았는데, 같은 방에 살던 알리가 그 돈을 훔쳐서 달아나요. 그런 알리도 불쌍한 사람이었죠. 일하다가 손가락 다섯 개를 잃었으니까요. 돈을 잃고 절망에 빠졌던 비재 아저씨가 나딤 아저씨의 돈을 훔치고 만 것이죠.

🔑 세 번째 열쇠말_ **소용돌이**

1호실에 사는 미얀마 아저씨들은, 한국에 온 외국인 노동자들은 모두 '외'에 빠진 거라고 말합니다. '외'는 미얀마 말로 '소용돌이'라는 뜻이죠. 아카스는 자신이 아버지의 소용돌이 삶 속에서 태어났으니 새끼 '외'고, 한국에서 조선족 어머니 자궁에서 태어났으니 반쪽 '외'라고 생각합니다. 한국에는 네팔 대사관이 없어서 아카스의 아버지는 혼인 신고를 못 했어요. 그래서 아카스는 호적도, 국적도 없고, 학교에서도 청강생일 뿐이지요. 아카스는 '살아 있지만 태어난 적이 없다고 되어 있는 아이'예요.

얼굴만 좀 하얗다면 미국 사람처럼 보일 거라는 쿤의 말을 들은 후, 아카스는 저녁마다 물에 탈색제를 풀어 세수를 해요. 아카스가 바라는 건 미국 사람처럼 되는 게 아니라 그냥 한국 사람만큼만 하얗게, 아니 노랗게 되는 거였죠. 학교에서 괴롭힘을 당하던 아카스에게는 '남의 눈에 띄지 않고 조용히 살아갈 수 있도록' 보호색이 필요했으니까요.

아카스는 손가락 두 개를 잃고 집으로 돌아오는 쿤을 만나요. 그러면서 이제 쿤은 염색을 하지 않겠구나 생각하지요. 프레스에 손가락을 잘리는 미국 사람은 없을 테니까요. 아카스는 쿤의 잘린 손가락을 달라고 해서 땅에 묻어요. 초여름에는 알리의 손가락 다섯 개를 묻었고, 지난해에는 베트남 아저씨의 손가락도 묻었죠. 손가락을 묻으며 아카스는 기도합니다. '파괴의 신 시바님, 이 정도면 충분해요. 더는 제물을 바라지 마세요. 특히 아버지하고 제 손가락만큼은 절대.'라고요. 이 장면을 읽으며, 신에게 빌어야 할 만큼 절박하고 절실한 아카스의 상황이 그려져 가슴이 아팠어요. 그리고 위험한 작업 환경과, 손가락이 잘리고도 제대로 된 보상을 받지 못하는 노동자들의 모습에 안타까움과 분노도 일었어요.

아카스는 원래 신들의 왕 인드라를 태우는 구름이었다가 격이 낮아져 우주를 떠받치는 기둥이 되었다는 코끼리 이야기를 듣고 아버지가 코끼리처럼 여겨져요. 구름보다 높은 히말라야에서 태어나 이곳, 후미진 공장 지대에서 살아가고 있으니까요. 그런데 그런 아버지의 삶은 아카스에게도 대물림되는 것 같아요. "난 여기, 식사동 가구 공단밖에 몰라요. 흐리멍덩한 하늘이랑 깨진 벽돌 더미, 그리고 냄새 나는 바람. 나한텐 이게 전부죠." 아카스의 말이에요. 아버지가 기억하는 '따사로운 햇빛, 아름다운 꽃, 히말라야의 푸른 달빛, 노란 유채꽃, 눈부신 설산, 낯익은 황토 집, 정다운 마을 사람들이 있는' 네팔과는 너무 대조되는 곳이죠. 아버지의 삶에서 더 나아질 것 같지 않은 아카스의 미래를 바꾸려면, 아카스에게 희망을 주려면 우리는 어떻게 해야 할까요?

'구덩이에 발이 빠진 코끼리는 큰 귀를 펄럭이며 빠져나오려고 안간힘을 쓰고 있다. 하지만 발버둥 칠수록 뒷다리는 점점 더 깊이 빨려 들어간다.……중략……아, '외'다. 현기증이 일도록 빠르게 소용돌이치는 '외…….' 코끼리는 맥없이 빨려 들어간다.' 소설 마지막 장면인데요. 아카스도, 비재 아저씨도, 나딤도 모두 소용돌이 속으로 빨려 들어가는 것 같아서 마음이 아팠습니다.

아카스는 네팔 말로 '하늘'이라는 뜻이라는데, 아카스는 소용돌이를 빠져나와 하늘을 날 수 있을까요?

다섯 가구가 사는 마당 한가운데 있는 수돗가에서 각자 자기 일을 하고 있는 사람들을 보며 아카스가 묘사한 구절로 마무리하고 싶어요. '온갖 나라말과 온갖 음식 냄새가 뒤섞인 마당은 벌, 나비가 윙윙대는 야생화 꽃밭처럼 향기롭고 소란하다.'

들꽃은 화려하지는 않지만 서로 어우러져 피면서 소박한 아름다움을 만들어 내죠. 우리 사회도 다양한 들꽃이 핀 아름다운 들판이 되면 좋겠다고 생각해 봅니다.

 박미연 (교육과정모임)

관수와 우유

약자
폭력의 먹이 사슬
소통 불능

해이수는 치열한 성찰을 바탕으로 정교하게 언어를 엮어 가고, 이를 통해 자신만의 문학 세계를 빚어내는 작가입니다. 소설가인 이문열도 해이수를 향해 공들여 자신을 뛰어난 작가로 만들어 간다고 평하였습니다. 요즘 세대에 흔하지 않은 문학적 품성을 지닌 작가라고도 하였지요.

작가의 진실한 태도는 작품 속에 고스란히 스며듭니다. 해이수 작가는 사회적 관계에서 단절되거나 자기 안에 숨어 있는 인물을 향해 따뜻한 시선을 보냅니다. 소외되고 배제된 자들의 내면을 섬세하게 그려 냄으로써 작품의 현실성을 확보하며, 그들을 둘러싼 사회의 부정적 단면을 놓치지 않고 끄집어내기도 합니다.

해이수 작가의 첫 소설집인 『캥거루가 있는 사막』에는 총 8편의 소설이 실려 있습니다. 작품마다 다른 목소리로 다양한 주제를 드러내고 있어 흥미롭게 읽을 수 있는데요. 그중 「관수와 우유」는 고등학교의 교실에서 벌어지는 일을 재미있게 그려 냅니다.

  사건은 소심하기 이를 데 없는 관수가 택기에게 우유를 뺏기며 벌어집니다. 사건의 중심에 관수가 놓여 있기에 첫 번째 열쇠말을 '약자'로 택했습니다. 여러 인물이 얽히면서 급기야 교실 안에 폭력 사태가 난무하게 되며, 강자 위에 또 다른 강자가 나타납니다. 이에 두 번째 열쇠말을 '폭력의 먹이 사슬'이라고 하였습니다. 주먹과 발길질이 오고 갔지만 싸움 장면을 선생님께 들킨 후 가해자와 피해자를 밝히는 과정에서 서로 말이 통하지 않는 모습은 독자들에게 웃음을 자아냅니다. 그래서 세 번째 열쇠말로 '소통 불능'을 골랐습니다.

🗝 첫 번째 열쇠말_ **약자**

  작품 「관수와 우유」에서, '관수'는 교실 속 힘의 중심에서 떨어져 주변에 머물러 있는 인물입니다. 그런데 조그마하고 소심했던 관수가 교실 속 무법자인 택기에게 불만을 토로하기 시작합니다. 이 장면은 실로 놀랍습니다. 교사의 경험에 비추어 볼 때, 명랑하고 적극적인 아이들조차 힘 있는 존재에게 자신의 불만을 터트리기가 쉽지 않다는 것을 잘 알고 있기 때문입니다. 비록 관수는 크지 않은 목소리로 말하고 있지만, 이는 자신 안에 있는 용기를 모두 쥐어짠 행동이었을 것입니다.

엄밀히 말하자면, 이 교실에서 '약자'는 관수 혼자만이 아닙니다. 힘 있는 택기를 제외한 나머지 방관자들도 모두 약자였던 것입니다. 집단에서는 강한 자를 제외하고는 모두가 약자가 되어 버리지요. 그 약자 중에는 작품 속 서술자인 '나'도 있습니다. '나'는 관수와 택기를 바라보며 상황을 판단합니다. '나'는 처음부터 관수의 편을 들지는 않았습니다. 교실의 다른 방관자들처럼 관수를 돕기 위해 쉽사리 나설 수 없었던 것이지요.

관수와 택기의 사건을 밖에서 침묵하며 지켜보던 '나'는 상황이 더는 참을 수 없는 지경에 이르자 마침내 앞으로 나섰습니다. 이로써 '나'는 사건의 밖에서 사건의 중심으로 들어가게 되지요. '나'는 제삼자이면서 표면화되지 않았던 약자였으나, 관수와 함께 폭력에 노출됩니다. 관수와 '나'는 둘 다 자신을 둘러싼 약자라는 틀을 깨뜨렸지만, 의도치 않게 폭력 사태에 휘말리고 맙니다.

두 번째 열쇠말_ **폭력의 먹이 사슬**

한번 시작된 폭력 사태는 걷잡을 수 없이 흘러갑니다. 그 흐름은 택기로부터 시작되었습니다. 택기는 허락 없이 관수의 우유를 자기 것처럼 마십니다. 그런데 택기가 저지른 못된 짓은 이뿐만이 아니었지요. 서술자 '나'는 택기에 대해 '한마디로 싸가지가 없는 데다가 더러운 변태 새끼'라고 평하였으니, 택기의 됨됨이가 어떤지 짐작이 가겠지요? 술, 담배는 기본이고. 여자애의 칫솔에 몹쓸 짓을 하거나 여자

교실에 가서 오줌을 싸는 등의 이상한 행동도 마다하지 않는 녀석입니다. 그러니 택기에게는 관수의 우유를 뺏어 먹는 일 정도는 아무것도 아니었겠지요.

　택기는 자기 잘못을 알지 못하고 오히려 관수를 향해 큰소리를 칩니다. 관수의 뒤통수를 후려갈기고 등판을 발로 내리찍었지요. 택기의 과한 반응은 방관자였던 '나'를 싸움의 한복판으로 끼어들게 했습니다. 택기와 '나'는 서로에게 마구 주먹을 내지릅니다. 관수가 그들을 뜯어말릴 때까지 둘의 싸움은 계속되었습니다. 자세하게 묘사된 싸움 장면에는 숨 막힐 듯한 생동감이 가득합니다. 독자에게 마치 그 싸움의 한복판에 있는 듯한 착각을 불러일으키게 할 정도입니다.

　이제 싸움은 끝난 듯 보였으나, 비겁한 택기는 다른 반에서 패거리를 불러옵니다. 평범한 고등학생들로서는 상대하기 어려운 무시무시한 양아치들이 교실을 난장판으로 만들기 시작했습니다. 관수는 옆구리를 얻어터졌고, '나'는 차라리 죽고 싶다는 생각까지 할 정도로 얻어맞게 되지요. 이때 생각지도 못했던 '또자' 형이 일어나 상황을 정리합니다. 평소 잠만 자던 또자 형은 자신의 잠을 방해했다는 이유로 좋은 놈 나쁜 놈을 가리지 않고 모두를 발로 찹니다.

　폭력이 폭력을 불러올 때마다 교실에는 더 강한 자가 등장하고 있습니다. 관수는 자신보다 강한 택기에게 당하고, 이를 보다 못한 '나'는 택기와 싸움을 벌였습니다. 쉽사리 자신의 힘을 발휘하지 못한 택기가 더 강한 다른 반 양아치 패거리들을 불러왔고, 아수라장이 된 교실을 '또자' 형이 정리했지요. 이제는 교실을 관리하는 선생님이 등장해야 할 때가 왔습니다. 그렇다면 선생님은 교실에 평화를 가져올 수 있을까요?

'나'는 선생님을 '땅꾼'으로, 학생들을 '뱀 새끼'로 표현합니다. 소설 속 학교 이름이 율목고등학교인데요. 교장 선생님은 조회 때마다 '우리 율목인은 절대로 그런 짓을 하지 않습니다!'라는 말을 빠뜨린 적이 없습니다. 그래서 서술자인 '나'는 재학생들을 '율모기'들로 표현합니다. '율모기'는 뱀의 한 종류인데요. 학교 이름에서부터 선생님을 '땅꾼', 학생들을 '뱀 새끼'로 연결시키는 부분에서 작가의 창의적 발상과 풍자적 감각이 돋보입니다.

교련 선생님은 '승질 급한 땅꾼', 국어 선생님은 '어설픈 땅꾼'입니다. '뱀 새끼'와 '땅꾼'이 어떤 관계인지 생각한다면 학교 안에서 학생과 선생님의 관계가 바로 보이겠지요? 선생님은 학생을 잡는 존재이며, 뱀이 땅꾼만 보면 도망가는 것처럼 학생들은 선생님들을 두려워합니다. 성질 급한 교련 선생님과 어설픈 국어 선생님은 교실에서 일어난 사태의 원인을 알아내지 못합니다. 그들 앞에서 주눅 들어 버린 학생들에게 제대로 된 상황 설명을 들을 방도가 없었고, 그들 또한 학생의 말에 귀 기울일 마음이 없습니다.

상담실이란 따뜻한 이름이 걸린 공간에서 폭력에 연루된 모든 학생은 선생님에게 몽둥이찜질을 당합니다. 공정하게 사건을 정리해야 할 선생님들마저 폭력으로 학생들을 제압해 버린 것이지요. 교실 속 폭력 사태를 전면적으로 내세우면서 작가는 무엇을 말하고 싶었을까요? 다음 세 번째 열쇠말에서 알아보겠습니다.

🔑 세 번째 열쇠말_ **소통 불능**

관수와 '나'는 참으로 억울한 상황에 놓여 있습니다. 그들은 피해자이거나 혹은 피해자를 도운 양심 있는 학생이었지만, 가해자와 똑같은 벌을 받고 매를 맞았으니까요.

진실을 밝히는 일은 참으로 어렵습니다. '진실은 통한다'는 말도 있지만, 세상은 그리 호락호락하지는 않은 것 같습니다. 이 교실은 사회의 축소판입니다. 진실이 통하기 어려운 사회의 현실을 그대로 보여 주고 있지요. 약자의 말이 통하지 않는 세상은 먼 곳에 있는 것이 아니라 바로 여기에 있었습니다.

사태는 점점 이상하게 돌아가고 있습니다. 문제의 원인은 밝혀지지 않고, 어떤 말을 하더라도 변명으로 치부됩니다. 또자 형은 자다 깨어 교실 상황을 전혀 파악하지 못하지만 '양심 불량'인 학생이 되었고, 자신을 때린 사람으로 '나'를 가리킨 택기는 '뺀질이'가 되었습니다. 택기를 따라온 다른 반 트리오 일당들은 '정신 개조가 필요한 녀석들'로, 관수를 위해 대신 싸워 준 '나'는 '변명을 일삼는 자'로, 이 사건의 중심이자 피해자인 관수는 '그냥 잘못 없음'으로 결론이 지어집니다.

사건의 시발점이 되었던 '우유'는 실체조차 드러나지 못한 채로 사안은 종료되어 버렸습니다. 가해자도 피해자도 제대로 말하지 못했으며, 상황을 파악하는 자도, 이런 상황을 지켜보았던 이들도 진실을 밝히지 못했지요. 그것은 그들에게 진실을 밝힐 능력도 없었으며, 제대로 말할 용기도 없었기 때문입니다.

이 상황에 대해 답답함을 느끼는 이는 '나'뿐입니다. '나'는 관수를 위해 싸움에 끼어들었기에 관수에게 일종의 책임감을 느낍니다. '나'는 관수와는 진솔하게 이야기를 나눠야 한다고 여기지요. 그러나 관수는 '나'의 기대를 여지없이 무너뜨립니다. 자신의 감정과 마찬가지로 관수도 억울할 것이라 여겨 그를 위로하려 했던 '나'는 화도 낼 수 없을 정도로 맥이 풀려 버립니다. 관수는 택기에게 용기 내어 항의했던 사실조차 후회하고 있었기 때문이지요. 부당한 일에 대해 목소리를 냈던 자신의 태도를 당당하게 여기지 않았으며, 오히려 스스로 '인내심이 없었다'라며 반성하는 관수였습니다.

관수는 자신의 삶을 개척하지 못하고 포기를 먼저 배웠습니다. 자신의 목소리를 내보아도 통하지 않는 경험을 한 그는 희망보다는 허무를, 도전보다는 포기를 선택한 것입니다. 힘없는 자가 부당한 대우를 겪을 때의 반응은 다양하겠지만, 관수는 스스로 주변부에 머물러 버렸습니다. 외부의 상황과 압력에 의해 침묵을 지키는 사람들은 관수 외에도 수없이 존재할 것입니다. 그들이 침묵을 지키는 이유에는 부정적 결과에 대한 두려움, 아무리 말해도 변화가 없었던 경험으로 인한 무력감, 사회적 압력이나 주변의 비난, 불확실한 상황이나 개인의 성향 등 여러 가지가 있을 것입니다. 이 소설에서는 폭력 또한 진실을 말하지 못하게 하는 주요 요인으로 작용하고 있습니다.

지금 당장 교실 한복판에 빠져들 것만 같은 묘사로 유머러스한 상황을 만들어 나가는 이 작품은 독자에게 웃음도 주지만 동시에 부조리한 현실을 깨닫게 합니다. 「관수와 우유」를 통해 불의를 보았을 때 나 자신이 부당한 대우를 받을 때 대처하는 방법, 불의에 대항하여 진실을 밝히는 방법에 대해 생각해 보기 바랍니다.

 황문희 (제주국어교사모임)

김애란/ 나는 편의점에 간다
김승옥/ 서울 1964년 겨울
최인호/ 타인의 방
성석제/ 투명인간
장희원/ 폐차
정이현/ 영영, 여름
이승우/ 신중한 사람
프란츠 카프카/ 변신
배명훈/ 차카타파의 열망으로

3부

홀로 서 있는 시간

나는 편의점에 간다

　김애란의 단편 소설 「나는 편의점에 간다」는 2003년 『문학과사회』 가을 호에 발표된 작품입니다. 서울의 대학가에서 자취하는 여대생의 눈에 비친 편의점의 모습을 통해, 후기 자본주의의 일상을 예리한 시선과 단순 명쾌한 문장에 담은 작품입니다.

　작가 김애란은 인천 출생으로 한국예술종합학교 연극원 극작과를 졸업하고, 2003년 단편 소설 「노크하지 않는 집」으로 등단했습니다. 일상을 꿰뚫는 민첩성과 기발한 상상력 그리고 탄력 있는 문체로 2000년대 한국 문단에서 가장 주목받는 '젊은 작가'들 중 한 명이라는 평가를 받고 있습니다.

　그럼 작품의 줄거리에 대해서 살펴보겠습니다. 소설의 주인공 '나'는 세 개의 편의점이 있는 대학가 근처 주택 단지에서 혼자 자취 생활을 하고 있습니다. '나'는 딱히 필요한 물건이 있는 것도 아닌데 습관처럼 편의점에 가고, 물건을 구매합니다.

처음에 '내'가 자주 가던 편의점은 세븐일레븐이었습니다. 그곳이 가장 먼저 눈에 띄는 편의점이기 때문입니다. 그러나 어느 날부터 세븐일레븐의 사장은 '내'게 이것저것을 물어보며 아는 체를 합니다. 그런 관심이 부담스러워, '나'는 세븐일레븐에 가지 않게 됩니다. 편의점들의 골목 사이에 노모와 젊은 아들이 운영하는 이동식 포장마차가 들어섭니다. 편의점의 인스턴트 밤참에 싫증이 난 손님들이 이곳을 많이 찾았고, 포장마차의 할머니는 항상 '나'에게 덤을 얹어 줍니다. 어느 날 포장마차의 아들이 '나'에 대해 진심으로 궁금해하며 질문을 합니다. '나'는 건성으로 대답하고는 그곳에도 발길을 끊습니다.

'내'가 두 번째 단골로 삼은 편의점은 패밀리마트였습니다. 주인이 지나치게 불친절해서 손님이 없었지만, '나'는 습관적으로 패밀리마트를 계속 이용했습니다. 그러나 어느 날 고민 끝에 콘돔 한 갑을 계산하려는 '나'에게 주민등록증을 요구하는 주인 때문에 민망한 상황을 겪자, 더 이상 패밀리마트에도 가지 않습니다.

그리하여 '나'의 마지막 단골은 큐마트가 되었습니다. 센서식 자동문을 달고 매장에 우아한 음악을 틀어 놓는, 꼭 필요한 말만 건네는 아르바이트생이 있는 곳입니다. 그렇게 매일 큐마트에서 물건을 구매하며 자신에게 무심한 아르바이트생에게 '나'는 자신에 대해 말하고 싶다는 감정을 느낍니다. 그런데, 크리스마스 저녁, 급하게 자취방의 열쇠를 맡길 일이 생깁니다. '나'는 큐마트 청년을 떠올립니다. 이 동네에서 '나'를 아는 몇 안 되는 사람이라고 생각했기 때문입니다. 그러나 청년은 '나'를 기억하지 못하고, '내'가 사 가는 물건은 어느 누구나 사 간다는 대답을 듣습니다.

 12월 31일 밤, 그날도 '나'는 큐마트에 들렀습니다. 그때 편의점 앞 도로에서 여고생이 자동차 사고를 당해 처참한 모습으로 누워 있습니다. 사람들은 사고 현장에 둥그렇게 모여 있을 뿐, 아무도 여고생의 곁으로 다가가지 않습니다. 큐마트 청년도 여고생의 치마 아래로 보이는 팬티에만 관심을 가질 뿐입니다. 편의점에서 복권 한 뭉치를 훔쳐 나가는 파란 야구 모자의 사내만이 여고생의 치마를 다소곳이 내려 주고 지나갑니다. '나'는 다음 날도 그다음 날도 편의점에 가고, 이상하게도 그 사이 '나'에겐 반드시 무언가가 필요해집니다.

 이제 이 작품을 '편의점', '관계 맺음', '구원'이라는 세 가지 열쇠말과 함께 살펴보겠습니다.

🗝 첫 번째 열쇠말_ **편의점**

 작품의 주된 공간인 편의점은 현대 사회의 소비를 상징적으로 보여 주는 공간입니다. 혼자서 자취를 하는 주인공인 '나'에게 편의점은 식생활에서 성생활에 이르기까지, 필요한 모든 걸 파는 곳입니다. 하지만 '나'는 꼭 필요에 의해서라기보다는 마치 습관처럼 편의점에 들러 물건을 구매합니다. 소비하는 행위를 통해서만 자신의 정체성을 확인할 수 있기 때문이죠. 편의점에서의 구매를 통해 '나'는 더 이상 궁핍한 자취생도, 적적한 독거녀도 아닌 평범한 소비자이자 서울 시민이라는 위안을 얻습니다. 하지만 편의점의 관심은 '나'가 아닌 물건에 있습니다. 그래서 '나'는 소비의 주체로만 존재하고, 얼굴 없는 존재로, '내'가 구매하는 물건들의 바코드 정보로만 존재합니다. 편의점은 물건에만 관심을 가지는 상품의 물신화 현상을 표현하는 공간이며, 인간 소외를 보여 주는 공간인 것입니다.

또한, 편의점은 외상이 되지 않는 공간입니다. 화폐와 상품의 투명하면서도 즉각적인 교환만이 존재합니다. 이러한 전제 아래에서만 인간관계가 성립됩니다. 어느 날 세븐일레븐에서 파는 삼각김밥이 먹고 싶어진 '내'가 오랜만에 세븐일레븐에 들르자 그곳의 사장은 오랜만에 왔다며 반갑게 인사합니다. 하지만 지갑을 두고 허둥대는 '나'에게 다녀오라며 상냥하게 물건을 다시 가져가는 행위는 편의점에서의 인간관계의 속성을 잘 보여 줍니다.

🔑 두 번째 열쇠말_ **관계 맺음**

'나'는 습관처럼 매일, 하루에도 여러 번 편의점에 들려 물건을 구매합니다. 그 과정에서 자주 마주치는 세븐일레븐의 사장과 포장마차의 젊은 아들이 '나'에게 이것저것 질문을 던지며 '나'에 대해 알려 합니다. 그러나 '나'는 자신에 대한 개인적인 관심을 부담스러워하며 거짓 대답을 하고는, 곧 그 가게들에 발길을 끊어 버립니다. 이들과 달리 큐마트의 아르바이트생은 '나'에게 단 한마디 사적인 말도 건네지 않습니다. '나'는 아무것도 묻지 않는 이 청년에게 오히려 '나'에 대해 말하고 싶다는 욕구를 느낍니다. 이러한 모습은 현대인이 갖고 있는, 관계 맺음에 대한 모순적인 욕망을 잘 보여 줍니다. 누구하고도 피곤하게 얽히고 싶지 않으면서, 자신의 존재를 알아주길 바라는 이중적인 마음이죠.

'나'는 편의점에서 복권을 훔친 남자를 보고도 번거로운 일에 휘말리고 싶지 않아 못 본 척합니다. 하지만 복권을 훔친 남자는 교통사고를 당한 여고생의 치마를 덮어 주기 위해 일부러 도로로 걸어갑니다. 이러한 모습들을 통해 작가는 현대인들이 타인과 맺는 정서적 관계에 대해 물음을 던지는 것이 아닐까요?

🔑 세 번째 열쇠말_ **구원**

손님들이 백수인지, 간첩인지, 어떤 사정을 가지고 있는지 아무것도 묻지 않는 편의점은 '거대한 관대'입니다. 그래서 편의점의 자동문은 항상 구원처럼 활짝 열리며 손님들을 반깁니다.

'나'의 현실은 궁핍한 자취생이자 적적한 독거녀입니다. 생활의 비루함과 외로움 때문에 '나'는 일정한 습관과 동선을 만들기 위해, 평범한 소비자이자 서울 시민이라는 위안을 얻기 위해 편의점에 갑니다. 매일 편의점에서 물건을 구매하며 '나'라는 존재에 대해 누군가 알아주길 바랍니다. '나'는 큐마트 청년을 이 동네에서 '나'를 아는 몇 안 되는 사람 중 한 명이라고 생각합니다. 하지만 청년에게 '나'는 누구나 구매하는 생수와 담배라는 물건일 뿐, 그 이상의 의미를 갖지 못합니다. 이러한 사실은 자신이 구매하는 물건을 통해서가 아니라 인간에게 구원받길 바라던 주인공의 희망과 기대를 송두리째 무너뜨립니다. 마치 건네지 못한 열쇠처럼이요. 또, 사람들은 교통사고로 죽어 가는 여고생의 치마 밑 팬티에만 관심을 가질 뿐이지만 복권을 훔친, 가슴에 절망을 품은 남자만이 여고생의 치마를 다소곳이 덮어 주며 인간이 인간을 구원할 수 있다는 가능성을 보여 줍니다.

편의점에 가면 주위를 잘 살피라는 말이 있습니다. 편의점에 오는 손님들은 약을 먹기 위하여, 손목을 긋기 위하여 등 저마다의 사정을 가진 하나의 인간임을 살펴보라는 뜻입니다. 진정한 구원이란 소비가 아닌, 인간 그 자체에서 얻을 수 있다는 의미일 것입니다.

현대인은 편의점이라는, 인간이 소외되고 물신화된 공간에서 소비하는 존재로 살아갑니다. 그러나, 그런 공간에 살면서도 진정한 관계 맺음을 통해 구원받기를 바라는 욕망을 가지고 있지요. 발표된 지 20년이 지난 소설임에도, 작품에서 그리고 있는 편의점과 현대인의 소외된 모습은 별반 달라진 것이 없어 보입니다.

 박은영 (부산국어교사모임)

서울 1964년 겨울

  여러분은 지금 누구와 의미있는 관계를 맺고 있나요? 그 관계는 어떻게 맺게 되었고, 여러분에게 어떤 영향을 미치고 있나요?

  오늘은 '4·19 세대'로서, 한글 문체를 개척했다고 평가받는 김승옥의 단편 소설 「서울 1964년 겨울」을 살펴보고자 합니다. 이 작품은 전통적인 공동체가 무너지고, 소외와 개인주의가 만연했던 1960년대 서울의 이야기를 담았다는 점에서, 전후 문학의 새로운 지평을 열었다고 평가됩니다. 작가는 이 작품으로 제10회 동인문학상을 수상했습니다.

  그럼, '소외', '젊음', '문체', 이 세 가지 열쇠말을 가지고 작품을 재미있게 읽어 보도록 하겠습니다.

🔑 첫 번째 열쇠말_ **소외**

이 작품의 핵심 주제인 '소외'란 개인이 자신이 속해 있는 사회와의 관계에 통합되지 못하거나 거리가 있는 상태를 말해요. 소설의 어떤 요소에서 '소외'가 드러나는지 살펴봅시다.

먼저 제목입니다. 작품의 제목은 작품의 얼굴이라 할 수 있죠. 제목의 '서울', '1964년', '겨울', 각 낱말의 상징적 의미를 파헤쳐 보죠. 먼저, '서울'은 대한민국의 수도입니다. 가장 발전이 빨랐던 곳인 만큼 부작용도 심했던 곳입니다. 이촌향도(梨村向都) 현상, 즉 산업화와 도시화가 진행되면서 일자리가 풍부한 도시로 농촌 인구들이 이동하여, 도시는 인구가 밀집되고 산업이 집중되었습니다. 이에 따른 교통난, 환경 오염, 난개발 문제 등 각종 부작용이 발생하고, 물질 만능주의, 한탕주의 같은 가치관이 생겨났습니다. 그런 도시인 '서울'에서 '개인'은 점점 소외되고 삶의 의미를 잃어 갔습니다. 부자들은 더 많은 돈을 벌기 위해 바쁘게 살고, 가난뱅이들은 겨우 하루하루를 유지하기 위해 바쁘게 사는 곳. 등장인물 '안'이 언급한 것처럼 '서울은 모든 욕망의 집결지'였습니다. 그래서 개인은 더 소외될 수밖에 없는 곳이었습니다.

그렇다면, '1964년'은 어떤 의미일까요? 1960년에 아주 중요한 사건이 발생했습니다. 바로 '4·19 혁명'이에요. 초대 대통령이었던 이승만의 불법적인 장기 집권과 이를 공고히 하기 위한 3·15 부정 선거에 시민들은 정의를 외치며 부정 선거를 비판하는 격렬한 시위를 벌였어요. 그 과정에서 다수의 시민들이 죽고 다치는 등 말 못 할 어려움이 있었으나, 끝내는 시민이 승리한 혁명이 '4·19 혁명'이에요. 그때 시민들의 마음은 '우리가 해냈구나, 정의는 살아 있구나, 앞으로 아닌 것에는 아니라고 말할 수 있겠구나!' 하는 분위기가 만들어졌습니다. 하지만 그 분위기도 잠시, 곧바로 일어난 5·16 쿠데타로 권력을 잡은 박정희의 군부 독재 정권은 시민들을 더욱 강압적으로 억압합니다. 희망이 무참히 짓밟힘으로써 더욱 좌절해 버린 사람들, 그래서 누구도 속에 있는 이야기를 맘껏 털어놓기 어려웠던 시기가 바로 1960년대의 분위기였습니다.

마지막으로, '겨울'은 모든 생명체가 움츠러드는 시기로 삭막함, 어둠, 칙칙함, 쓸쓸함을 떠올리게 합니다. 그리고 앞에서 언급했던 '1964년 서울'의 전반적인 분위기와도 잘 어울립니다.

김승옥은 전남 순천 출신입니다. 시골에서 살다가 서울대학교에 입학하며 상경한 작가가 대학을 졸업한 직후에 쓴 작품이 바로 「서울 1964년 겨울」입니다. 작가가 직접 느낀 그 시기의 분위기가 그대로 제목에 드러났다고 할 수 있습니다. 철저한 개인으로서 소외당하고, 서로를 소외시킬 수밖에 없었던 분위기를 구체적인 시간과 장소로 명시하고, 그것을 제목으로 표현한 거지요.

특히 이 작품에는 특이한 요소가 있습니다. 바로 인물들의 이름이 드러나지 않고, '나', '안(安)', '사내'로만 제시되어 있습니다. 혹시 김춘수의 「꽃」이라는 시를 아시나요? 개성을 상징하는 '나의 빛깔과 향기'에 알맞은 이름을 '그'가 불러 줌으로써 '내'가 상대방에게 의미 있는 존재('꽃')가 되고 싶다는 내용입니다. 이와 관련하여 살펴본다면, 김승옥의 작품에서 작가가 인물들에게 이름을 부여하지 않는다는 것은, 그들에게 개성을 부여하지 않겠다는 의도입니다. 그들은 그저 군중 속의 일부분일 뿐입니다. 그렇기 때문에 오히려 1964년 서울에 살았던 수많은 사람들을 대표할 수 있습니다. 즉, 각 인물들의 이야기는 그 당시 대부분의 사람들이 겪고 있던 문제로 그 의미가 확장될 수 있습니다.

또한 인물들끼리도 '김 형', '안 형', '아저씨'로만 부르고 있습니다. 서로 이름을 묻지도 않죠. 이는 서로 의미 있는 관계를 맺고 싶지 않다는 표현입니다. 그들은 그냥 서로 스쳐 지나가는 존재일 뿐이고, 그렇기에 더욱 철저한 개인으로 존재합니다. '나'와 '안'이 처음 만나 나눈 대화들을 살펴보면, 대화가 자꾸 끊어지고 어색한 침묵이 이어집니다. 스물다섯 살의 대화라고 보기엔 좀 이상하지요. 대화 내용도 도무지 이해할 수 없을뿐더러 서로의 말을 알아듣지 못하고, 상대가 거짓말을 하고 있다고 생각해요.

우리는 처음 만나는 사람과 어떻게 관계를 맺나요? 보통은 서로 인사를 하고 자기소개를 한 뒤에, 상대방을 더욱 자세히 알아보기 위한 몇 가지 질문들을 주고받지요. 그 과정을 통해 서로 유대감이 확인되고 관계가 발전하면 서로 의견이 다를 수 있는 정치적인 이야기나 감정, 가치관과 같은 개인적인 이야기들을 나누는 단계로 넘어가지요.

이런 과정들에서 우리는 듣는 이를 고려한 말하기를 합니다. 상대방이 어떤 관심사가 있는지, 공통의 관심사는 무엇인지, 내 말이 상대방에게 잘 전달될지 등을 고려하죠. 그런데 '나'와 '안'의 대화는 이러한 단계를 밟지 않아요. 심지어 '나'와 '안'은 대화를 나누는 상대방에게 관심이 없습니다. 상대를 배려하지 않고, 맥락이 잘려 버린 '자신의 이야기'만 늘어놓죠. 서로 이야기를 나누고는 있지만, 각자 자신의 이야기만 벽에 대고 하는 모양새입니다. 등장인물들의 이런 대화 방식에서도 타인과 의미 있는 관계를 맺지 못하고 철저하게 개인으로만 존재하는 모습을 확인할 수 있습니다.

🔑 두 번째 열쇠말_ **젊음**

작품 속 '안'은 생물학적으로는 젊은 축에 속하는 인물이지만, 스스로를 "너무 늙은 것 같다"고 고백합니다. 이는 '젊음'이 단순히 연령이 아닌 정신적 활력, 삶에 대한 몰입, 미래에 대한 희망, 정체성 등을 포함한 개념임을 암시합니다. '안'은 이러한 내면적 젊음을 상실한 채, 공허와 무기력 속에서 정체성과 중심을 잃은 상태로 묘사됩니다.

그는 '자기 고향에서 도망치듯 나왔다.'는 식의 과거 이야기를 가지고 있습니다. 자신이 속할 곳도, 사랑도, 진정한 대화의 상대도 잃은 인물이지요. 우연히 만난 '사내'는 외적으로는 거칠고 낯설지만, 자신의 상처와 고통을 직설적으로 표현하는 인물입니다. 아내의 외도, 자신의 무력감을 토로하며, 삶의 균열을 끝까지 직면합니다. 그러한 '사내'에게 '안'은 관심을 기울이는 듯하지만, 깊은 대화는 나누지 못합니다. '사내'의 죽음 이후 '안'의 반응은 어떠한가요? '안'은 크게 놀라거나 감정적으로 무너지는 모습을 보이지 않습니다. 그는 '자기 자리에 가서 마치 아무 일도 없었다는 듯 앉'았죠. 마치 죽음에 대한 감각이 마비된 사람처럼 냉담합니다. 이는 단순한 '안'의 성격이라기보다는, 타인의 극단적 선택조차 내면에 파문을 일으키지 못할 만큼 심하게 고립되고 무력화된 정신 상태를 드러냅니다. 삶에 대해 몰입하고 있다면 자신과 타인의 아픔을 함부로 무시하지 못합니다. 이런 삶의 몰입력을 상실한 상태를 '너무 늙은 것 같다.'는 대화로 표현한 것입니다.

이러한 단절은 개인의 문제이기도 하지만, 1960년대 한국 사회 전체가 희망과 주체성으로 상징되는 젊음을 잃어 가는 시대적 징후로도 볼 수 있습니다. 이러한 현실을 작가는 고발하고 싶었던 것이 아니었을까요?

그렇다면 여러분, 현재는 어떠한가요? 여러분은 주체적으로 살고 있나요? 우리는 희망을 가지고, 꿈을 꾸고, 자신과 타인의 아픔을 직면하며 살아가고 있을까요? 그 의미는 현재까지 이어집니다.

🗝 세 번째 열쇠말_ **문체**

김승옥으로 대표되는 4·19 세대의 작가들은 한글 문체를 개척했다는 의미를 지니고 있습니다. 이 시대 작가들은 일본 말로 언어 활동을 했던 이전 세대 작가들과 달리 자연스레 한글을 쓰고 익히며 우리말의 감수성을 익혀 왔던 세대입니다. 그리고 작가의 예민한 감수성을 한글 문체를 통해 생생하게 드러냈지요. 김승옥의 문장은 50년이 훨씬 지난 지금 읽어도 여전히 기발하고, 진한 감동을 안겨 줍니다.

'나'와 '안', 그리고 '사내'가 선술집에서 길을 나서는 장면 중 주변 풍경을 묘사한 부분을 보면, 온갖 광고들과 네온사인이 명멸하고 있는 서울 거리의 모습을 생생한 이미지로 표현하고 있어요. 중국집에서 거리를 나설 때, 거리 분위기, 광고와 네온사인의 모습을 한 번 더 언급하면서 쓸쓸한 겨울 분위기를 인상적으로 표현하지요. 그러한 이미지는 당시 서울의 모습, 그리고 1960년대를 살아가는 인물들의 내면과도 일치합니다.

'벽으로 나누어진 방들, 그것이 우리가 들어가야 할 곳이었다.' 이 짧은 한 문장 속에 핵심이 담겨 있어요. 여관에 들어 온 세 사람이 결국 각자의 방으로 들어가게 된 상황을 표현한 문장인데요. 함께 있어 주기를 바라는 '사내'와 달리 '나'와 '안'은 타인의 삶을 배려하기에는 이미 너무나 개별화된 존재들이지요. 세 사람은 다만 같은 시간대에 같은 장소에 있었던 '타인'일 뿐, 결국 서로에게 '꽃'이 될 가능성 자체가 없었던 관계였어요. 이미 그들의 의식은 '벽'으로 단절되어 있었지요. '벽으로 나누어진 방'은 전통적인 공동체를 기대할 수 없게 된 1964년의 서울, 당시의 분위기 자체를 의미합니다.

이런 문장도 있습니다. '개미 한 마리가 방바닥을 내 발이 있는 쪽으로 기어 오고 있었다. 그 개미가 내 발을 붙잡으려고 하는 것 같은 느낌이 들어서 나는 얼른 자리를 옮겨 디디었다.' 흔하고 일상적인 '개미'라는 대상을 이용해 '사내'의 죽음을 외면하고, 그 자리를 피하고 싶어 하는 '나'의 미묘한 심리를 아주 감각적으로 드러낸 문장이지요. 미물인 개미에게라도 붙잡힐 것 같은, 일말의 양심의 가책을 느끼고 있는 '나'의 마음을 알 수 있어요. 한편, 개미는 '죽은 사내'를 의미할 수도 있습니다. '사내'는 개미를 통해 자신을 버리고 가지 말라는 메시지를 전해 주고 싶었던 것은 아닐까요?

지금까지, '소외', '젊음', '문체'라는 세 가지 열쇠말로 「서울 1964년 겨울」을 읽어 보았습니다. 지금의 사회는 어떤가요? 1964년과 많이 달라졌나요? 아니면 본질적으로는 같은가요? 한번쯤 생각해 보시기를 바랍니다.

 이현정 (울산국어교사모임)

타인의 방

  1972년에 현대문학상을 수상한 최인호 작가의 단편 소설 「타인의 방」을 소개하고자 합니다. 사람이 물건으로 변하는 동화 같은 이야기여서 굉장히 흥미롭게 읽히는 작품입니다.

  최인호 작가는 도시적 감수성과 섬세한 심리 묘사로 대중 소설에 대한 인식을 확대시켰다는 평가를 받고 있습니다. 1961년 한국일보 신춘문예에 「벽 구멍으로」라는 작품이 입선하여 등단하였고, 1972년 조선일보에 연재된 『별들의 고향』은 출간되자마자 1백만 부가 팔렸습니다. 이후로도 『고래 사냥』, 『겨울 나그네』, 『상도』 등 많은 작품을 발표했습니다. 작가의 작품들은 영화와 드라마로 다수 제작되었고, 가수 송창식의 대표곡인 <고래 사냥>은 최인호 작가가 작사했다고 합니다.

이 작품의 줄거리를 간단히 소개하겠습니다. 남자는 출장을 갔다가 집에 돌아옵니다. '그'의 아내는 친정아버지가 위독하여 다녀오겠다는 메모를 남긴 채 사라졌고, 집에는 아무도 없습니다. 그런데 어느 순간부터 집 안의 모든 물건들이 움직이기 시작합니다. 그리고 마침내 남자도 하나의 물건으로 변해 버립니다.

이 소설의 마지막 장면이 인상적이었는데요. 집에 돌아온 아내는 새로운 물건이 하나 놓여 있는 것을 발견하고는, 먼지도 털고 키스도 하며 그 물건을 며칠 동안 매우 좋아합니다. 하지만 곧 싫증이 나서 그 물건을 다락 잡동사니 속에 처넣어 버리지요. 그리고 아내는 다시 처음과 같은 메모를 씁니다. '여보. 오늘 아침 전보가 왔는데, 친정아버님이 위독하다는 거예요…….'

굉장히 동화적이면서도 풍자적이고, 웃음이 나오기도 하고, 왠지 모를 쓸쓸함을 남기는 소설이지요. 저는 이 소설을 '관계', '아내의 메모', '상실'이라는 세 가지 열쇠말로 풀어 보겠습니다.

🔑 첫 번째 열쇠말_ 관계

이 소설의 주인공인 '그'와 '그'의 아내는 부부이지만 대화하는 장면이 나오지 않습니다. 아내의 메모지만 있을 뿐입니다. 소통의 부재를 보여 주는 관계이죠. 부부이지만 마치 타인을 대하듯 합니다.

방금 거리에서 돌아온 '그'는 처음에는 초인종을 가볍게 두어 번 눌렀습니다. 그리고 기다렸죠. 그다음은 초인종을 '신경질적'으로 누르기 시작했습니다. 그러다 초인종이 고장 난 것이 아닐까 의심합니다. 이 장면은 '그'가 초인종을 누르고 아내가 문을 열어 주는 것이 일상적인 행동이었음을 보여 줍니다. '그'는 분노와 초조의 감정을 느끼면서 문을 두드리기 시작합니다.

아내가 문을 열어 주길 기대하며 거칠게 문을 두드리는 '그'는 같은 아파트에 사는 이웃 사람들에게 낯선 침입자로 의심받습니다. 이웃 사람들은 '그'를 지난 3년간 한 번도 본 적이 없다고 하지요. 이웃 사람들과 '그'의 관계에서도 소통의 부재를 볼 수 있습니다.

'그'는 자신이 가지고 있는 열쇠로 문을 열고 들어갑니다. 열쇠를 가지고 스스로 문을 열고 들어가는 것과 초인종을 누르면 아내가 문을 열고 맞아 주는 것에는 차이가 있습니다. 여기서 '그'가 아내에 대해 어떤 기대를 하고 있음을 알 수 있습니다. 아내에 대한 기대이자 여성에 대한 기대일 수도 있고, 한 사람으로서 다른 사람에게 이해받고 위로받고자 하는 기대일 수도 있습니다. '그'는 거리에서 지금 막 돌아와 지친 상태이고, 기대들이 충족되지 않아 화가 났습니다. 그리고 이는 결국 고독감으로 이어집니다. 이러한 고독감은 소설 곳곳에서 드러납니다. '아무도 대답하질 않았다', '그런데 아무도 없다니', '운수 나쁘게도 오늘 밤 혼자인 것이다' 등등.

아내는 왜, 어디로 갔을까요? 문을 열고 나서 아내의 부재를 확인할 때까지도 '그'는 기대감을 놓지 않았는데요. 아내가 남긴 메모지를 발견하고 나서야 비로소 실감되는 고독감으로 '그'는 울분에 찼고, 한숨을 쉬고, 발소리를 쿵쿵 내면서 화를 내었고, 거울 속 자신에게 맹렬한 욕을 퍼붓습니다. '그'의 감정 변화는 우습기도 하고 안타깝기도 합니다.

그런 '그'가 욕실 거울에서 껌을 발견합니다. 그것은 아내가 씹다가 거울에 붙여 놓은 껌입니다. '그'는 그 껌에서 위안을 받습니다. 노래를 부를 정도로 유쾌해지죠. 아내가 없음에 대해 분노와 불안, 고독감을 느끼던 '그'가 아내의 흔적인 껌에서 즐거움을 느끼는 것은 '그'가 아내에게 의존하고 있음을 나타내는 대목입니다. '그'는 휘파람을 불며, 역시 집이란 아늑한 곳이라고 말합니다. 그런데, 행복감을 표현한 순간 '그'는 낯섦을 느낍니다. 지난여름을 떠올리며 "행복했었지."라고 소리 내어 말하고 나서도 놀라는 모습이 보입니다. 안정과 행복을 느껴야 마땅한데, 오히려 이런 감정들이 낯설고, 무안하고, 부끄러워지는 겁니다. 이런 상황은 독자에게 쓸쓸한 느낌을 줍니다.

작품 속에 등장하는 아내의 탁상시계에 대해서 잠시 살펴볼까요? 아내가 사 온 탁상시계는 날짜와 요일까지 표시하는 고급 시계이지만, 때때로 시간과 날짜, 요일까지 엇갈리고 맙니다. 그 시계가 일주일 전의 날짜로 죽어 있음을 발견한 '그'는 화를 내면서, 짧은 손톱으로 열심히 시계 바늘을 돌립니다. 그리고 '무의미한 시간의 회복을 반복'하며 무력감을 느낍니다. 이 시계는 아내의 시간을 상징하는 것이 아닐까요? '무의미한 시간의 회복'이라는 표현이 '그'와 아내의 관계를 대변하는 것 같아 안타까움을 자아냅니다.

'그'가 아내의 껌으로 잠시 유쾌해졌을 때 부르는 노래의 가사 또한 상징적인데요. '나뭇잎에 놀던 새여. 왜 그런지 알 수 없네. 낸들 그대를 어찌하리. 내가 싫으면 떠나가야지.' 이 노래는 1969년에 가수 이정화가 부른 <싫어>라는 노래의 일부입니다. 흔한 유행가처럼 들리면서도 '그'의 마음을 짐작하게 하는 가사입니다.

두 번째 열쇠말_ 아내의 메모

'그'는 문득 아내의 메모 내용이 잘못되어 있음을 발견합니다. '그'는 원래 내일 돌아오기로 되어 있었거든요. 그런데 아내의 메모 내용은 '오늘 아침 전보가 왔는데……'라고 되어 있습니다. 아내의 '오늘'이 '그'의 '오늘'도, 그리고 '내일'도 아님을, 어쩌면 '그'가 집을 비운 그날에 이미 아내의 '오늘'이 시작되었을지 모른다는 것을 알게 된 것입니다. 그 순간부터 '그'는 굉장히 신경이 예민해집니다.

'그'는 집에 있는 물건들이 움직이고, 수군거리는 것을 느끼기 시작합니다. 욕실의 샤워기, 부엌의 석유풍로, 거실의 소파, 재떨이의 생담배, 스푼까지. 물건들의 움직임은 집 안의 불이 꺼져 있는 상태일 때 느껴지는데요. '그'가 불을 켜면 모든 게 감쪽같이 제자리에 놓여 있다가 다시 불을 끄면 소켓, 말린 휴지 조각, 서랍 속 내의, 책상 다리까지 다시 떠들썩하게 움직입니다. 소켓은 '그'에게 오늘 밤 쿠데타가 일어날 것임을 알려 줍니다.

'그'는 물건들을 유심히 관찰하다가, 물건들이 갖는 각각의 고유한 의미를 발견합니다. 그러고는 이러한 물건들의 쿠데타에 가담하고 싶은 욕망까지 느끼게 되죠. 결국 '그'는 물건이 되어 버립니다. 이 순간을 소설에서는 이렇게 표현하고 있습니다. '그래서 그는 숫제 체념해 버렸다. 참 이상한 일이라고 생각하면서 그는 조용히 다리를 모으고 직립하였다. 그는 마치 부활하는 것처럼 보였다.'

아내의 메모는 '그'가 고독감을 느끼며, 물건들을 의식하기 시작하는 계기가 됩니다. 또한 소설의 마지막 장면에서 반복되는 아내의 메모를 읽을 때, 독자들은 이미 그 메모의 내용이 거짓임을 알고 있기 때문에 씁쓸한 웃음이 나오게 됩니다.

🔑 세 번째 열쇠말_ **상실**

평소 우리가 사용하는 물건들을, 우리는 말 그대로 '무심코' 사용합니다. 사실 우리를 둘러싼 모든 것들을 '무심코' 대하죠. 매일 보는 가족들, 매일 지나치는 풍경들, 매일 반복되는 일상들……. 천천히 바라보고, 이야기를 듣고, 마음으로 공감하기에 현대인들은 너무 바쁜지도 모릅니다. 학생에게는 공부가 우선이고, 직장인에게는 업무 성과가 우선이다 보니, 정작 소중한 것들을 자꾸 나중으로 미루게 됩니다.

그런 일상에 '변화'를 가져오기 위해서는 비일상적인 것이 필요합니다. 그것은 여행 같은 즐거운 일일 수도 있고, 존재의 상실 같은 슬픈 일일 수도 있습니다. 이 소설에서는 인간성을 상실하고, 물건으로 변해 버렸지요. 환상적인 표현이지만 인간이 인간성을 상실하고 다른 존재가 되어 버린다는 점에서 프란츠 카프카의 소설 「변신」이 생각나기도 합니다. 두 작품 속 주인공들의 변신 전의 모습은 한 인간으로서 이해받지도, 사랑받지도 못한 채 '열심히', '노력하며', '돈을 벌기 위해 애쓰는' 현대 사회를 살아가는 많은 사람들의 모습을 보여 줍니다.

인간이 존재 자체의 의미보다 수단으로서의 의미를 갖는다는 것은 얼마나 슬픈 일인가요? 카프카의 소설 「변신」에서의 그레고르도, 최인호의 소설 「타인의 방」에서의 '그'도 인간성을 상실한 후에야 비로소 스스로의 참 자아를 발견하는 아이러니를 읽을 수 있습니다.

여러분의 모습은 어떤가요? 소중한 것을 자꾸 나중으로 미루고 있지는 않나요? 미루고 있는 것에 여러분 자신이, 소중한 가족이 있지는 않나요?

「타인의 방」은 1970년대 우리 사회가 급속한 현대화의 과정을 겪던 시기에 발표되었습니다. 2020년대를 사는 지금 우리 사회의 모습은, 그 속에서 살아가는 우리들의 모습은 어떠한지 생각해 보면서 소설을 읽어 보셨으면 합니다.

 공현아 (제주국어교사모임)

투명인간

시선
소외
애정

　성석제 작가는 「황만근은 이렇게 말했다」라는 단편 소설이 교과서에 많이 소개되어, 학생들에게는 꽤 익숙한 작가일 것 같습니다. 1986년 문학사상의 시 부문에서 신인상을 받으며 등단한 작가는 1994년 소설집 『그곳에는 어처구니들이 산다』를 펴내면서 소설을 쓰기 시작했어요. 해학과 풍자, 과장과 익살을 통해 인간의 다양한 국면을 그려 내는 작가로 알려져 있지요.

　『투명인간』은 주인공인 '김만수'와 그 형제들이 산골에서 어린 시절을 보내고 서울로 이주하는 것으로 되어 있는데요. 작가 역시 1960년 경북 상주에서 태어나, 1974년에 서울로 이주한 이력을 갖고 있습니다. 그래서인지 이 소설을 읽으면, 작가의 실제 생애와도 맞닿은 부분이 있는 것 같아요. 간략하게 줄거리를 소개해 드릴게요.

주인공인 김만수는 두메산골 개운리에서 3남 3녀 중 넷째로 태어납니다. 볼품없는 외모에 유난히 허약하게 태어난 데다 말도 늦고 매사에 이해가 더디지만, 마냥 착하고 순박한 인물이지요. 부잣집 삼대독자였으나 일제 강점기 때 사상 문제로 고초를 겪고 세상에 등을 돌린 할아버지, 그런 할아버지와는 달리 거친 상농사꾼이 되어 가족을 먹여 살리는 아버지, 타고난 명석함으로 집안의 기대를 한 몸에 받는 자상한 큰형, 가족들을 위해 희생을 감수했던 어머니와 누이들, 영리하고 악착같은 동생 등 김만수의 가족들은 어려운 형편 속에서도 소박한 행복을 누리며 묵묵히 살아갑니다. 그러나 베트남전에 파병된 큰형이 고엽제로 목숨을 잃고, 가족들이 서울로 이사하면서 소박한 행복은 사라집니다.

상경 이후 술꾼으로 전락한 아버지를 대신해 실질적인 가장이 된 김만수는 가족을 건사하기 위해 애쓰지요. 전문학교를 다니는 동안 틈틈이 돈을 벌어 가족을 부양하고, 공장에 입사해 점차 자리를 잡아요. 그러나 회사가 경영난에 빠지고, 끝까지 회사를 지키려던 김만수에게 엄청난 금액의 손해 배상이 청구되면서 시련이 시작됩니다. 김만수는 끝까지 가족을 위해 자신을 희생하지만, 끝내 누구에게도 인정받지 못하고 투명인간이 됩니다.

 첫 번째 열쇠말_ **시선**

이 소설은 김만수라는 주인공에 대한 여러 사람들의 시선이 들어

있습니다. 김만수의 가족을 비롯해 친구, 동료 등 약 30명 정도의 인물들이 화자로 등장해서 주인공의 삶을 이야기하는 형식으로 되어 있지요. 그래서 첫 번째 열쇠말을 '시선'으로 정해 보았습니다.

특이한 점은 주인공의 시선은 나타나지 않는다는 것입니다. 주인공은 작품의 마지막에 이르러서야 자신의 이야기를 하는데, 그때조차도 주인공이 직접적인 화자가 되어 이야기를 서술하는 방식은 아닙니다. 인터뷰 장면을 통해 그의 이야기가 대사 형식으로 전달되고 있지요.

이 소설은 주인공의 삶을 다른 사람의 입을 빌려서 그리고 있는데요. 이는 독자들이 주인공 김만수에 대해 객관적으로 바라보게끔 유도하는 장치가 됩니다. 아무래도 서술자가 한 명이면 그 사람의 시선에서만 바라보게 되니까 객관성이 떨어지죠. 그래서 여러 사람의 시선을 통해 김만수라는 인물을 바라봅니다. 그렇게 함으로써 독자들로 하여금 여러 시선이 중첩된 결과로 주인공에 대해 더 잘 이해할 수 있도록 하고 있지요. 물론 각각의 화자는 자신의 입장에서 이야기하기 때문에 편견을 가지고 있을 수도 있고, 김만수에 대해 별로 관심이 없을 수도 있어요. 하지만 그러한 여러 시선이 모였을 때, 독자는 김만수라는 인물에 대해 좀 더 입체적으로 풍성하게, 그러면서 어느 한쪽으로 치우치지 않게 이해할 수 있게 됩니다. 그리고 끝까지 김만수의 내면은 드러내지 않음으로써 오히려 독자들로 하여금 김만수라는 인물에 대해 곰곰이 생각하게 하는 효과도 얻고 있습니다. 서술 방식이 굉장히 독특한 작품이라고 볼 수 있지요.

🔑 두 번째 열쇠말_ 소외

'소외'는 소설의 제목과 관련이 있습니다. 이 소설의 제목인 '투명인간'은 다른 사람에게 보이지 않는 사람을 뜻합니다. 보통 존재감이 없는 사람을 투명인간에 빗대어 표현하지요. 이 소설에는 투명인간이 된 인물들이 다수 등장합니다. 이 인물들의 공통점이 바로 다른 사람으로부터 소외되어 존재감을 상실했다는 것이지요.

인물별로 조금 구체적으로 말씀드릴게요. 우선, 주인공인 김만수는 가난한 형편과 바보 같을 정도로 착하고 우직한 성품 때문에 급변하는 사회 속에서 도태됩니다. 회사가 문을 닫고 김만수가 회사의 손해 배상을 떠안는 부분에서 이러한 점이 명확하게 드러납니다. 게다가 그의 가족들도 그를 진정으로 위하거나 인정하지 않습니다. 김만수의 여동생인 옥희는 오빠인 김만수 덕에 식당을 차리고 돈도 많이 벌었지만, 김만수가 회사를 살리려고 노력하는 과정에서 돈을 많이 썼다는 것을 이유로 김만수를 외면합니다. 누구보다 가족과 주변 사람들을 위했던 김만수가 사회로부터, 그리고 가족으로부터 입지를 잃고 소외된 것이지요.

김만수의 작은 누나인 명희는 연탄가스 중독 사고로 인해 네 살의 지능을 가지고 살아갑니다. 신체는 점점 나이를 먹는데, 정신은 그에 따라가지 못해요. 그래서 자연스럽게 사회로부터 소외됩니다. 유일하게 그녀를 진심으로 위해 주고, 챙겨 주었던 어머니의 죽음 이후로는 가족들로부터도 완전히 소외되지요.

그리고 김만수의 동생 석수의 아들인 태석이는 자신의 친부모로부터 버려져 김만수에게 거둬지는 인물입니다. 자신이 고아와 다름없다는 열등감과 소외 의식을 갖고 있으며, 가난한 집안 형편과 제 부모의 친자식이 아니라는 것 때문에 동급생들로부터 왕따를 당해요.

김만수의 아내인 송진주는 이혼녀라는 딱지 때문에 김만수의 가족들에게 인정받지 못합니다. 명희와 태석이를 위해 희생하고, 그로 인해 신장병까지 얻었지만, 그 둘도 그녀를 가족으로 인정하지 않죠. 송진주는 태석이가 자신을 미워하고 싫어한다는 이유로 가족들로부터 소외감을 느끼지만, 태석이는 송진주가 자신을 괴물이라고 여긴다고 생각하죠. 결국 이들은 모두 소외된 인물입니다.

그렇다면 이들이 투명인간으로 변한다는 것은 어떤 의미일까요? 소외된 인물들은 투명인간이 되면서 자신을 억압하던 것에서 벗어나는, 일종의 '자유'를 얻는다고 볼 수 있습니다. 우선 태석이의 경우, 자살을 시도하면서 양부모인 김만수, 송진주와의 관계에 변화를 겪고, 투명인간이 되지요. 송진주를 '엄마'라고 부르는 데서 태석이의 입장 변화를 엿볼 수 있습니다. 또 송진주 역시 태석이에게 신장을 이식받은 후 투명인간이 되죠. 두 사람은 가족 간의 유대감이 생기는 시점에서 투명인간이 됩니다.

김만수의 누나인 명희는 투명인간이 되면서 그동안 자신을 사회에서 격리시킨, 신체와 정신의 괴리를 해소하게 됩니다. 명희는 연탄가스 사고 이후로는 화자로 거의 등장하지 않다가 소설의 후반부에 투명인간이 된 후 자신의 목소리를 내는데요. 투명인간이 된 것을 '남의 눈에 보이지 않는 인간이 되는 것, 외면의 모습으로 어떤 평가나 동정을 받을 필요가 없는 존재가 되는 기적'이라고 표현하는 것에서 그녀가 투명인간이 됨으로써 장애로부터의 자유를 얻게 되었다고 짐작할 수 있습니다.

🔑 세 번째 열쇠말_ 애정

저는 이 소설을 읽으면서 작가가 인물들에 대해 굉장한 애정을 갖고 있다는 느낌을 받았습니다. 그래서 세 번째 열쇠말을 '애정'으로 정했습니다. 물론 작가뿐만 아니라 등장인물들도 서로에 대한 애정을 보여 줍니다.

우선, 김만수는 자신의 가족을 위해 끝까지 헌신하는 인물입니다. 작품의 마지막 부분에서 김만수는 '죽는 게 낫겠다는 생각을 한 적 없느냐'는 질문에 '나는 한 번도 내 삶을 포기하지 않았다. 내게는 아직 세상 누구보다도 사랑하는 가족이 있으니까.'라고 대답합니다. 가족을 향한 애정이 그가 삶을 살아가게 하는 원동력이었던 것이죠.

그리고 작품 초반, 김만수의 가족이 개운리에 살 때의 모습을 보면, 그들이 얼마나 서로에게 애정을 갖고 있는지를 느낄 수 있습니다. 물론 서울로 올라오고 생활이 각박해지면서 서로에 대한 애정이 잘 느꺼지지 않기도 하지만, 그래도 이 작품을 마지막까지 끌고 가는 힘은 '애정'에 있다고 생각합니다.

또한 이 소설은 여러 인물이 등장해 각자의 이야기를 들려주는 방식으로 구성되어 있습니다. 독자는 다양한 인물의 삶을 따라가며 그들의 처지와 감정을 이해하게 되고, 점차 정서적으로 가까워지게 되지요. 이러한 공감은 인물들에 대한 애정으로 이어져 독자는 어느새 그들의 삶에 함께 발을 들여놓은 듯한 느낌을 받게 됩니다. 결국 이러한 서술 방식은 인물 하나하나에 대한 작가의 애정을 고스란히 드러내는 장치라고 볼 수 있습니다.

성석제 작가는 '작가의 말'에서 '소설은 위안을 줄 수 없다. 함께 있다고 말할 수 있을 뿐. 함께 느끼고 있다고, 우리는 함께 존재하고 있다고 써서 보여 줄 뿐.'이라고 이야기합니다. 저도 이 소설을 읽으면서 한숨을 몇 번 쉬었는지 기억도 나지 않을 정도로 인물들이 처한 아픔에 같이 절망하고 힘들어했는데요. 그것은 우리의 주변에도 김만수와 같은 인물들이 살아가고 있고, 어쩌면 우리 자신도 김만수와 같은 인물이 될 수 있기 때문일 것입니다. 그리고 소설은 그러한 사람들에게 우리가 함께 존재하고 있다는 것을 알라고, 애정 어린 목소리로 이야기하는 것 같아요.

한 강연에서 성석제 작가는 『투명인간』이라는 소설이 자신이 학창 시절에 접한 토막 상식 기사에서 출발했다고 이야기한 적이 있습니다. 그 기사에는 사람의 몸이 육 개월 만에 다 바뀔 수 있다는 내용이 소개되었다고 하는데요. 작가는 사람마다 차이가 있을 뿐 우리는 누군가의 '바꾸라'는 명령에 의해 계속해서 스스로를 바꾸고, 그렇게 바꾸다 보면 마지막에는 누군가의 명령어만 우리 안에 존재하는 것 같다고 생각했다고 합니다. 생각이 그렇게 흘러가다 보니 '나라는 것은 누구인가'라는 질문에 자연스럽게 종착했고, 그 질문이 이 작품을 탄생케 했다고 해요. 각양각색의 사람들이 자신의 개성을 뽐내며 살아가는 현대 사회에서, 우리는 진정한 '나'의 존재를 만들기 위해 몸부림치지만 결국은 타인이 바라보는 '나'로만 존재하는 것은 아닌지, 과연 우리는 타인의 시선으로부터 완전히 자유로울 수 있는지에 대해 생각해 보게 되는 소설이었습니다.

 나한별 (대구국어교사모임)

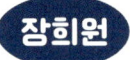

폐차

자식 부양
부모 봉양
전통적 가족주의

　무언가를 삶에서 정리해야 할 때가 있습니다. 대체로 물건인 경우가 많은데요. 정이 많이 들어서 정리하지 못했던 것들이죠. 특히 저에게는 책들이 그렇습니다. 과감하게 버릴 것은 버려야 하는데, 하나하나 살펴보다 보면 버리기가 쉽지 않습니다. 그런데 버려야 할 것이 어떤 책무감이나 감정들 혹은 사람이라고 생각해 봅시다. 물건을 버리는 일은 이에 비하면 너무 쉬운 일이죠. 누군가를 사랑하는 감정이라든지 누군가를 부양해야 하는 책임이라든지 이러한 것들을 버려야 한다면 심리적인 스트레스가 꽤 높지 않을까요? 문학 작품들에는 이렇게 무언가 버리기 힘든 것들을 버려야 하는 상황 혹은 버리고 싶은 것들을 계속 잡아 둬야 하는 상황들이 많이 등장합니다. 오늘 만나볼 작품인 장희원 작가의 「폐차」 역시 그중 하나입니다.

장희원 작가의 작품에는 부모와 자식 간의 문제에 대해 독자가 고민할 수밖에 없는 특별한 상황들이 등장합니다. 이 상황들은 집 밖에서 일어나는 경우가 많고, 한쪽이 한쪽을 버리고 가는 경우가 많습니다. 그리고 소통에 대해 깊이 고민합니다. 이 문제는 조금 연배가 있는 독자라면 부모의 입장에서, 젊은 세대에게는 자식의 입장에서 읽히기에, 공감 영역의 폭이 넓다는 장점이 있습니다. 그런데 작품 속에서 소통은 대체로 잘 이루어지지 않습니다. 작가는 어디에서 어떤 부분이 막혀 있고 답답한지를, 섬세한 통찰과 상황으로 짚어 내는 탁월한 능력을 발휘합니다.

「폐차」는 장희원 작가의 등단작인데요. 먼저 작품의 내용을 살펴보겠습니다.

정호는 컨테이너 하우스에서 기거하며, 폐차장 오전반 근무를 하는 사람입니다. 봉고차에 탑승하여 출퇴근할 때면, 주변 농가의 개 짖는 소리가 귀에 거슬립니다. 정호는 어느 이른 새벽, 갑작스럽게 방문한 동생 정기를 만납니다. 두 달 만에 만나는 동생입니다.

정기는 혼자서는 일상생활이 불가능한 어머니를 모시고 삽니다. 정호는 정기가 혼자 계신 어머니를 어떻게 하고 왔는지 궁금하지만, 어머니를 동생이 떠맡고 있기에 별다른 질문을 할 수는 없습니다. 정기는 때때로 어머니가 잠든 시간에 저녁 외출을 합니다. 오늘은 형인 정호에게 폐차를 맡기기 위해 밤을 달려왔습니다. 친구가 폐차를 부탁했는데, 여태껏 타고 다니다가 이제야 폐차를 하러 왔다고 합니다.

그때 폐차장의 반장이 정호에게 전화해 폐차장 CCTV에 누군가가 보이니, 가 보라고 합니다. 정호는 정기가 타고 온 차로 정기와 함께 이동합니다. 정호는 어둠 속에서 자신이 한 마리 개가 된 것 같다고 생각합니다. 그 순간 갑자기 검은 그림자가 그들의 앞을 덮칩니다. 그들은 야생 짐승처럼 보이는 그 물체가 고라니라고 생각합니다. 정기는 오는 길에 자신이 고라니 한 마리를 쳤고, 그 고라니를 그냥 둘 수 없어 트렁크에 넣어 두었다고 말합니다.

둘은 다시 출발합니다. 과속 방지턱을 넘는 바람에 트렁크 안에 무언가가 부딪히는 소리가 납니다. 정호는 참다못해 정기에게 묻습니다. "왜 저런 걸 받았니?" "저걸 받아 버리지 않고는 갈 수가 없었어. 도저히 앞으로 갈 수 없었다구." 정기는 답합니다.

정호는 소변이 마려워 갓길에 차를 세웁니다. 어린 시절 엄마는 형제들을 차에 태우고 가다가 이런 곳에 내버리곤 했습니다. 건너편 비닐하우스 쪽에서 백구 한 마리가 이쪽을 보며 짖습니다. 백구 뒤로는 강아지 두어 마리가 있습니다. 그는 묘하게 안심이 됩니다. 그리고 정기가 말한 요상한 고라니가 떠오릅니다. 둘은 이동하는 길에 다리 한쪽이 없는 트럭 운전자를 만납니다. 정기는 그에게서 배추를 한 포기 삽니다.

그들이 폐차장에 도착했을 때, 반장은 아직 오지 않았습니다. 반장이 와야 폐차 절차를 밟을 수 있습니다. 정기는 함께 기다리겠다고 합니다. 정호가 트렁크의 고라니를 꺼내려고 트렁크에 손을 올리자

'퉁' 소리가 납니다. 정호가 아직 살아 있을 고라니를 꺼내려 하자, 정기는 죽을 때까지 기다리자고 합니다. 그러면서 옛날에 엄마가 형제들을 버려두고 간 것에 대해, 또 한 번은 자신만을 버려 두고 엄마와 형, 둘이 가 버렸던 일에 대해 이야기합니다.

잠시 후 트럭이 한 대 들어옵니다. 조금 전 정기가 배추를 산 트럭입니다. 트럭에서 내린 남자는 절뚝이며 철물을 모아 둔 쪽으로 가서 물건을 빼냅니다. 트럭 뒤에는 어린 남자아이가 있습니다. 아이는 몸이 성치 않은 아버지를 걱정하고, 아버지는 아이를 안심시키며 철근을 훔칩니다. 형제는 남자를 조용히 지켜봅니다. 남자가 사라지고, 정호는 반장을 기다리지 않고 차를 폐차하려고 합니다. 압축이 끝난 철근 판을 다른 것과 섞어 두면 철근이 없어진 것을 아무도 모를 것입니다. 정호는 동생의 눈을 마주 보고 싶지 않습니다. 그러나 이상하게도 자신이 정기와 서로 끝까지 맞닿아 있다는 기분이 듭니다.

이제 '자식 부양', '부모 봉양', '전통적 가족주의'라는 세 가지 열쇠말로 작품을 만나 보겠습니다.

🔑 첫 번째 열쇠말_ **자식 부양**

이 작품은 부모의 자식 부양 문제에 대해 고민하고 있습니다. 작품 속에 등장하는 부모 세대는 자식 부양에 있어서 무조건적 책임이 부여된 세대입니다. 작품 속 철근을 훔치는 트럭 운전사와, 정호가 소변을 누고 길가에서 마주치게 되는 백구 등이 이런 모범적인 부모의 모습을 보여 주고 있습니다. 부모는 당연히 자식을 보호하고, 자식을 위해 자신을 헌신해야 한다는 명제에 가장 걸맞은 모습이죠.

그런데 정호와 정기 형제의 어머니는 달랐습니다. 최대한 멀리 자식들을 버려두고 오는 경우가 많았습니다. 심지어 동생 정기만 버려두기도 했습니다. 정호와 정기의 뇌리에는 이런 어머니에 대한 기억이 선명하게 남아 있습니다.

어린 시절의 정호와 정기 가족이 어떤 환경에 놓여 있었는지 작품에서는 언급되지 않습니다. 형제의 아버지에 대한 언급도 없지요. 이 가족의 어머니는 이러한 책무가 너무 힘들었을 어떤 사정이 있었을 것입니다. 그래서 그런 극단적인 선택과 행동들을 할 수밖에 없었을 것입니다.

아이를 키우는 데는 사회가 책임져야 할 역할도 있습니다. 이런 점을 고려할 때, 정호와 정기 형제의 어머니가 한 행동에 대해서 꼭 그 어머니 개인의 책임이라고만 하기에는 생각할 부분이 분명히 존재합니다. 하지만 같은 환경에서도 다른 선택을 하는 사람들이 있기에, 형제에게는 어머니에 대한 원망이 남아 있을 수밖에 없습니다.

그런데 세월이 흘러 이런 상황이 역전됩니다. 이 부분에 대해서는 두 번째 열쇠말에서 조금 더 고민해 보겠습니다.

🗝 두 번째 열쇠말_ **부모 봉양**

이 작품은 또한 자식의 부모 봉양에 대한 문제도 다루고 있습니다.

시간이 흐르고, 이제 형제의 어머니는 나이가 들었습니다. 어머니는 혼자서는 생활이 불가능한 상황이고, 정호는 집에서 먼 곳에서 일을 하고 있습니다. 동생인 정기 혼자 어머니를 부양하고 있지요. 자식이 부모 봉양에 대한 책임을 져야 하는 상황이 온 것입니다.

정기가 정호에게 어머니에게 요구르트를 먹이는 장면을 이야기하는 부분을 보면, 나이 든 부모님을 봉양하는 문제가 결코 쉬운 일이 아님을 알 수 있습니다. 악력도 세고, 고집도 세서 노인 돌봄이 아이 돌봄보다 어렵다고도 합니다.

정기는 어머니가 잠이 들면 집을 나와 차를 끌고 멀리멀리 떠납니다. 그래서 친구가 폐차를 부탁한 낡은 차를 계속 끌고 다녔겠지요. 정호와 가는 도중에도 "이대로 계속 갔으면 좋겠다."고 말합니다. 어머니를 모시는 어려움에서 벗어나고 싶은 정기의 의식을 드러내는 부분입니다.

자식이 당연히 부모를 봉양해야 한다는 명제에 대한 책무감이 정호 형제의 어깨를 짓누르고 있었을 것입니다. 정호는 비록 육체적 책무에서는 벗어나 있지만, 심리적으로는 벗어나 있지 못한 듯합니다. 동생 정기에 대한 미안함과 무거운 감정이 작품 곳곳에 드러납니다. 어머니에 대한 안부를 제대로 묻지 못한다거나 얼른 집에 가 봐야 되지 않겠느냐고 말하지 못하는 장면이 대표적입니다.

정기는 어머니에 대한 자신의 태도를 폐차를 통해 정리하는 것처럼 보입니다. 그렇다면 이 작품에서 폐차는 무슨 의미를 지니고 있는 걸까요? 세 번째 열쇠말을 통해 한 뼘 더 고민해 보겠습니다.

🔑 세 번째 열쇠말_ **전통적 가족주의**

이 작품은 가족주의에 대해 의문을 제기하는 소설입니다. 작품에는 고라니로 추정되는 동물이 등장합니다. 이 형제에게 고라니의 '쿵'과 개들의 '컹'은 삶에 심리적 위협을 줍니다.

특히 고라니는 정기가 치고 지나가야 할 만큼 심리적 위축감을 주는 동물이죠. 어머니에 대한 감정이 묘하게 엮여 있는 고라니를 차와 함께 폐기한다는 것은 어머니에 대한 자신의 감정 역시 상징적으로 폐기하는 것이라고 볼 수 있습니다. 그리고 이것은 자신들을 먼 곳에 두고 가 버렸던 어머니의 이미지와 겹칩니다.

이 작품은 등장인물들의 이러한 결정들을 통해 전통적인 가족관에 짓눌린 개인들의 변화를 보여 주고 있습니다. 예전의 작품들이라면 현실을 수용하고, 어머니를 다시 봉양하기 위해 노력하는 인물들의 모습이 그려지겠지만, 이 작품에서는 더 이상 그런 모습을 보이지 않죠. 과감하게 유폐하고, 다음 삶을 고민하는 등장인물들의 모습을 통해 독자들은 같은 고민에 빠질 수밖에 없습니다.

'폐차'는 독자에게 부모의 입장과 자식의 입장을 모두 고민하게 하는 사회 윤리적 고민이 묻어 있는 행위라고 볼 수 있습니다.

지금까지 세 가지 열쇠말을 통해 '자식 부양', '부모 봉양', '전통적 가족주의'에 대한 고민을 담은 소설 「폐차」를 만나 보았습니다. 장희원 작가의 다른 작품들과 같이 읽을 때, 작품을 읽는 재미가 더욱 배가될 것입니다. 저는 이 작품을 읽으면서 후안 안토니오 바요나 감독의 영화 <몬스터콜>이 떠올랐습니다. <몬스터콜>의 중요한 장면 중 하나가 이 작품과 닮아 있다는 생각이 들었기 때문인데요. 영화와 함께 감상하시는 것 또한 추천합니다.

 강승욱 (전남국어교사모임)

영영, 여름

폭력
오해
정체성

　오늘 함께할 정이현 작가의 단편 소설 「영영, 여름」은 2014년 『문학동네』 여름호에 발표되었고, 2016년에 발간된 소설집 『상냥한 폭력의 시대』에 수록된 작품입니다.

　작가의 대표작인 『달콤한 나의 도시』는 TV 드라마로 제작된 적이 있는데요. 깊은 통찰력을 바탕으로 현대 도시인들의 심리와 풍속을 밀도 있게 표현하여 세간의 관심을 받았습니다. 작가는 2002년 제1회 문학과사회 신인문학상을 받으며 등단했고, 『오늘의 거짓말』, 『너는 모른다』, 『말하자면 좋은 사람』 등을 발표하며 꾸준히 작품 활동을 이어 오고 있습니다.

　정이현 작가는 '우리가 살아가고 있는 현재를 어떻게 세상의 주된 시선에서 살짝 비켜 나가서 볼 건지, 그 시선의 위치를 가늠하는 것이 소설가이다.'라고 말하였는데요. 「영영, 여름」에서는 작가의 시선이 어디쯤 놓여 있는지, 그 위치를 가늠해 보면서 읽어 보면 좋을 것 같습니다.

🔑 첫 번째 열쇠말_ **폭력**

이 소설의 주인공 '나'는 한국인 어머니와 일본인 아버지 사이에서 태어난 와타나베 리에라는 소녀입니다. 소설에서 리에의 국적은 명확하게 언급되지 않습니다. 리에는 아빠의 잦은 해외 지사 발령으로 세계 곳곳에서 살아갑니다. 열두 살 때는 일본에서 살기도 했습니다.

리에의 엄마는 한국인으로서의 모습을 드러내지 않도록 리에를 키웠습니다. 그러면서도 리에가 어릴 때 한국어를 열심히 가르쳤는데요. 리에는 그 이유를 모국과 모국어에 대한 애정 때문이 아니라 엄마 자신이 하고 싶은 말을 완전히 이해하는 타인이 필요했기 때문이라고 얘기합니다. 그러니까 낯선 이국에서 엄마의 말을 들어주고 대답해 줄 수 있는 사람이 필요했기에, 순전히 엄마 자신의 욕구를 충족시키기 위한 것이었다고 생각합니다.

국적과 언어의 장벽을 뛰어넘어 결혼한 리에의 엄마는 결국 그것이 장애가 되어, 어느 나라에도 속하지 못한, 누구도 아닌 사람으로 자신을 잃어버린 채 살아가게 되었던 것이죠. 그리고, 자신이 잃어버린 것을 딸도 잃어버리도록 폭력을 가하고 있는 셈입니다. 그런 리에 엄마의 폭력성을 잘 보여 주는 것이 리에의 식단입니다. 엄마가 정해 놓은 음식들로만 구성된, 지나치게 단조로운 리에의 식단은 리에가 얼마나 철저하게 엄마의 통제 아래 놓여 있는지를 잘 보여 줍니다.

리에의 엄마는 자기 자신은 이미 온전한 그 나라 사람으로 살 수 없다고 생각해서인지, 리에에게도 완전한 이방인이 되도록 강요하는 것처럼 보입니다. 결국 그것이 리에를 어디에도 속하지 못하게 만들고, '리에'라는 이름 대신 '돼지'라는 별명으로 불리게 한 것이 아니었을까요?

이 책을 읽은 한 학생은, 리에의 엄마가 세상에 대응하는 방식이 너무 순응적이라, 딸인 리에에게도 그러한 삶의 태도를 강요하고 있는 것 같다고 하였습니다. 그러면서 한국인도 일본인도 없는 자유로운 곳에서의 삶을 갈망하는 엄마는, 진정한 자유가 아니라, 아무도 듣지 못해 흩어진 '스미마셍'이라는 말처럼 아무것도 아닌 존재가 되어 버린 데서 오는 공허함을 '자유의 홀가분함'으로 포장하고 싶어 하는 것처럼 보인다고 했습니다. 결국 리에는 원하지 않았던 '자유'가, 엄마가 리에에게 가한 '상냥한 폭력'이었던 셈이죠.

🗝️ 두 번째 열쇠말_ **오해**

두 번째 열쇠말은 제가 가르치는 제자가 선정해 주었는데요. 그 이유가 매우 타당하고 재미있어서 포함시켜 보았습니다.

리에는 일본인이면서 무역 회사의 해외 영업직에 종사하는 아버지의 영향으로 마닐라, 도쿄를 거쳐 남태평양 부근 K로 이주했습니다.

몸집이 또래 아이들보다 큰 리에는 어느 나라에서든 국제 학교 아이들에게 그 나라 말로 '돼지'라는 놀림을 받았습니다. 그러나 K에서는 며칠이 지나도록 그 소리를 듣지 못했습니다. 아이들은 리에에게 전혀 관심이 없었던 것이죠. 별명을 붙일 만큼의 관심조차도요.

나름대로 정연한 질서로, 정해진 친구들끼리만 놀던 교실에 리에처럼 혼자 있는 소녀가 있었습니다. 반에서 키가 제일 작고 여윈 동양계 여자아이 메이. 리에는 처음에 오로지 자신의 관점에서만 바라보고 편견으로 메이를 대했는데, 막상 메이와 대화를 나누고 가까워지고 보니 메이는 나쁜 아이가 아니었습니다.

오해는 사람과 사람 간의 관계에서 부정적인 역할만 한다고 여겨집니다. 그렇지만 그 오해가 있었기에 주인공이 메이에게 관심을 가질 수 있었고, 그 연결 고리가 리에와 메이를 소중한 친구 사이로 만들어 준 것으로 생각해 열쇠말로 추천했다고 하더군요. 저 역시 사람과 사람 사이에 오해가 생긴다는 건 그 사람과 완전히 단절되는 게 아니라 관심의 여지가 생긴다는 것, 즉 반드시 풀어야 할 과제가 주어진 것이라는 작가의 의도를 느꼈기에 '오해'를 두 번째 열쇠말로 선정해 보았습니다.

🗝 세 번째 열쇠말_ **정체성**

리에는 자유로운 코즈모폴리턴으로 자라길 바라는 엄마의 바람대로, 정체성을 상실한 채 성장합니다. 그것을 가장 잘 보여 주는 것이

국제 학교 아이들이 그녀를 부르는 방식이었죠. 리에는 어느 도시, 어느 나라에서나 그 나라 말로 '돼지'라고 불립니다.

　리에는 소설의 가장 첫머리에서 돼지가 얼마나 깔끔하고 예민한 동물인지, 돼지에 대한 오해들을 설명합니다. 돼지가 '다른 돼지와 구별되지 않는 것을 가장 싫어한다'는 구절이 슬프고 아름다운 문장으로 각인되었다고 이야기하지요. 그러니까 이 소설의 주인공인 리에는 누군가와 구별되는 자신만의 정체성을 갖고 싶어 했던 것 같습니다. 변하지 않는 존재의 본질을 지닌 독립적인 자아를 꿈꾸고 있었던 것이죠.

　엄마 때문에 어느 국가에도 제대로 속하지 않은 삶을 살던 리에는 K에서 메이를 만나, 한여름의 짧고도 강렬한 태양과 같은 우정을 나눕니다. 그리고 메이와 친해지면서, 엄마가 싸 준 도시락과 정해진 음식이 아닌 본인이 먹고 싶은 음식을 먹습니다.

　메이는 영어가 익숙지 않아, 한동안 외톨이로 지냈습니다. 내성적인 성격의 리에는 메이가 혼잣말로 한 한국말을 듣고 메이에게 다가갔고, 친구가 됐으며, 처음으로 엄마가 아닌 다른 사람과 한국말로 이야기하며 웃을 수 있었습니다. 한국어를 쓰기 전까지는 각자가 외톨이였고, 교실에서 아무것도 아닌 존재였지만 모국어 앞에서는 수다스러웠던 두 소녀. 모국의 놀이인 공기놀이를 통해 반 아이들과도 잠시나마 즐거운 시간을 보낼 수 있었습니다.

　그러다 작은 사고로 인해 메이가 북한 권력자의 딸이라는 것이 밝혀집니다. 더 이상 메이를 만날 수 없게 된 리에는 메이에게 한글로 쓴 편지를 보내 안부를 전합니다. 엄마에게서 훔친 다이아몬드 목걸이를 넣어서요. 이 목걸이는 리에 가족이 도쿄를 떠나며 포장 이사를 맡겼을 때 없어진 것이었지요. 꽤 고가의 브랜드 목걸이라 엄마가 이 삿짐 업체를 의심하며 안절부절못하는 장면이 나오는데요. 그것을 갖고 있던 사람이 바로 리에였던 것이죠. 리에는 변하지 않는 것을 하나쯤은 가지고 싶었다며, 목걸이를 훔친 이유를 고백하는데요. 리에가 메이에게 이 목걸이를 보낸 것은 메이를 통해 변하지 않는 자신의 본질, 바로 정체성을 깨달았기 때문일 것입니다. 같은 언어를 쓰는 같은 민족으로서 느낀 동질감을 통해 발견하게 된 자기 자신을요.

지금까지 '폭력', '오해', '정체성'이라는 세 가지 열쇠말로 정이현 작가의 「영영, 여름」을 살펴보았는데요. 독자 여러분이 작가의 시선이 비켜 나간 곳을 찾는 데 이 세 가지 열쇠말이 도움이 되었길 바랍니다.

 이연화 (경기국어교사모임)

신중한 사람

신중한 사람
참는 사람
삶의 부조리

이승우 작가는 국내보다는 해외에서, 특히 프랑스에서 더 유명한 작가입니다. 그는 1959년 전라남도 장흥에서 태어났는데, 같은 지역에서 태어난 이청준의 뒤를 이어 관념적인 소설을 쓴다는 평을 받고 있습니다.

「신중한 사람」은 2013년에 발표되었는데, 이전 작품 발표 시기가 2008년이었던 점을 고려하면 꽤 긴 공백을 두고 발표된 것이지요. 그러면, 이 작품을 '신중한 사람', '참는 사람', '삶의 부조리'라는 세 가지 열쇠말로 살펴보겠습니다.

 첫 번째 열쇠말_ **신중한 사람**

Y는 신중한 사람입니다. 신중하다는 것은 매우 조심스럽다는 뜻입

니다. Y는 잘못이나 실수가 없도록 말이나 행동에 마음을 쓰는 사람입니다. 그러나 Y는 신중하지만 치밀하지는 못해서 여러 가지 일 처리가 허술합니다. 그의 아내는 그것이 그의 무른 천성 때문이라고 말합니다.

Y는 정년 이후의 전원생활을 꿈꿉니다. 도시의 소음과 먼지와 속도와 안하무인과 무질서에서 벗어나 평화롭고 조용하고 아늑하고 완전한 집을 꿈꿉니다. 그래서 경기도 양평 단월에 땅을 사고, 7년간 공을 들여 멋지게 집을 짓습니다. Y는 이곳에 살면서 복잡한 도시 생활에서 벗어나고 싶어 합니다. 그러나 가족들은 서울을 벗어나는 것을 싫어하고, 특히 그의 딸은 절대로 갈 수 없다고 말합니다.

딸의 거센 거부 반응에 Y는 치솟는 울화를 느끼지만 표현하지는 않습니다. Y는 신중하기 때문입니다. 신중한 사람은 부수거나 저지르지 않고 현상을 유지하려고 합니다. 현상이 가치 있거나 좋아서가 아니라, 현상을 유지하지 않으려 할 때 생길 수 있는 시끄러움을 피하기 위해서입니다. Y는 딸이 대학을 졸업하고 직장을 얻어 독립할 때까지 3년을 참기로 합니다.

삶이 언제나 내 뜻대로 되지는 않습니다. 아니, 내 뜻대로 되지 않는 경우가 훨씬 더 많지요. 여러분은 그럴 때 어떻게 하나요? Y는 자신의 뜻대로 되지 않는 어쩔 수 없는 경우는 물론이고, 부조리한 상황이 발생하더라도 저항하거나 불평하지 않습니다. 심지어 자기의 의견조차 제대로 표현하지 않습니다. 다른 사람과 갈등을 겪는, 불편한 상황을 원치 않기 때문입니다.

이렇게 Y는 자신을 완전히 버리고, 타인에게 완벽하게 맞추는 사람입니다. 그러나 아무런 갈등 없이 타인에게 맞출 수 있는 사람은 없습니다. 자신의 내부에서 뭔가 부조리함을 느끼게 마련이지요. 그럴 때마다 Y는 가슴이 답답해서 가슴을 쿵쿵 때리지만, 그뿐입니다. Y는 신중한 사람이기 때문입니다.

🔑 두 번째 열쇠말_ **참는 사람**

신중한 Y는 가족들의 반대 때문에 시골에 멋지게 지어 놓은 집에서 살지 못하고, 주말에만 지냅니다. 그러면서 옆집 남자와 친해지고, 여러 도움을 받습니다.

순조롭게 정년만을 기다리고, 정년이 되면 이곳에서 살겠다고 다짐한 Y에게 갑자기 해외 지사 발령이 떨어집니다. Y는 명예퇴직까지 고려하며 가지 않겠다고 생각하지만, 아내와 딸은 유럽에서 살고 싶은 마음에 해외 지사 발령을 강력히 원합니다. Y는 어쩔 수 없이 해외 발령을 받아들입니다. 문제는 7년간 애써 지은 시골의 집입니다. 3년간 빈집으로 놔둘 수 없기 때문입니다. 그렇다고 누군가 와서 돌봐 줄 사람도 없습니다.

성격도 좋아 보이고 많은 도움을 준 옆집 남자가 이 사정을 듣고는 자신이 집을 돌봐 주겠다고 합니다. 신중한 Y는 이 옆집 남자에게 매월 관리비로 얼마씩을 보내기로 하고, 마음 놓고 해외로 떠납니다.

3년이 지나 혼자 한국으로 돌아온 Y는 꿈에 그리던 자신의 시골집을 찾습니다. 그런데 자신이 공들여 가꾸었던 정원의 잔디에는 연탄가루만 쌓여 있고, 낯선 사람이 이곳에 살고 있습니다. Y는 자신이 집주인이라고, 당신은 누구냐고 물어보지만, 낯선 사람은 옆집 남자와의 임대차 계약서를 들이밀며 Y를 내쫓습니다. 그렇습니다. Y는 옆집 남자에게 사기를 당한 것입니다. 해외 발령을 떠나면서 서울에 있는 집도 처분했고, 딸의 해외 유학비를 내야 하는 Y는 여분의 돈이 없으므로 낯선 남자를 내보낼 수도 없습니다. 옆집 남자는 이미 시골 동네를 떠나 버렸고, 연락할 방법도 없습니다.

　여러분이 이런 상황이라면 어떻게 할 건가요? 경찰에 신고를 하거나 법적으로 소송을 걸거나, 나의 집을 찾기 위한 여러 방법을 고심하겠죠? 그러나 신중한 Y는, 지금의 '현상을 유지하지 않으려 할 때 생길 수 있는 시끄러움을 피하기 위해 어쩔 수 없이' 자신의 집에, 그것도 창고 같은 다락방에 월세를 내고 살기로 합니다. 자기 소유의 집에 소유권을 주장하기는커녕 오히려 월세를 내고, 눈치를 보는, 정말 말도 안 되는 상황이 발생한 것이지요. 그러면서 Y는 정원과 집을 가꾸고, 연못을 고치며, 자신의 집을 복원하려 애씁니다. 본질적인 문제는 접어 둔 채 겉모습만 되찾으려고 애쓰는 것이죠. 누구보다 열심히 살았고, 누구보다 합리적인 Y는, 결국 이 말도 안 되는 블랙 코미디 같은 상황 속의 주인공이 되어 버린 것입니다.

　어느 날, 정원을 복원하던 Y는 어지럼증을 느끼며 쓰러집니다. 병원에서 의사는 Y에게 이 병이 아주 오래전에 발병했으며, 보통 사람들 같으면 일상적인 활동을 할 수 없었을 것이라고 합니다. 그러나 Y는 어지럼증이나 자신의 병을 자각하지 못했습니다. 부조리함을 견디기만 했던 Y는, 어지럼증마저 견디고 참았던 것입니다.

병원에서 나온 Y는 자신의 집이지만 자신의 집이 아닌 곳으로 돌아와, 죽은 잔디를 옮겨 심고, 울타리를 보수하고, 대문을 고치고, 페인트칠을 계속해 나갑니다. 그렇게 또다시 악취 나는 다락방에 적응해 나가고, 참고 견딥니다. Y는 그런 사람입니다.

Y를 보면 답답한가요? 주변에 말없이 참고 사는 사람을 본 적이 없나요? 부당한 상황에 항의 못 해 본 적은 없나요? 부조리하고 막무가내인 그 상황을 그냥 견디고 받아들이다 보면, Y처럼 그러한 감정 자체를 아예 못 느끼게 되지는 않을까요?

🔑 세 번째 열쇠말_ **삶의 부조리**

Y는 신중한 사람입니다. 불편한 상황이 불편하기에 갈등을 일으키지도 않고, 갈등 상황을 회피합니다. 그렇게 Y는 세상에 순응하며 자신을 맞춰 가는 사람입니다. 부조리한 상황, 즉 이치에 맞지 않거나 도리에 어긋난 행동을 한 적도 없고, 그런 상황이 발생하면 순응하고 견뎌 냅니다. 가끔씩 자신의 가슴을 쿵쿵 치면서, 어지럼증마저 참아 가면서요.

Y는 억지와 불합리와 막무가내를 겪을 때마다 거북하고 못 견뎌 했

습니다. Y가 이런 상황을 못 견뎌 하면서도 견뎌 낸 것은, 견뎌 내지 않을 때 닥쳐올 또 다른 어떤 것, 어쩌면 더 클 수도 있는 억지와 불합리와 막무가내에 대한 예감 때문입니다.

부자연스러운 것을 꺼리는 사람은 그렇지 않은 사람보다 부자연스러운 상황을 더 잘 받아들이는데, 그것은 부자연스러운 상황을 거부하는 자신의 태도가 혹시 만들어 낼지도 모르는 부자연스러운 상황을 한층 더 끔찍해하기 때문입니다. 부자연스러운 것을 꺼리는 사람이 부자연스러운 것을 받아들이게 되는 공식은 이렇게 형성됩니다.

아주 가끔 아내로부터 전화가 오면 Y는 자신이 도시를 피해 완벽한 평화의 공간인 전원에서 행복하고 평화롭게 살고 있는 척 이야기합니다. 자신이 사실을 말했을 때 아내가 보일 반응과 그로 인해 자신이 견뎌야 할 불편한 사태를 피하기 위해서요. 그렇게 그는 마치 괜찮은 척 스스로를 세뇌합니다.

같은 소설집에 실린 이승우의 또 다른 소설 「리모콘이 필요해」에도 Y와 비슷한 사람이 등장합니다. 갈등 상황을 피하고 싶어 하는 사람, 부조리한 상황을 그냥 견디는 Y와 같은 사람들 말입니다. 현실에서 Y와 같은 사람을 만나면, 우리는 답답하다고, 왜 당하고만 있냐고, 충고를 아끼지 않을 것입니다. 좀 더 적극적인 사람은 Y와 같은 사람을 대신해 자신이 나서서 문제를 해결해 주기도 하겠지요.

그런데 Y의 모습을 가만히 들여다보면, 그 속에 나와 닮은 어떤 모습이 비쳐 보이기도 합니다. 혹은 내가 알고 있는 누군가가 떠오르기도 하지요. 이렇듯 소설 속에는 나의 다양한 모습, 사람들의 다양한 모습이 담겨 있습니다. 이러한 발견이야말로 우리가 소설을 읽는 이유 중 하나일 것입니다.

한편으로는 Y와 같은 사람이 세상을 더욱 부조리하게 만드는 것은 아닌가 하는 생각이 듭니다. 부조리한 상황을 바꾸려고 노력하지 않고 그냥 참고 넘어간다고 그 상황이 나아지는 것은 아닙니다. 정당하지 않은 것에 항의하고 고치려고 애쓰는 사람, 자신의 정당한 주장을 내세우는 사람이 있어야 이 세상은 조금씩 나아지고 변화하고 발전해 갈 수 있기 때문입니다.

지금까지 너무나 신중해서 답답한 Y에 대해 이야기해 보았습니다. 이 인물을 통해 나의 모습을 돌아보고, 세상의 부조리에 맞서는 모습도 생각해 볼 수 있었기를 바랍니다.

 권진희 (서울국어교사모임)

프란츠 카프카

변신

벌레
가족
소외

    오늘 살펴볼 작품은 실존주의 문학의 대표작으로 손꼽히는 프란츠 카프카의 「변신」입니다. 사람들은 흔히 '카프카의 변신'이라고 하죠.
    카프카는 지금의 체코 프라하의 유대인 집안에서 태어났는데, 아들에 대한 기대가 컸던 아버지는 카프카를 상류층 아이들이 다니는 학교에 보냈습니다. 당시 일반 학생들이 다니는 학교에서는 체코어를 썼으나, 카프카가 다녔던 학교에서는 독일어를 썼습니다. 이런 사정으로 카프카는 독일어로 작품을 썼는데, 체코에서는 체코어로 작품을 쓰지 않았기 때문에 체코 작가로 분류하는 것에 대해서 논란이 많습니다. 반면 독일에서는 독일 문학사에 카프카를 포함시키고 있죠. 그래서 카프카에게는 '체코 태생 유대인 독일 문학 작가'라는 복잡한 수식이 달려 있습니다.

카프카는 아버지에게 인정받지 못한 상처를 안고 자란 것 같아요. 사업으로 자수성가한 아버지 눈에 카프카는 늘 부족한 아들이었고, 그래서 압박감을 많이 준 것 같습니다. 「아버지에게 드리는 편지」에서 아버지가 '나는 그 어려운 환경에서도 이만큼 해냈는데, 부족한 게 없는 너는 왜 그렇게밖에 못 하냐?'며 몰아붙였다고 했죠. 카프카는 보험국 관리로 일하면서 밤에는 필사적으로 글을 썼습니다. '글을 쓸 때는 제가 실제로 자립하여 아버지를 벗어날 수 있었기 때문'이라고 했어요. 대체로 우울한 삶을 살았고, 마흔한 살에 폐결핵으로 사망했습니다.

죽기 전에 친구인 막스 브로트에게 자신의 원고를 모두 파기시켜 달라고 부탁했으나, 친구는 카프카의 유언을 어기고 보유하고 있던 작품을 출간하게 됩니다. 「변신」은 작가의 나이 스물아홉인 1912년에 써서 1915년 월간지에 게재했습니다.

🗝️ 첫 번째 열쇠말_ **벌레**

어느 날 아침 불안한 꿈을 꾼 그레고르가 흉측한 한 마리의 벌레로 누워 있는 자신을 발견하는 것으로 소설은 시작합니다. 갑옷처럼 딱딱한 등에다 갈색의 불룩한 배는 활 모양의 마디로 이루어져 있었고, 가느다란 다리들이 가물거리고 있는 모습이었습니다. 그레고르는 이 상황에 대해 잠을 충분히 못 자서 일어난 일이며, 한숨 더 자고 나면 괜찮을 거라 생각하지만, 몸의 구조가 변한 탓에 불편해서 잠을 잘

수가 없습니다. 겉모습은 벌레로 변했으나 의식은 여전히 인간 그레고르로 남아 있기 때문에 변신한 현실을 인정하지 않고 있는 거죠.

영화 <미녀와 야수>에서 왕자가 야수로 변신한 것처럼 다른 소설이나 영화에서도 변신을 하는 경우가 많습니다. 대부분 마법에 걸려 변신한 것이어서 마법이 풀리면 원래의 모습으로 돌아오죠. 그러나 그레고르는 벌레 상태를 벗어나지 못하고 결국 죽게 됩니다. 그런데, 이 소설은 그레고르에게 초점이 맞춰져 이야기가 전개되기 때문에 변신한 그레고르의 내면이 독자들에게 전달되는 특징이 있습니다.

주인공이 벌레가 되었다는 것은 무슨 의미일까요? 가장 중요한 점은 소통의 단절이라고 할 수 있습니다. 그레고르가 벌레로 변신한 아침, 자신의 모습을 보고 기겁을 하며 도망가는 어머니를 위로하려고 다가갔으나 어머니는 더욱 놀라 쓰러지고 말죠. 출근이 늦어지자 회사에서 지배인이 찾아와요. 그레고르는 힘겹게 문을 열고 나가 지배인에게 자기 사정을 얘기하려고 하지만 지배인은 놀라서 뒷걸음질 칩니다. 지배인을 진정시키고 마음을 사기 위해 다가갈수록 지배인은 더 뒷걸음질 치다가 마침내 도망갑니다.

벌레는 크고 흉측해서 변신한 그레고르의 모습을 보면 누구나 기절하거나 놀라서 도망갈 정도입니다. 그러니 그레고르는 사람들과 단절될 수밖에 없는 거죠. 또한, 그레고르가 하는 말은 짐승 소리처럼 찍찍거릴 뿐 사람들이 알아들을 수 없습니다. 자기 사정을 설명하기 위해 말을 많이 할수록 이질감만 더 커질 뿐입니다.

그런데 그레고르는 몸은 벌레로 변했지만, 의식은 이전과 다를 바 없는 인간입니다. 사람들의 말과 행동을 온전한 인간의 의식으로 접하게 되는 거죠. 벌레도 아니고 인간도 아닌 상황은 그레고르를 더욱 고통스럽게 만듭니다.

🗝 두 번째 열쇠말_ **가족**

어느 날 아침 흉측한 벌레로 변한 그레고르는 자신의 방에 갇히게 됩니다. 벌레로 변신한 탓에 몸을 움직여 잠긴 문을 열 수 없기 때문이기도 했고, 가족들에게 자신의 모습을 보이고 싶지 않은 이유도 있었죠. 하지만 그런 상황에서도 그레고르는 이것이 일시적인 현상이며, 빨리 출근해야 한다는 생각만 합니다.

집안에서 그레고르는 생계를 꾸려 가는 가장 역할을 해 왔습니다. 가족 중에 돈벌이를 하는 사람은 그레고르뿐이었지요. 그레고르는 아버지가 파산한 뒤 가족을 위해 열심히 일했고, 덕분에 점원에서 영업 사원으로 승진했습니다. 전 가족의 생활비를 부담할 만큼 많은 돈을 벌어 와서 가족들을 기쁘게 했죠.

그런데 가족들은 차츰 그레고르가 돈을 벌어 오는 것을 당연한 일로 여기며, 그레고르에게 의지한 채 가족 중 다른 누구도 돈벌이할 생각을 하지 않습니다. 하지만 그레고르는 불만이 없습니다. 아버지는 너무 늙었고, 어머니는 천식을 앓고 있으며, 동생은 아직 어리다고 생각하죠. 바이올린 켜는 것을 좋아하는 동생을 위해 열심히 돈을 모아서 음악 학교에 보내겠다는 혼자만의 계획도 가지고 있었습니다.

그레고르의 변신은 가족들에게는 충격일 수밖에 없습니다. 그레고르가 벌레로 변한 모습을 처음 드러냈을 때 어머니는 기절했고, 아버지는 충격 때문에 두 손으로 얼굴을 가리고 울다가 나중에는 그레고르를 방 안으로 몰아넣었습니다. 여동생만 그레고르에게 우호적으로 대하며, 음식을 챙겨 주죠.

한편, 가장인 그레고르가 일을 할 수 없게 되자 가족들이 적극적으로 다른 생계 수단을 찾기도 합니다. 우선 아버지가 은행 수위로, 여동생은 점원으로 취직합니다. 어머니는 바느질 품을 팔죠. 그리고 집에 하숙인을 들이기도 합니다. 무엇보다도 아버지가 파산했을 때 일부 재산을 빼돌려 놓은 사실을 고백하기도 합니다. 그레고르 없이도 그럭저럭 생계를 꾸려 가게 되는 거지요.

그레고르가 변신한 초기에는 가족들이 대체로 그레고르를 가족으로 여깁니다. 특히 어머니나 누이동생은 그레고르를 배려하여, 어떤 음식을 좋아하는지 체크하기도 하고, 누이동생은 계속 오빠라고 부릅니다. 누이동생이 대표로 그레고르의 방을 드나들면서 음식을 가져다 놓거나 방 안을 치우기도 했으며, 방 안의 상황을 부모님에게 설명하기도 하죠. 하지만 벌레의 상태가 지속되고, 그로 인해 몇 가지 사건들이 일어나면서 가족들은 차츰 변합니다.

누이동생과 함께 방 안 가구를 치우던 어머니가 벽에 붙어 있는 그레고르의 모습을 보고 기절하는 사건이 일어나는데, 이때 아버지는 그레고르에게 사과를 던져서 상처를 입힙니다. 누이동생이 하숙인들을 위해 바이올린을 연주할 때, 그레고르는 연주 소리를 듣기 위해 거실로 나옵니다. 음악에 심취해서 누이동생 가까이 다가갔으나, 그레고르를 본 하숙인들은 집을 나가겠다고 선언합니다.

바이올린 연주가 중단되고 하숙인들이 집을 나가겠다고 하자, 누이동생은 그레고르를 오빠라고 부르지 않고, '괴물', '저것'이라고 부릅니다. 우리가 '저것'에서 벗어나야 한다고 주장하죠. 처음에 가장 우호적이었던 누이동생은 갈수록 가장 적극적으로 그레고르를 제거하려 합니다. 두통거리를 집 안에 두는 것을 더는 참을 수 없다고 외치기도 합니다. 저 벌레가 정말 그레고르라면 사람이 저런 동물과 함께 살아갈 수 없다는 사실을 알아차리고 스스로 나갔을 거라고 말하죠.

가족은 어쩌면 최후에 기댈 수 있는 언덕이라고 할 수 있는데, 그레고르에게는 그렇지 못한 셈이죠. 그런데 이런 모습은 어쩌면 작가의 체험과 관련이 있을지도 모릅니다. 작가 소개에서도 언급했지만, 카프카는 가족, 특히 아버지로부터 거의 인정을 받지 못했고, 오히려 상처만 받으면서 자랐기 때문이죠.

🗝 세 번째 열쇠말_ **소외**

자신이 벌레로 변한 것을 확인한 후에도 그레고르는 오직 출근 걱정만 합니다. 5시에 출발해야 하는데 이미 늦었고, 7시 차를 타려면 몹시 서둘러야 하지만 몸이 말을 듣지 않습니다. 몸이 아프다고 할까 생각해 보지만 지난 5년간 한 번도 아팠던 적이 없었기 때문에 의심받을 게 분명합니다. 사장이 주치의를 데리고 집으로 찾아와서 게으른 아들을 두었다고 부모님을 나무랄 거라는 생각을 하죠.

 평소보다 늦으니까 어머니가 조심스럽게 문을 두드렸고, 이어서 아버지와 동생까지 걱정스럽게 문을 두드립니다. 그리고 7시 10분이 넘어서자 회사에서 지배인이 집으로 찾아옵니다. 지배인이 찾아온 이유는 그레고르의 건강을 염려해서가 아니라 수금한 돈을 빼돌리지나 않을까 걱정하기 때문입니다. 지난 5년간 한 번도 지각하지 않을 정도로 회사에 충실했으나 회사에서는 그의 존재를 회사의 이익이나 손해와 연관 지어서만 생각하는 거죠.

 그레고르가 회사에 충실한 이유는 부모님을 비롯한 가족 때문입니다. 벌레로 변한 뒤에도 '나는 왜 이렇게 힘든 직업을 택했을까?' 하는 생각을 합니다. 그리고 회사에서 쫓겨나는 게 자신에겐 좋을지도 모른다고 생각합니다. 부모님만 아니면 집어치웠을 거라고 생각하죠.

 그레고르는 자신이 쓸모없는 존재가 되고서야 자신을 심하게 압박하는 그 회사에서 벗어날 수 있게 되었죠. 하지만 회사에서 쓸모없는 존재가 되는 순간, 그는 가족에게도 쓸모없는 존재가 되고 맙니다. 가족의 유일한 수입원이었는데, 경제 능력을 상실하면서 그의 존재감은 서서히 줄어들다가 마침내 가족에게 거추장스러운 존재가 됩니다. 마침내 그레고르가 죽었다는 말을 들은 아버지는 '그렇다면 우리는 하느님께 감사드려야겠구나.'라면서 가슴에 십자가를 그었습니다. 어머니나 누이동생도 아버지가 하는 대로 따라 하죠.

그레고르가 죽은 뒤에 가족은 모두 자신의 직장에 결근계를 제출하고 교외로 나들이를 갑니다. 그레고르를 추모하기 위해서가 아니라 일종의 기분 전환을 위해서죠. 그들이 교외에 도착했을 때 누이동생의 젊은 육체에서 가족들은 새로운 꿈과 아름다운 계획을 보는 듯한 기분을 느낍니다. 그레고르의 자리를 누이동생이 대신하게 되는 거죠.

작품에서 제시한 상황은 현대 사회의 비정한 모습을 극대화시켜 놓은 느낌을 줍니다. 직장이라는 조직에 얽매여서 회사의 이익을 위해 기계의 부품처럼 살아가는 현대인들의 비극적인 모습을 볼 수 있죠. 거기다 가족도 역시 절대적으로 의지하고 신뢰할 수 있는 안식처는 아닙니다. 카프카의 「변신」을 통해 물질주의가 지배하는 사회의 모습, 현대인의 비극적인 모습을 보게 됩니다.

 고용우 (울산국어교사모임)

차카타파의 열망으로

 2010년대 이후, 특히 코로나 사태 이후로 SF 소설가들이 많은 주목을 받고 있습니다. 그중 배명훈 작가는 가장 주목받는 SF 소설가라고 할 수 있습니다. 오늘은 작가의 단편 소설 「차카타파의 열망으로」를 살펴볼 텐데요. 이 작품은 2023년에 출간한 소설집 『미래과거시제』에 수록되어 있습니다.

 『저주토끼』의 저자인 정보라 작가는 배명훈 작가의 『미래과거시제』에 대해 SF가 줄 수 있는 모든 즐거움과 희망을 갖춘 소설이라고 평가합니다. 세간에서는 작가의 최전성기를 보고 있는 기분이라고 이야기하기도 하지요.

 이번 시간에 「차카타파의 열망으로」를 소개하는 이유는, 무엇보다 한국이 배경인 SF가 처음이라는 생각이 들어서였습니다. 작가 특유의 낙관적인 분위기 덕분에 편안한 마음으로 읽을 수 있는 작품이기도 하지요. 그럼 작품을 살펴볼까요?

🗝 첫 번째 열쇠말_ 2113년

얼마 전에 제가 가르치는 학생 중 한 명이 "2050년에는 지구가 멸망할 거니까, 지금 공부 안 하고 그냥 놀래요."라고 해서 놀랐습니다. 현재 기후 위기나 핵, 전쟁, 부의 양극화 등의 문제를 생각하면, 이러한 디스토피아적 전망이 어쩌면 당연한 것처럼 보입니다.

소설의 배경인 2113년은 계산상으로는 대략 90년 후의 세계로, 비교적 가까운 미래라고 할 수 있습니다. 90년 전인 1933년과 2023년인 현재를 비교해 보면, 학교 교육, 산업, 주거 형태, 언어생활 등 모든 면에서 상상할 수도 없었던 커다란 변화가 있었지요. 이 소설의 배경인 2113년에는 과연 어떤 변화가 일어났을까요?

이 소설이 보여 주는 2113년은 200층 빌딩이 병풍처럼 솟아 있고 날아다니는 자동차로 퇴근하는 세상입니다. 여기까지는 다른 SF 세계관과 비슷합니다. 하지만, 이 소설의 특이한 점은 코로나 이전과 다른 언어를 사용한다는 것입니다. 다른 언어라고 해서 외국어나 외계어는 아니고, 한국어의 자음 중 ㅊ, ㅋ, ㅌ, ㅍ 등 발음할 때 침이 많이 튀는 파열음을 사용하지 않는다는 것이죠. 이 음운들을 사용하는 것이 불법은 아니지만, 예의에 어긋나는 세상이 되었습니다.

코로나 이후에도 여러 가지 감염병이 나타났다 사라지면서 감염

병의 전파 경로인 침방울을 차단하기 위해 언어생활이 변한 것입니다. 비말이 날리지 않도록 거센소리가 퇴화한 세계. 이것이 소설 속 2113년의 세계입니다. 예를 들면, '체육 시간'은 '제육 시간', '아카이브'는 '아가이브', '최고'는 '죄고'로 발음되지요.

과거부터 현재에 이르기까지 욕구나 감정을 표현하는 방식이 강해지고, 줄임말이 많아지면서 거센소리와 된소리가 더 빈번하게 사용되는 경향이 있었는데, 이에 역전되는 현상이 벌어졌다는 점이 무척 인상적입니다. 감염을 염려해서 말도 조심히 하는 세계이니, 사람과 사람 사이의 접촉도 최대한 억제되는 것은 너무도 당연하겠지요? 2113년의 세계는 악수도 하지 않고, 물리적 공간도 멀리 떨어져 지내고, 연구 목적이기는 하지만 창문이 없는 공간에 벽을 치고 격리된 채 한 달씩 머무는 세계입니다.

'서한지'라는 등장인물이 아니었으면 정말 어둡고 칙칙한 세계로만 느껴졌을 거예요. 서한지는 미래 세계의 유명한 배우입니다. 연기 변신을 위해 사극을 보면서 과거 시대, 그러니까 현재 우리가 만든 역사 드라마를 보며 발음을 연습합니다. 그녀가 사극에서 사용하는 '통촉하여 주시옵소서'라는 발음을 연습하는 것을 목격한 주인공은 충격을 받습니다. 서한지가 '통촉'이라는 파열음을 실제로 발음했기 때문이지요. 또한 서한지는 역사학도인 주인공이 교육 과정 이수를 위해 격리 실습실에 스스로 갇힌 모습을 보고는 누군가에 의해 강압적으로 갇힌 것으로 오해하여 도와주겠다며 접근합니다. 주인공은 평소 좋아하는 배우인 서한지가 자신에게 호의를 가지고 도움을 주겠다고 한 사실이 꿈처럼 느껴져 아무 말도 못 합니다.

격렬하고 거친 느낌의 파열음을 사용하지 않는 2113년의 사람들은 자신들의 세계가 우아하고 고상하며, 이전 세계보다 우월하다고 생각합니다. 사람과의 친밀한 접촉, 감정의 격한 변화를 극도로 꺼리는 이런 세계에서 사람들은 무엇을 추구하며, 어떤 삶을 사는지 궁금해집니다.

두 번째 열쇠말_ 억압

소설의 마지막 부분을 보면, 과거 드라마 속 '통촉하여 주시옵소서'라는 대사의 '통촉'이라는 발음에 담긴 'ㅌ'과 'ㅊ'의 힘에 대해서 생각하게 됩니다. '동족하여 주시옵소서'라고 하면, 도무지 그 말에 담긴 절절함이 분출되지 않는다는 느낌이 들죠. 따지고 보면 'ㅊ, ㅋ, ㅌ, ㅍ'과 같은 소리들은 강렬한 감정을 분출하기에 적절해 보입니다. 그래서 그런지 이런 거센소리가 제거된 세계는 여러 가지 많은 것들이 '억압된' 세계로 느껴집니다.

우선, 언어가 감정 표현에 덜 적합하게 바뀌었다는 것은 '감정적 억압'으로 읽히는 측면이 있지요. 이 소설의 서술자 역시 역사를 공부하는 대학원생이라는 직분에 갇혀 억압된 생활을 하고 있습니다. 물론 본인은 '자발적'이라고 표현하고 있는데, 이 부분조차 감정의 억압이 자연스러워진 상태로 읽힙니다.

여기서, 지난 2019년부터 시작되어 2023년까지 우리가 겪었던 팬데믹 상황이 떠오릅니다. 그때 우리는 다양한 종류의 억압적 상황을 맞닥뜨리게 되었습니다. 저의 경우, 저희 가족이 사는 곳은 대구이지만 남편의 직장은 다른 지역에 있었는데, 대구에서 코로나가 확산되자 남편은 두 달 동안 가족이 있는 집에 오지 못했어요. 만약 집에 왔다가 감염되어 회사에 코로나가 퍼지면 공장도 못 돌리고, 생산을 못 하면 적자가 생긴다는 등의 경제 논리가 우선시되면서, 회사가 개인의 사생활을 통제하고 이동을 막은 것이죠. 당시에는 답답함을 느끼면서도 수용할 수밖에 없었는데, 지금 생각해 보니 그런 것들도 억압에 해당되는 것 같네요.

그 밖에도 마스크 착용 의무화, 동선 공개, 출입 시 큐알 코드 체크 등등. 대부분이 개인의 일거수일투족을 감시하는 듯한 그 모습이 모두 억압으로 느껴졌지요. 백신도 마찬가지였어요. 백신을 거부할 자유가 거의 없었죠. 법적 의무 사항은 아니지만 백신을 맞지 않으면 공공시설 이용에 제약을 받거나 단체 행동에 참여하지 못하는 등 할 수 있는 것이 거의 아무것도 없었으니까요. 지금 생각해 보니 이런 모든 것들이 정말 우리가 겪었던 일들이 맞나 싶네요.

「차카타파의 열망으로」는 이러한 종류의 억압이 100년간 지속되었을 때, 우리 사회는 어떤 모습일지에 대한 하나의 예측을 보여 주는 듯합니다.

🔑 세 번째 열쇠말_ **탈출**

　소설을 읽다 보면, 자연스레 우리도 그 시대에 속한 듯 생각되면서 억압된 느낌이 듭니다. 침을 튀기며 말할 수도 없고, 타인과 악수도 못 하는 사회라니요. 그런데 불과 몇 년 전만 해도 우리는 그런 사회를 살았죠. 이 소설은 인간이 2020년과 같은 시대를 100년 가까이 살아간다면 어떤 사회가 만들어질지를 보여 줍니다. 그리고 우리가 그때 느꼈던 억압된 느낌을, 이 소설의 서술자도 느끼는 듯합니다.

　소설을 읽으면서 뭔가 모를 답답함을 느끼다가 통쾌함을 느낀 부분이 있었는데요. '만약 서한지가 한 말이 "달줄할래요?"였다면 나는 그의 손을 잡지 않았을 것이다.······중략······"가다르시스를 느꼈다"라는 말은 반드시 "카타르시스를 느꼈다"라고 발화해야 한다는 사실을. 침이 잔뜩 튀도록.'이라는 장면입니다. 저 또한 이 부분에서 '가다르시스(카타르시스)'를 느꼈습니다.

　이 소설은 거의 예사소리로만 쓰여 있는데요. 격음과 경음을 대부분 예사소리로 바꾸어 적어 놓았습니다. 책을 읽고 이야기를 나눌 때 책이 잘못 인쇄된 건 아닌지 착각한 사람도 여럿 있을 정도였지요. 사실 저도 그런 착각을 했답니다. 그런 답답함과 잘못됨을 느끼다가 '탈출할래요?'라는 2023년식의 표현을 보고는 시원함을 느꼈습니다. 마치 코로나 시절 급식실에 놓여 있던 칸막이가 사라지는 것을 보고 받은 시원하고 탁 트인 느낌이랄까요.

　한편, 이 소설에서는 '탈출'이라고 표현되었지만, 저는 '탈출'이라는 말 대신에 '해방'이라는 낱말로 바꾸어도 괜찮지 않을까 하는 생각을 했습니다. '탈출'은 타인에 의해 수동적으로 갇혀 있다가 그 매인 곳에서 벗어나 또 다른 곳으로 가는 것이지만, '해방'은 자기 자신을 매어 놓았던 힘 자체를 끊어 내는 행위니까요. 그래서 저는 이 소설에서 서한지가 '해방'을 경험하는 중이 아닐까 생각합니다.

　지금까지 배명훈 작가의 SF 단편 소설 「차카타파의 열망으로」를 살펴보았습니다. 2113년, 코로나 팬데믹을 겪은 후의 세상을 배경으로 그린 소설이라, 소설에 묘사된 억압과 탈출이 더욱 와닿았습니다. 독자 여러분들은 어떠신가요? 여러분의 삶에는 어떤 억압이, 어떤 탈출과 해방이 기다리고 있을까요? 지금까지 나눈 이야기들이 이 소설을 읽는 데 도움이 되었기를 바랍니다.

 남정숙 (대구국어교사모임)

이꽃님/ 죽이고 싶은 아이
공선옥/ 명랑한 밤길
정용준/ 선릉 산책
전성태/ 이미테이션
김애란/ 가리는 손
너새니얼 호손/ 주홍 글자
김지연/ 공원에서
장희원/ 외출
김중혁/ 엇박자 D

4부

너와 내가
다르다는 이유로

죽이고 싶은 아이

『죽이고 싶은 아이』는 작가 이꽃님을 본격적으로 알린 작품입니다. 많은 사람이 읽고 관심을 보인 책이기도 합니다. 저 역시 그랬고요. 그런데 책을 쉽게 펼 수가 없었습니다. 제목의 강렬함 때문이었어요. '죽이고 싶은 아이'라뇨! 제목이 너무 자극적이다 못해 무서웠습니다. 왜 작가는 제목을 이렇게 정했을까? '죽이고 싶은 아이'는 누구일까? '죽이고 싶은 아이'가 있는 사람은 누구일까? 어쩌면 작가는 '죽이고 싶은 아이'에 대한 이야기를 하고 싶었던 것이 아니라, 다른 무언가를 이야기하고 싶었던 건 아닐까 하는 생각도 들었습니다.

두께는 얇지만 그렇다고 내용이 얇아 보이지만은 않는 책, 『죽이고 싶은 아이』를 지금부터 함께 살펴보겠습니다.

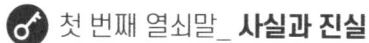 첫 번째 열쇠말_ **사실과 진실**

'사실'과 '진실', 뜻이 비슷해 보이는 두 낱말입니다. 사전에 의하면, '사실'은 '실제로 있었던 일이나 현재에 있는 일'이라는 뜻이 있고요, '진실'은 '거짓이 없는 사실'이라는 뜻이 있습니다. 이제 두 낱말이 구별될까요? 사실은 어떤 일을 의미하고, 진실은 사실 중에서도 참인 사실을 의미하는 셈입니다.

그렇다면 작품에서 이야기한 사실은 무엇이고, 진실은 무엇일까요? 작품에서 언급한 사실은 첫 부분에서 밝힌 '서은이가 죽었다.'입니다. 좀 더 구체적으로 말하면 '서은이가 죽은 채 학교에서 발견되었다.'입니다. 즉, 이 작품은 '서은이의 죽음'에 대해 한 가지 사실을 담은 이 문장에서 시작해 '서은이의 죽음과 관련이 있는 의문에 대한 답'을 찾아가는 모양새를 띠고 있습니다. 그래서일까요? 이 작품의 구성은 조금 특이합니다. 작품 전체에서 일관되게 보여 주는 형식은 '서은이의 죽음'과 관련된 사람들의 인터뷰나 관련 인물끼리 나누는 대화입니다. 읽는 사람은 인터뷰나 대화를 따라가며 단서를 찾고, 그것을 바탕으로 숨어 있는 진실을 발견해 내어야 합니다. 대화와 인터뷰가 반복될수록 더 많은 단서가 나타납니다. 그 단서들을 머릿속으로 정리하다 보면 '서은이의 죽음'이라는 사건의 진실에 대해 좀 더 다가갈 수 있겠다 싶은 생각이 듭니다. 그런데 작품을 읽다 보면, 뭔가 좀 이상하다는 느낌, 진실에 다가서기보다는 무언가가 꼬이고 있다는 느낌을 받습니다. 왜 그럴까요?

사람들이 믿으면 사실이 된다고, 팩트는 중요하지 않다고 말하던 김 변호사의 말이 이 질문의 답에 대해 단서를 주고 있습니다. 인터뷰에 응한 사람들은 모두 자기가 사실을 이야기하고 있다고 말합니다. 하지만 그들이 말한 것은 사실이 아니었습니다. 모두 자기가 믿고 있는 것, 알고 있는 것을 바탕으로 사실을 이해하고, 그 사실이 진실인 것처럼 말하고 있습니다.

인터뷰에 응한 사람들은 주연이와 서은이의 행동만 보고 주연이가 서은이를 괴롭힌다고 판단했습니다. 둘 사이에 어떤 일이 있었는지에 대해서는 알지도 못하고 관심도 없었습니다. 자신이 경험한 것을 바탕으로 두 아이들을 평가한 것입니다. 사람들은 그렇게 행동할 수밖에 없었던 주연이의 마음에는 관심을 기울이지 않고, CCTV에 찍히거나 눈앞에서 보인 주연이의 행동만을 보았습니다. 각자 자신의 경험에 근거해 주연이의 행동을 판단하고, 그것을 근거로 주연이가 서은이를 죽였을 가능성에 대해 이야기하기 바빴습니다.

사람들의 인터뷰 사이사이에, 두 아이가 나누었던 대화가 주연이의 시선에서 펼쳐집니다. 그 대화들은 다른 사람의 인터뷰에서 언급된, 두 아이 사이에 있었던 사실에 대한 진실을 보여 줍니다. 다른 사람의 추측이나 판단이 오해나 억측이었다는 것도 함께요. 이를 통해 작가는 독자에게도 경고하고 있습니다. '인터뷰와 대화를 들으며 사건의 단서들을 살펴보되, 아이들의 행동을 자의적으로, 임의대로 판단하지 마시오.'라고요.

한편, 김 변호사는, 사람들은 모두 자신의 관점으로 타인의 행동을 판단한다고 하면서 서은이가 주연이를 어떻게 생각했는지가 중요하다고 말했습니다. 김 변호사의 말이 틀린 말은 아닙니다. 하지만 그도 주연이를 자신의 입장으로만 판단했습니다. 그에게 관심사는 재판에서 이기는 것이었지 주연이의 진심에는 관심이 없었기 때문입니다. 주연이는 이전에도, 이후에도 자신의 진심을 알아봐 주는 사람을 만나지 못했습니다. 그래서 주연이는 많이 외로웠고, 많이 힘들었을 겁니다.

🗝 두 번째 열쇠말_ **사랑**

꽤 오래전에 유행했던 <어른들은 몰라요>라는 노래가 있습니다. 주연이의 이야기를 따라가다 보면, '우리들이 무엇을 좋아하는지, 무엇을 갖고 싶어 하는지', 우리들의 마음이 아픈지 어른들은 모른다는 그 노랫말이 자꾸만 떠오릅니다. 주연이의 주위에 있는 어른들 중에는 노랫말의 어른들처럼 주연이의 마음을 알아주고, 사랑해 주고, 인정해 주는 사람이 없었기 때문이지요.

주연이의 부모님은 자신들이 할 수 있는 한 최선을 다해 주연이를 키워 왔다고 생각했습니다. 그런데, 그들은 모두 주연이의 마음을 읽어 주고, 주연이가 원하는 것을 해 주기보다는 자신들의 입장에서 '이렇게 해 주면 주연이가 좋아하겠지?'라고 생각한 것들을 주연이에게 해 줍니다. 그러고는 이렇게 항변합니다. 딸을 위해 최선을 다했는데,

왜? 도무지 이 상황을 이해할 수가 없다면서요. 심지어 아빠는 주연이가 자신의 앞길을 막을까 봐 두려워하기까지 합니다.

사람들은 주연이가 똑똑할 뿐만 아니라 유복한 가정에서 아쉬움 없이 자란 아이라고 생각했습니다. 프로파일러와 나눈 대화에서 알 수 있듯, 주연이는 외로운 아이였습니다. 스스로가 부모님의 자랑거리가 되려고 태어난 것 같다는 주연이의 말에서 알 수 있듯 주연이는 자존감이 무척 낮은 상태였습니다. 주연이는 엄마에게 버림받지 않기 위해 누구보다 열심히 살았습니다. 부모님의 생각에 자신을 맞추려고 했습니다. 하지만 엄마는 주연이가 240밀리미터 운동화를 신으려면 엄지발가락을 접어야 한다는 사실조차 모를 정도로 관심이 없었습니다. 주연이를 향한 엄마의 맹목적인 선물 공세에는 진심이 담겨 있지 않았습니다. 주연이는 자신의 속마음을 그런 부모님에게 쉽게 보여 줄 수가 없었습니다. 주연이네는 다른 사람들에게 보이는 것과는 달리 서로에 대한 관심, 이해, 사랑이 부족한 집이었습니다.

주연이도 사랑하는 마음을 잘 표현할 줄 모르는 아이였습니다. 새 것이지만 작아져서 신지 못하는 신발을 서은이에게 주었을 때, 서은이는 밝게 웃으며 좋아합니다. 그 모습이 좋았던 주연이는 서은이에게 부족한 것을 채워 주기만 하면 되겠다고 판단하고는 자기 생각을 일방적으로 밀어붙입니다. 이런 주연이의 모습은 아이의 마음을 헤아리기보다는 물질적으로만 채워 주려고 했던 주연이 부모님의 일방적인 모습과 닮았습니다. 자신의 마음을 받아 주지 않는 서은이를 주연이는 이해하지 못하죠. 용돈을 아껴 모은 동전으로 컵라면을 사 주는 서은이를 오히려 못마땅하게 여깁니다. 사랑은 일방적인 것이 아님을, 주고받는 것임을 알기엔 주연이가 너무 어렸기 때문이었을까요. 아니면 제대로 된 사랑을 받아 보지 못해서였기 때문이었을까요. 노래 가사처럼 다만 주연이도, 주연이의 부모님도 '언제나 혼자이고 외로운 우리들을 따뜻하게 감싸' 주었으면 되었을 텐데요. 그랬으면 그 둘은 좋은 친구로 남았을지도 모릅니다.

🔑 세 번째 열쇠말_ **믿음**

서은이가 죽었다는 소식을 들은 주연이는 진심으로 슬퍼합니다. 마지막 가는 길에 함께하지 못해 마음 아파합니다. 인터뷰를 한 사람 중 서은이의 죽음에 진심 어린 애도를 표한 사람은 많지 않았습니다. 남겨진 주연이에 대해 진심으로 마음 아파하고 걱정해 주는 사람도 거의 없었습니다. 두 아이 모두 참으로 외로운 아이였습니다. 그런 점에서 두 아이는 비슷했지요.

독자들과 소설 속 인물들은, '왜 주연이는 서은이를 죽였을까?'에 대한 답을 찾지 못했습니다. 정확히 말하면 찾아낼 수가 없습니다. 주연이는 서은이와 함께했던 마지막 순간에 대한 기억을 잊어버렸기 때문입니다. 다른 건 다 기억하는데, 그때 어떤 일이 있었고 어떤 이야기를 나누었는지를 전혀 기억하지 못합니다. 둘 사이에 어떤 일이 있었기에 주연이는 그 순간을 기억하지 못하는 것일까요?

아무도 주연이에게 '왜 마지막 순간을 기억하지 못하니?'라고 질문하지 않습니다. 아예 그에 대한 관심조차 없는 것처럼 보입니다. 주연이가 충격을 받아서 혹은 숨기고 싶어서 그럴 것이라고 생각합니다. 사람들은 단지 주연이에게 '네가 서은이를 죽였니?'라는 질문만 합니다. '예' 혹은 '아니오'로만 답해야 하는 그 질문만요.

이제 주연이에게는 어려운 일만 남았습니다. 서은이를 자기가 죽이지 않았다면, 그것을 입증할 수 있는 무언가를 다른 사람들에게 보여주어야 하는데요, 주연이에게는 그 순간에 대한 어떤 기억도 남아 있지 않습니다. 기억이 없으니 사람들의 질문에 확신을 가지고 대답할 수도 없습니다. 확실한 증거도 없고 정확한 진술도 없었기에 주연이와 서은이의 마지막 순간은 사람들의 증언을 바탕으로 한 추측으로 구성할 수밖에 없었습니다. 사람들은 자신의 경험에 의존해, 겉으로 보이는 주연이의 행동을 통해 주연이를 판단하고, 그것을 바탕으로 주연이를 옹호하거나, 아니면 주연이가 서은이를 죽였을 것이라고 생각합니다. 인터뷰를 하는 사람들은 서은이나 주연이, 둘 중 한 사람을 옹호하거나, 이 사건에 대해 무관심하거나, 그것도 아니면 자신의 이익에 도움이 되는 쪽에 서려고 합니다. 주연이와 서은이를 이야기의 중심에 두고 생각한 사람은 아무도 없었습니다.

사람들은 주연이가 서은이를 죽였다고 합니다. 아무리 생각해도 자기는 서은이를 죽인 것 같지 않은데 사람들이 그렇다고 하니 주연이는 헷갈립니다. 시간이 지날수록 주연이는 점점 확신을 잃어 갑니다.

사람들이 자신을 믿어 주지 않을 거라고 생각하는 주연이는 이렇게 이야기합니다. '제가 죽였대요.' 자포자기의 상황입니다. 그런데 왜 주연이는 그 순간을 기억하지 못하는 것일까요?

그날 주연이는 서은이에게 일방적으로 이별 통보를 받습니다. 주연이는 그 말을, 그 사실을 믿을 수가 없었습니다. 그래서 그 기억을 지우기로 했었지요. 그 결과 지금의 주연이는 아무것도 기억하지 못하게 된 것입니다.

이야기는 이제 끝으로 치닫습니다. 목격자가 나타납니다. 목격자는 법정에서 서은이가 죽기 전 마지막으로 만난 사람이 주연이였을 뿐만 아니라, 서은이를 죽인 사람이 주연이라는 사실을 결정적으로 뒷받침하는 진술을 합니다. 그래서 '서은이를 죽인 사람이 누구인가?'에 대한 답은 주연이로 굳어지는 것처럼 보입니다.

그런데 진짜 서은이를 죽인 범인이 주연이였을까요? 이 작품의 결말은 어떻게 되었을까요? 결말을 밝히면 스포일러가 되기에 우리의 이야기는 여기서 마무리해야 할 것 같습니다. 다만 이들의 이야기가 좀 더 궁금한 사람은 『죽이고 싶은 아이 2』를 읽어도 좋겠다 싶습니다. 『죽이고 싶은 아이 2』는 이 책에서 다루지 못했던 서은이의 죽음에 대한 사실, 진실, 그리고 화해가 담겨 있는 이야기라서요.

 이은주 (부산국어교사모임)

명랑한 밤길

  공선옥 작가의 단편 소설 「명랑한 밤길」은 교과서를 통해 이미 접해 본 분들도 계실 것이라고 생각합니다.

  공선옥 작가는 1991년 『창작과비평』 겨울 호에 단편 「씨앗불」을 발표하며 작품 활동을 시작하였고, 소설집 『내 생의 알리바이』, 『유랑 가족』 등을 통해 우리 사회의 소외된 이웃들의 삶을 따뜻한 시선으로 그려 내면서 많은 독자들의 사랑을 받고 있습니다. 또한 여성으로서의 삶과 고민을 섬세하게 표현하며 많은 공감을 얻고 있지요.

  오늘 살펴볼 「명랑한 밤길」 또한 '연이'라는 이름의 스물한 살 여성을 주인공으로 내세워, 그녀가 겪는 여러 사건과 그에 따른 심리를 1인칭 시점으로 섬세하게 묘사하고 있습니다. 지금부터 동명의 소설집에 수록되어 있는 단편 소설 「명랑한 밤길」을 '성장', '만남', '위로'

라는 세 가지 열쇠말로 살펴보겠습니다.

🔑 첫 번째 열쇠말_ **성장**

보통 '성장 소설'이라고 하면, 청소년이 등장하여 여러 고난을 겪고 성장해 나가는 모습을 그린 소설을 가리키지요. 이 작품의 주인공은 스물한 살의 성인이지만, 사랑과 실연을 통해 성장해 나가는 모습을 보여 줍니다.

작품은 주인공 '연이'의 시각으로, 그녀가 처한 상황을 담담히 설명하고 있습니다. 연이의 상황은 그리 좋지 않습니다. 농촌 생활을 벗어나려고 간호 학원에 다녔지만, 간호조무사 취직을 앞둔 상황에서 아버지가 돌아가셨습니다. 그리고 장례를 치른 사흘 뒤 어머니는 치매에 걸렸습니다.

연이에게는 오빠 둘과 언니가 한 명 있지만, 오빠 둘은 연대 보증으로 빚을 얻어 사업을 하다 신용 불량자가 되었습니다. 언니는 이혼하여 모자 가정의 가장으로 생계를 책임져야 합니다. 결국 연이는 도시로 떠나지 못하고 농촌 면 소재지의 병원에서 간호조무사로 근무하며, 치매에 걸린 엄마를 모셔야 했습니다.

방치된 마당 텃밭에서 아욱잎 몇 장, 고추 몇 개를 뜯어 저녁상에 올리고, 엄마와 함께 적막한 식사를 이어 가는 나날들이 계속됩니다. 젊은 시절의 모험이나 꿈은 연이에게는 허상일 뿐이지요.

어느 날, 연이가 막 퇴근하려던 순간 한 남자가 가슴에 통증을 호소

하며 병원을 찾습니다. 연이는 의사가 없는 상황에서 할 수 있는 최선을 다해 홀로 그 남자를 간호했습니다. 남자는 연이에게 은혜를 갚고 싶다며, 연락을 해 왔습니다. 같은 마을에 살고 있으나 도시에서 온 것이 분명한 남자는 연이에게 선망의 대상이었습니다. 하얀 지프차, 단정한 몸가짐, 책과 영화 포스터가 가득한 집 안 구석구석, 노트북에서 흘러나오는 음악 소리. 특히 광고나 라디오 프로그램의 시그널 음악으로 익히 들어왔던 노래의 제목을 정확히 알고 있는 남자의 모습을 연이는 존경의 눈길로 바라보았습니다. 점차 둘 사이는 가까워지고, 키스와 애무 등 연인과 같은 행동을 하며 연이는 사랑을 키워 갔지요.

연이는 자신을 기다리며 마당을 빙글빙글 돌고 있는 엄마를 떠올렸지만, 남자의 집에 머무는 시간이 주는 환상을 깨고 싶지 않았습니다. 그것은 연이에게 아무런 기쁨도 희망도 주지 않는 현실로부터 도피할 수 있는 유일한 공간이자 시간이었으니까요. 그러나 소설 속에서 연이와 남자를 보고 있자면, 연인이 나누는 사랑의 마음은 보이지 않습니다.

불안은 현실이 됩니다. 차로 데리러 오던 남자는 택시를 타고 연이를 혼자 오게 하고, 어느 날부턴가는 연락을 하지 않은 채 연이를 방치합니다. 연이도 남자의 마음을 알고 있지만, 요리할 때 무공해 채소를 넣어 음식을 만들고 싶다는 남자의 말을 떠올리며 텃밭을 가꾸기 시작합니다. 그러고는 손이 거칠어지도록 가꾼 고추, 상추, 치커리,

가지를 들고 남자의 집에 찾아가지요.

　다른 여자의 흔적을 보인 채 집에 들여보내 주지 않는 남자 앞에서, 연이는 용기를 내서 자신의 마음을 가지고 놀지 말라는 말을 한 마디 한 마디 꾹꾹 눌러 합니다. 이에 남자는 본색을 드러냅니다. 연이가 선망했던 그 모든 것들은, 도시에서 농촌으로 내려올 수밖에 없었던 남자의 열등감일 뿐이었습니다. 남자는 연이를 사랑하지도 않았고, 다정하게 대해 줬던 시간만으로도 황송해하라는 듯이 연이의 마음을 하찮게 여깁니다. 연이와 자신을 전혀 대등하게 보고 있지 않았던 것이지요.

　연이는 누군가를 사랑했고, 그 마음에 진심을 다했습니다. 순수한 마음을 담아 채소를 가꾸고, 용기를 내어 자신의 마음을 전했지요. 그런 연희 앞에서 열등감과 자격지심을 여지없이 드러낸 남자의 밑바닥을 보고 있자면, 진정으로 성숙한 사람은 바로 연이였다는 생각이 듭니다.

　사람을 진심으로 대하고 순수하게 사랑했던 연이, 다만 연이는 사랑할 대상을 지혜롭게 가리지 못했을 뿐입니다. 열악한 현실 속에서 환상과 동경, 선망에 눈이 멀었던 연이는 혹독한 실연 끝에 진정으로 중요한 것이 무엇인지 깨닫게 됩니다.

 두 번째 열쇠말_ **만남**

　앞서 말한 연이의 성장을 이끌어 낸 것은 단순히 나쁜 남자와의 실

연이 아닙니다. 두 번째 열쇠말에서는 남자에게 모진 말을 듣고 집으로 돌아가는 길, 쏟아지는 빗속에서 마주친 깐쭈와 싸부딘과의 만남을 이야기하려고 합니다.

깐쭈와 싸부딘은 외국인 노동자입니다. 농촌 마을에 하나둘 공장들이 생기고, 논밭 위에 우후죽순 격으로 들어선 공장들이 정식으로 '농공 단지'로 지정이 된 후에는 마을에 외국인 노동자들의 유입이 늘어납니다.

소설 초반에 연이는 공장에 커피를 얻어 마시러 갔다가 마주친 외국인 노동자들의 눈빛을 보며 거부감을 느낍니다. 실제로 어떤 사건이 있거나 안 좋은 말을 들은 것은 아니지만, 연희는 그들을 언제고 자신을 음흉하게 바라보며 해할 수 있는 사람들이라고 단정 짓습니다. 거칠고 교양 없는 저질들이라고 생각하며 자신과 인연이 닿는 것조차 거부하지요.

연이의 이러한 생각이 소설 전반부에 드러난 이후에 도시 남자를 만나고, 앞서 말했듯이 사랑과 실연이 이어지게 됩니다. 독자로서 작품 초반에 외국인 노동자들에 대한 연이의 시선을 접할 때에는 다소 편견이 있다고 느끼기는 했지만, 대수롭지 않게 넘어갔던 것 같습니다. 낯선 피부색과 언어, 눈빛 등이 농촌의 몇 남지 않은 젊은 여성인 연이에게는 충분히 거부감이 들 수 있다고 생각했던 것이지요. 철저히 연이의 시각에서 그들을 '왠지 불편한 외국인 노동자들'로 단순하게 규정지은 것입니다.

작품 후반부에서, 정성을 담아 수확한 무공해 채소들이 담긴 봉지를 들고 비 오는 밤길을 걷던 연이에게 외국인 노동자 깐쭈와 싸부딘의 목소리가 들립니다.

순간 잔뜩 겁을 집어먹은 연이는 손에 들고 있던 봉지를 내던진 채 길가의 정미소에 급히 몸을 숨깁니다. 그리고 그들이 지나가기만을 숨죽여 기다리지요. 밤길의 범죄자를 피하기 위한 피해자의 모습 그대로입니다. 깐쭈와 싸부딘은 밤늦게까지 공장에서 일을 하다 집에 돌아가는 길이었습니다.

네팔 사람인 깐쭈는 밀린 임금을 받지 못했지만, 서툰 한국어로 '사장 돈 없어, 몸 아파, 어머니 아파, 사장 슬퍼.'라는 말을 연이어 합니다. 상황을 보니, 임금을 받으러 사장을 찾아갔지만 제대로 말도 하지 못한 모양입니다. 실컷 일만 하고 돈도 받지 못한 채 공장을 떠나야 할 상황에 몰린 것이지요.

깐쭈는 막막하지만 우선 고향에 돌아가 네팔의 달을 보고 싶다고 말합니다. 싸부딘은 한국 사람과 결혼하여 가정 폭력에 시달리는 여동생과, 역시 한국에서 일하다 손가락이 잘린 형과 조카를 두고 방글라데시로 돌아갈 수 없다고 말합니다. 막막하고 고된 삶 속에서도 사장을 불쌍히 여기고, 돌아오는 길에 노래를 부르는 두 사람의 마음을 연이는 묵묵히 듣고 있습니다.

비록 얼굴을 직접 대면한 것은 아니지만, 이것은 소설 속 연이에게 찾아온 두 번째 만남입니다. 주된 만남인 도시 남자와의 인연이 진실이 아니었음을 깨달은 직후에 이루어진 만남이지요.

🔑 세 번째 열쇠말_ **위로**

세 번째 열쇠말인 '위로'는 바로 이 만남에서 시작합니다. 깐쭈와 싸부딘이라는 이름처럼 외국인 노동자들에게는 그들의 삶이 있었습니다. 고단한 일상을 살아가고, 막막하지만 희망을 그리며, 가족들을 생각하고, 동정과 연민을 베푸는 따뜻한 사람들이지요. 연이를 위로해 준 것은 다름 아닌 그들의 마음이었습니다.

도시 남자가 하찮게 여기며 거부한 연이의 무공해 채소들을 길에서 주운 깐쭈와 싸부딘은, 밀린 임금도 받지 못한 고된 하루를 위로해 줄 소중한 음식이라고 생각합니다. 소주와 삼겹살에 함께 먹으면 좋겠다며 큰 행운을 만난 것처럼 노래를 부르기 시작하지요. 자신이 정성으로 가꾼 채소들이 누군가에게 기쁨이 되고, 소중하게 여겨지는 모습을 보며 연이는 진심으로 위로를 받습니다.

현실로부터 벗어나 환상의 세계로 여행을 떠나듯 스쳐 지나갔던 도시 남자와의 만남을 뒤로하고, 열악한 현실이지만 꿋꿋하게, 또 정직하게 살아가는 깐쭈와 싸부딘을 보며 힘을 얻습니다.

겁에 질린 채 비를 맞으며 숨어 있던 연이는 천천히, 뚜벅뚜벅, 명랑하게 남은 밤길을 걸어갑니다. 집으로 돌아가면 여전히 그대로인 현실, 치매에 걸린 어머니와 벗어나지 못한 농촌에서의 생활이 시작되겠지만, 연이는 이전처럼 흔들리지 않을 것입니다.

입에 발린 달콤한 말이 아닌 따뜻한 마음과 진심의 힘을 느낄 수 있는 작품이었습니다. 비 오는 밤길의 정경을 떠올리며, 때로는 불안하고 위태롭게 그 길을 걸었을 연이의 마지막 명랑한 발걸음을 보며, 여러분도 위로받았기를 바랍니다.

 이효선 (인천국어교사모임)

선릉 산책

이번 시간에는 정용준의 단편 소설 「선릉 산책」에 대해 이야기하려고 합니다. 이 소설은 2015년 『문학과사회』에 발표되었고, 2016년 제7회 젊은작가상, 제16회 황순원문학상을 수상했습니다.

소설의 주인공은 아는 형의 부탁으로 토요일 오전 9시부터 오후 6시까지 장애를 가진 '한두운'을 돌보는 아르바이트를 하게 됩니다. 소설은 이 하루 동안 벌어지는 사건을 바탕으로 하고 있습니다.

🔑 첫 번째 열쇠말_ 한두운

어느 날 '나'는 보습 학원에서 함께 일했던 우진이 형의 땜빵 아르바이트를 하게 됩니다. '토요일 아홉 시부터 여섯 시. 아이 돌보기. 시급 만 원.' 하루에 9만 원을 벌 수 있는 이 아르바이트는 자폐 스펙

럼인지 지적 장애인지 정확히 나와 있지는 않지만, 이유 없이 침을 뱉고 자해를 하는 스무 살 한두운과 9시간을 보내는 일입니다. 처음에 '나'는 거절을 하지만, 우진이 형의 간곡한 부탁으로 결국 대신 아르바이트를 하게 됩니다.

한두운은 한여름에도 헤드기어를 씁니다. 자해를 막기 위해서이지요. 헤드기어란 권투나 태권도 같은 운동을 할 때 머리를 보호하기 위해 쓰는 헬멧 같은 기구를 말합니다. 그리고 물병 세 개, 책 일곱 권, 2킬로그램짜리 아령 한 개가 든 무거운 가방을 메고 있습니다. 힘을 빼기 위해서랍니다. 한두운은 어느 상황에서든 퉤, 하며 침을 뱉습니다. 기분이 나쁘거나 한 것은 아니고, 그냥 습관입니다. 식당에서는 손으로 돈가스를 통째로 들고 뜯고, 괴성을 지르고, 구역질을 합니다.

9시간 동안 한두운이 다치지 않도록 돌봐야 하는 것이 '내'가 할 일입니다. '나'는 처음에는 당황하며 어찌할 바를 모릅니다. 사람들은 헤드기어를 쓰고, 침을 뱉으며, 이상한 스텝으로 삐걱삐걱 걷는 한두운을 이상하게 쳐다보며 슬슬 피합니다. 때로는 한두운의 옆에서, 때로는 앞이나 뒤에서 한두운을 돌봐야 하는 '나' 역시 주변 사람들의 그런 시선이 신경 쓰입니다. 그래서 사람이 별로 없을 것만 같은 선정릉으로 갑니다.

사람들을 피해, 정확히는 사람들의 눈을 피해 선정릉을 걸으며, '나'는 한두운을 관찰하기 시작합니다. 그리고, 시간이 지날수록 '나'는 한두운에 대해 연민의 감정을 갖게 되지요.

학대처럼 보일 만큼 무거운 보라색 백팩을 메고, 이 더운 날 헤드기어를 쓰고 있는 한두운이 불쌍하다고 생각합니다. 그래서 장애인 화장실에 데리고 가서 헤드기어를 벗깁니다. 땀띠와 염증이 볼에 퍼져 있고, 머리카락은 눌리고 뭉쳐 있습니다. '나'는 그의 물기 없이 마르고 까만 작은 씨앗 같은 얼굴을 씻겨 줍니다. 그러면서 과거의 한 장면을 떠올립니다.

🔑 두 번째 열쇠말_ **파피용**

　'나'는 한두운과 나란히 걸으며, 대학 시절 원치 않은 권투 대회에 나갔던 이야기를 늘어놓습니다. 프랑스어과 대표로 권투 경기에 출전하여 러시아어과 학생과 경기를 하다가 진 이야기. 당시 프랑스어과에서는 '파피용'을 연호하며 응원했고, 러시아어과에서는 '우비짜'를 연호하며 응원하였습니다. 프랑스어 '파피용'은 '나비'라는 뜻이고, 러시아어 '우비짜'는 '살인자'라는 뜻이지요. 그러니까 '내'가 진 건 순전히 응원 때문이었다는, 한두운 씨의 걸음걸이를 보니 그때의 권투 시합이 생각나더라는 이야기를 하지요.

　그 순간, '나'는 한두운의 얼굴에서 작은 미소가 고요히 떠올랐다 빠르게 사라지는 것을 봅니다. 스스로 생각하기에도 상당한 비약이지만, '나'는 한두운이 '나'의 마음을 꿰뚫어 보고 웃은 것이라는 생각을 합니다. '나'의 이야기에 응답하는 눈빛이라는 생각이 들자 기분이 좀 이상해지지요.

정말 한두운은 '나'의 마음을 꿰뚫어 보았을까요? '나'의 과거에 대한 회상에 한두운은 응답한 것일까요? 두 사람은 정말 소통을 하게 된 것일까요?

다섯 시 반이 되었고, '나'는 한두운과 곧 헤어질 것이라고 생각합니다. 그런데 그때 한두운의 이모로 여겨지는 보호자로부터 3시간만 더 봐 달라는 문자가 옵니다. 큰 짐을 덜었다고 생각한 순간, 세 시간을 더 봐 달라는 연락에 '나'는 짜증이 납니다. 한두운의 보호자는 어렵다는 '나'의 답장에 연락도 없고, 전화도 받지 않습니다. 삼 분 뒤에는 전화기도 꺼져 있습니다. 긴장이 풀리기도 했고, 지치기도 했고, 한두운의 보호자로부터 무시당했다고 느낀 '나'는 나무 이름을 이야기하는 한두운에게 "조용히 해!"라며 분노가 깔린 목소리로 소리칩니다. 짜증과 분노, 그리고 화를 냈다는 수치심에 '나'는 한두운이 점점 멀어지는 것을 보고서도 따라가지 않습니다.

정신을 차려 보니 한두운은 4명의 불량 청소년들에게 둘러싸여 있습니다. 한두운이 먼저 침을 뱉었다며 불량 청소년들은 한두운에게 주먹을 휘두르지만, 그는 모든 주먹을 다 피합니다. 마치 권투 선수와 같은 정확한 동작으로 불량 청소년들의 주먹을 모두 피한 한두운의 눈빛은 어느 순간 살의를 띠고 있었습니다. 그 눈빛을 본 불량 청소년들은 '나'와 한두운을 남겨 두고 떠납니다. 그러나 곧 돌아와 안 보이는 곳에서 '나'와 한두운에게 모래를 뿌리고, 돌을 던지고, 바나나 우유와 콜라를 붓고, 욕설을 내뱉으며 도망갑니다. 그러자 한두운은 한두운을, 즉 자신의 얼굴을 마구 때리기 시작합니다.

9시가 되자 한두운의 보호자가 나타납니다. 한두운의 얼굴을 확인한 보호자는 언성을 높이며 소리칩니다. 보호자는 '나'에게 '이렇게 사는 게 얼마나 힘든지 아느냐고, 왜 다들 나를 괴롭히냐고, 이런 내 입장을 생각해 본 적 있느냐'고 소리칩니다. '나'는 그녀가 얼마나 힘든지, 왜 화가 났는지 알 것 같습니다. '나'는 미안하다고 말하고 싶었으나 조용히 하라고, 당신 조카도 두려워서 떨고 있지 않느냐고 소리칩니다.

헤어질 때, 한두운은 '나'의 손을 꼭 잡으며 "파피용"이라고 말합니다. 그의 발음이 너무 좋아서, 헛웃음이 납니다. '나'는 이 모든 순간이 실감이 나지 않습니다. 이상한 하루였다고, 그 모든 경험이 실제 같지 않다고 생각합니다. 그리고 한두운이 한두운에게 그랬던 것처럼 '나'는 '나'의 광대뼈를 '아' 소리가 나도록 툭 때려 봅니다. 소설은 이렇게 끝이 납니다.

🔑 세 번째 열쇠말_ **이해**

저는 이 소설이 '이해'와 '소통'에 대한 이야기라고 생각했습니다. 소설 속 '내'가 이 9시간의 아르바이트를 대신하겠다고 한 건 돈 때문이었습니다. 그러니 처음의 계약대로 9시부터 6시까지 한두운을 돌보고 헤어지면 되는 것이었습니다. 그런데 한두운을 관찰하고, 그에 대해 생각하고, 그의 걸음걸이를 보며 자신의 과거를 이야기하고, 손을 잡고 나란히 걷습니다. 그리고 한두운에게도 그 분위기와 느낌이 전달되어 일종의 소통이 이루어졌다고 생각한 찰나, 3시간의 연장 근무가 일방적으로 통보됩니다. 그러자 '나'는 분노를 느낍니다. '나'의 연민과 이해는 처음 계약된 9시간 동안만 유효했던 것이죠.

한두운은 자기 자신을 해치는 방식으로 자신의 상처와 아픔을 말하는 것처럼 보입니다. 나무 이름, 몇 개의 단어 이외에는 소통할 수 없는 한두운은 자신의 분노, 좌절, 모멸감을 말로는 정확하게 표현할 수 없습니다. 그래서 자신을 짐처럼 여긴 '나'에 대한 실망감, 불량 청소년들의 욕설과 폭행에 대한 모멸감 같은 감정을 자해라는 방식으로 표현하는 것이겠지요. 한두운의 자해는 자신을 이해해 달라는 표현이었던 것입니다.

그러나 모두 지쳐 있습니다. 그래서 모두들 한두운을 이해하려고 노력하거나 관심을 둘 만한 여력이 없습니다. 한두운의 보호자는 다친 한두운에 대해 이야기하는 것이 아니라 왜 자신만 괴롭히냐며, 자신의 입장을 생각해 본 적이 있느냐고 소리칩니다. 한두운을 돌보는 아르바이트생들은 한두운을 돈을 벌게 해 주는 수단으로만 생각합니다. 심지어 표현이 자유롭지 못한 한두운을 학대하며, 단순히 시간만 때우고 마는 사람들도 있지요. 그래서 한두운은 계속 자신의 얼굴을 때리며 자신을 이해해 달라고 표현하는 것인지도 모르겠습니다.

한두운에 대한 동정과 연민은 쉬운 감정입니다. 동정과 연민은 연약하고 보호받아야 할 대상에게 느끼는 감정입니다. 한두운의 주변 사람들에게 한두운은 연민의 대상이며, 돌보아야 할 짐 같은 존재였죠. 그것도 주어진 제한된 시간 안에서만요. 그래서 9시간의 선릉 산책은 동정과 연민을 가져왔지만, 12시간의 산책은 모두에게 상처로 남게 되지요.

  한두운과 헤어진 후 집으로 걸어가며, '나'는 어쩌면 한두운의 삶은 오해되고 왜곡되었을지도 모른다고 생각합니다. 마지막에 한두운이 '나'에게 건넨 '파피용'이라는 정확한 단어와, 한두운처럼 오른손 주먹으로 오른쪽 광대뼈를 때리는 '나'의 행동은 두 사람 사이의 어설픈 소통과 어설픈 이해의 한 단면을 보여 줍니다. 특히 한두운처럼 자신의 얼굴을 때리고 아아, 하고 소리치는 '나'의 행동은 한두운을 이해해 보려는 시도일 수 있습니다.

  지금까지 정용준 작가의 「선릉 산책」을 '한두운', '파피용', '이해'라는 세 가지 열쇠말로 살펴보았습니다. 독자 여러분은 나와 다른 사람들을 이해하기 위해 어떤 시도들을 하고 계시나요? 이 작품을 읽고, 잘 알지 못하는 세계에 관심을 갖고, 그 세계 속에 사는 사람들을 이해할 수 있는 기회로 삼아 보면 어떨까요?

 권진희 (서울국어교사모임)

이미테이션

게리
이미테이션
다양성

　전성태 작가의 「이미테이션」은 2008년 『문학과사회』 겨울 호에 발표된 단편 소설입니다.

　전성태 작가는 1994년 「닭 몰이」로 실천문학 신인상에 당선되어 등단했고, 신동엽문학상, 채만식문학상, 오영수문학상, 현대문학상 등 다수의 문학상을 수상한 바 있습니다. 그의 작품은 현실 사회의 모습을 사실적으로 묘사하면서 해학성까지 담고 있다고 평가받습니다.

　「이미테이션」에는 작가의 자전적인 에피소드가 일부 포함되어 있다고 하네요. 그럼, 세 가지 열쇠말로 작품을 살펴보겠습니다.

 첫 번째 열쇠말_ 게리

　게리는 이 작품의 주인공입니다. 그의 직업은 영어 학원 강사입니

다. 그가 학부모 앞에서 학생에게 "What grade are you in?(몇 학년이니?)" 하고 묻는 순간, 학부모는 주인공이 자기 자녀의 영어 실력을 업그레이드시킬 수 있을 거라는 믿음을 갖게 되지요. 유난히 흰 피부, 누르스름한 곱슬머리에, 눈동자가 옅은 갈색을 띤 원어민 강사. 주인공의 영어 교습 실력은 그의 외양이 보증합니다.

주인공은 명백히 '혼혈아'로 보이는, 원어민 강사로 광고를 내도 의심받지 않을 외양을 가졌습니다. 그런데 사실, 주인공은 원어민이 아닙니다. 전형적으로 한국적인 외모를 지닌 한국인 부모 사이에서 태어났죠. 하지만 사람들의 시선을 끄는 주인공의 남다른 외모로 인해, 주인공은 엄마와 수차례 싸우기도 했습니다. 그때마다 엄마는 이렇게 단언합니다. "엄마가 뭔 숭한 짓을 했겄냐. 그런다고 우리가 널 어디 다리 밑에서 주워 왔겄냐. 분명히 니는, 느그 아부지하고 나하고 하룻저녁에 맹근 잘난 내 새끼다."

이렇게 명백히 토종 한국인인 주인공이지만, 그의 삶은 명백하지 않습니다. 초등학교 6학년 사회 시간, 우리 민족은 생김새가 서로 같고 같은 말과 글을 사용하는 단일 민족이라고 강조하는 수업에서, 친구들은 주인공이 단일 민족이 아니라고 놀립니다. 선생님은 외모를 가지고 놀리지 말라며 친구들을 나무라지만, 놀리는 친구들보다 그 친구들을 훈계하는 선생님의 말에 마음이 더 쓰라립니다. 고등학교 역사 시간에 선생님은 우리 민족을 '단일 민족'으로 설명하는 교과서 부분을 주인공에게 읽으라고 합니다. 초등학교 6학년 때의 기억이 되

살아난 주인공은 읽기를 망설이죠. 선생님은 반항하지 말라는 말끝에 머리통을 노리끼리하게 물들였다며 주인공을 회초리로 때리고, 반성문을 쓰라고 요구합니다. 주인공이 써 간 반성문을 읽어 본 선생님은 왜 혼혈이라고 말하지 않았냐며, 사백 번이 넘는 침략을 받았으니 '남의 새끼'도 많았을 텐데, 이를 다 받아 용광로처럼 녹여 낸 우리 민족은 통이 큰 민족이라고 말합니다. 그러면서 혼혈이더라도 오히려 남들보다 진한 애국심을 지니고 살라고 덧붙입니다.

  이렇게 타인의 시선에서 줄곧 자유롭지 못했던 주인공은 결심합니다. '어차피 한국인이 될 수 없다면, 명백한 혼혈인으로 살자!' 그리고 영어를 공부하면서 혼혈인다운 요소를 채워 가죠. 그런데 노력으로도 채워지지 않는 한 가지가 있었습니다. 그것은 '불우한 삶'이라는 스토리입니다. 혼혈은 어느 정도의 사연이 있는 불우한 삶을 살아야 하는데, 자신은 한국인 부모에게서 태어났기에 불우하지 않다고 생각한 것이죠. 그래서 주인공은 영어 잡지에서 읽은 실존 인물인 '게리 워커 존슨'의 삶을 자기 것인 양 받아들입니다.

  '게리 워커 존슨'은 백인계 미군 아버지와 한국인 어머니 사이에 태어난 혼혈아로, 외가에 맡겨져 자랍니다. 사춘기 시절, 그는 자신이 태어나지 말아야 할 운명이었다는 것을 알게 됩니다. 그러곤 친구들을 때리고 점점 엇나가죠. 그러나 그럴수록 이런 자신을 낳은 엄마를 만나고 싶다는 욕구가 커져 갑니다. 하지만 자신과 비슷한 처지의 혼혈인들로부터 '새 삶을 살고 있을 네 엄마에게 꼭 폭탄이 되어야겠느냐. 우리는 가족에게도 이 사회에게도 결코 눈에 띄어서는 안될 투명인간들이다.'는 말을 듣고 포기하지요. 그리고 다른 혼혈인으로부터 '뱃속에 있는 동안 너는 어머니의 희망이었다. 지긋지긋한 기지촌에서 벗어나 미국으로 갈 수 있는 유일한 출구였다.'는 말도 듣습니다. 그러다 1982년 레이건 정부가 특별 이민법을 제정하여 아메라시안을 받아들이자, 미국으로 건너갑니다. 아메라시안은 아메리칸과 아시안이 혼합된 말로, 미국인 남성과 아시아인 여성 사이에서 태어난 혼혈아를 가리키는 말입니다. '게리'는 미국에서 한인을 상대로 짝퉁 장사를 하다가 여러 번 감옥을 들락거립니다. 그러다 결국 한국으로 추방되지요. 한국어에 신물이 난 '게리'는 미국 생활 동안 습득한 영어로만 마지못해 대화에 응합니다. 그런데 '버터를 바른 듯한' 그의 영어를 들은 사람들은 그를 '뉴요커'로 오해하지요. 이후 '게리'는 더 이상 한국 사람들에게 멸시를 당하지 않게 됩니다. 이미테이션의 탄생이지요.

 이러한 '게리 워커 존슨'의 삶은 주인공에게 흡수됩니다. 주인공은 일기장에 이렇게 적습니다. 'My name is Gerry W. Jonson. I'm hapa. (나는 게리 워커 존슨이다. 나는 혼혈인이다.)' 즉 '게리'는 부모님이 지어주신 이름이 아니라, 본인이 살고자 했던 인물의 이름이었던 것이지요. '게리'라는 삶을 연기하는 주인공. 삶은 누구나 어느 한 배역을 연기하는 것이라고 생각하는 주인공은 과연 '게리'를 잘 연기하고 있는 것일까요?

두 번째 열쇠말_ 이미테이션

이미테이션이라는 말은 보석이나 명품 같은 값비싼 제품의 모조품을 의미합니다. 흔히 '짝퉁'이라고도 하지요. 우리는 이 소설 속에서 현대인의 소유욕이 만들어 낸 다양한 이미테이션을 만나게 됩니다. 영어 실력을 높여 소위 글로벌 인재를 만들려는 학부모, 그 학부모의 마음을 무척 잘 헤아리는 학원 원장, 그들에게 상품화되는 주인공 게리. 첫 번째 열쇠말에서 살펴본 것처럼, 이 주인공 게리는 그가 잡지에서 본 '게리 워커 존슨'의 이미테이션이지요.

학원 원장은 대학 평생 교육원 수업을 들을 때마다, 드라마 속 여주인공이 들어서 유명해진 명품 가방을 들고 갑니다. 그런데 원장이 들고 가는 명품 가방은 사실 아주 정교하게 만들어진 이미테이션입니다. 명품과 성형 수술로 자신의 위치를 과시하고자 하는 원장의 가방이 이미테이션이라는 사실은, 미국 로컬 스쿨을 그대로 옮겨 놓아 학원생들의 영어 실력을 높여 준다는 원장의 말에 대한 신뢰도를 떨어뜨립니다. 또 이 학원에서는 진정한 글로벌 인재가 나올 수 없다는 것을 의미하기도 하지요.

작품 속 배경도 이미테이션입니다. 강남 이미테이션! 서울 강남에 가고 싶어서, 새로 조성된 인공 도시를 '강남'으로 만들어 가는 거지요. 논과 밭, 야산이었던 곳에 유명한 건축사 브랜드의 주상 복합 건물들이 들어서고, 이 건물들은 완공되기 바쁘게 분양됩니다. 주인공이 생활하는 곳은 아파트 시세가 높고 교육 여건 또한 우수한 곳입니다. 이곳은 부동산 투기를 하려는 심리를 감추지 않고, 돈을 벌어 진짜 강남으로 가는 것이 소망인 사람들이 많이 살고 있습니다.

이렇듯 소설은 제목과 인물, 배경, 사건, 모두 긴밀하게 연결되어 있고, '이미테이션'을 선호하는 한국 사회의 병리적 현상을 꼬집고 있습니다.

🗝 세 번째 열쇠말_ **다양성**

작가는 자신의 삶 자체가 '문학으로 질문을 하고, 답을 기다리는 인생'이라고 말합니다. 그렇다면 작가는 소설 「이미테이션」에서 어떤 질문을 독자에게 던진 것일까요?

저는 '이미테이션이 만들어지는 이유는 무엇일까?'라는 질문에 대해 생각해 보려고 합니다. '한민족은 같은 생김새를 가진 단일 민족이다.'라는 생각이 '게리'라는 이미테이션을 만들어 냈듯, 이미테이션은 '편견과 차별'이 만들어 내기도 하지요.

일본 작가 오야마 준코의 소설 『고양이는 안는 것』에는 이런 문장이 있습니다. '소수라고 해서 그걸 비정상이라고 치부하는 건 좀 그렇지 않나? 너희들하고 보이는 게 다른 건 확실하지만, 나는 내 나름의 방식으로 세상을 보고 있어. ······중략······ 많다고 정상이라 하고, 적다고 비정상이라 하는 건 다수의 오만이 아닐까?'

다수가 소수에게 보내는 비정상이라는 시선을 소수는 견디기 쉽지 않습니다. 그래서 게리처럼 자신의 본래 색깔을 부정해 버리는 사람이 생겨납니다. 우리도 다수의 오만으로 타자를 보고 있는 건 아닌지, 그러한 시선으로 타인을 힘들게 하고 있는 것은 아닌지 돌아봐야 할 것 같습니다.

'다수의 오만'을 경계하면서, '다양성'을 인정하는 사회는 어떤 모습일까요? 차별과 편견으로 타인에게 상처 주기보다, 자신과 타인의 색깔을 인정할 줄 알아야 합니다. 그래야 작품의 마지막 부분에 등장하는 혼혈인 아기가 희망적으로 성장할 수 있겠지요.

지금까지 '게리', '이미테이션', '다양성'이라는 세 가지 열쇠말로 작품을 살펴보았습니다. 이 소설이 독자 여러분의 생각에, 작지만 의미 있는 변화를 가져다 주었기를 바랍니다.

 한은영 (광주국어교사모임)

가리는 손

  오늘은 김애란 작가의 단편 소설 「가리는 손」에 대해서 이야기해 보고자 합니다. 이 작품은 단편집 『바깥은 여름』에 여섯 번째로 수록된 작품입니다.

  김애란 작가는 이상문학상, 동인문학상, 한국일보문학상, 이효석문학상, 오늘의젊은예술가상, 신동엽창작상, 김유정문학상, 젊은작가상, 한무숙문학상 등 다수의 문학상을 수상한 명실상부 현재의 대한민국을 대표하는 작가 중 한 명이지요.

  오늘 저는 「가리는 손」을 '얼룩', '요리', '바깥은 여름'의 세 가지 열쇠말로 감상해 보고자 합니다. 사실 이 작품은 다문화, 한 부모 가정, 청소년 비행, 노인 빈곤 등 여러 가지 주제 요소를 조금씩 포함하고 있습니다. 하나하나가 독립적인 주제로 다루어도 충분히 깊은 얘기를 나눌 수 있죠. 그런데 저는 오늘 조금 다른 관점의 주제로 이 작품을 다루어 보려고 합니다. 그것은 바로 '부모와 자식 간의 필연적 간극'입니다. 이 주제를 세 가지 열쇠말과 연결하여 살펴보겠습니다. 감상이나 해석에 있어서 독자 여러분들과 의견이 다를 수 있지만, 이 글의 목적이 문학 작품을 좀 더 깊고, 새로운 관점으로 접근해 보자는 데 있으니, 넓은 마음으로 들어주시길 바랍니다.

🗝 첫 번째 열쇠말_ **얼룩**

첫 번째 열쇠말인 '얼룩'을 이해하기 위해서는 주인공이 사회를 바라보는 시각을 이해할 필요가 있습니다. 김애란 작가는 작품 속에서 사회란 단어에 작은따옴표를 넣기도 했습니다. 중요한 단어란 뜻이겠죠? 주인공에게 있어서 사회는 어른들만의 공간이며, 아직 아들 재이는 경험하지 않은, 좀 더 강하게 이야기한다면 경험해서는 안 되는 공간입니다. 주인공에게 사회는 냉혹한 곳이고, 억압과 피로로 가득한 곳입니다. 그리고 언젠가는 재이 또한 그곳을 맞이하게 될 것이지만, 아직은 아니라고 생각합니다. 왜냐하면 처음 만난 순간부터 주인공은 줄곧 어른이었고, 재이는 그렇지 않았기 때문입니다.

주인공이 어른이냐 아니냐를 구분하는 기준은 얼룩입니다. 이 작품에서 얼룩은 그을음과 같은 의미로 쓰이고 있는데요. '어른이란 몸에 그런 그을음이 많은 사람인지도 모르겠구나.'란 문장을 통해 얼룩은 어른만의 것이며, 어른의 세계인 사회에서 겪게 되는 여러 가지 내면의 상처를 의미한다는 것을 알 수 있습니다. 그래서 아직 사회에 발을 디디지 않은 재이는 얼룩이 있으면 안 됩니다.

그런데 십 대 아이들 네 명이 폐지 줍는 노인을 괴롭히다 죽음에 이르게 한 영상이 소셜 미디어에 떠돌면서 사회적 논란이 발생합니다. 재이는 목격자로 영상에 함께 나옵니다. 재이는 비록 이 사건의 목격자이지만, 노인을 괴롭히는 아이들을 말리거나 쓰러진 노인을 신고하지 않았습니다. 적극적 방관자 역할을 한 것이지요. 그래서 재이 또한 사회적으로 비난의 대상이 됩니다. 주인공은 이 사건이 아들 재이에게 얼룩이 되지 않을까, 하는 불안에 시달립니다. 그리고 그것이 작품 전체를 지배하는 정서입니다. '태곳적 사람들도 저녁에 불을 피웠겠지. 춥거나, 허기지거나, 누군가에게 도움을 구하고 싶을 때. 지금은 그중 어느 때일까?'라는 문장은 작품에서 두 번이나 언급됩니다. 불안함 때문에 누군가에게 도움을 구하고 싶어 하는 주인공의 간절한 마음이 이 문장에 표현된 것이지요.

주인공은 이 사건으로 재이에게 생긴 상처가 얼룩으로 남기 전에 재이에게 노인의 장례식장에 가 보자고 제안합니다. 최소한의 도리라도 한다면 얼룩의 관성을 막을 수 있지 않을까 생각한 것이죠.

하지만 지금까지의 재이에게 얼룩이 없을 것이라는, 있었을지라도 주인공에 의해 그것이 지워졌을 거라고 믿는 것은 주인공의 착각입니다. 사실 재이는 벌써 많은 얼룩을 가지고 있습니다. 심지어 '엄만 한국인이라 몰라', '아빠랑 왜 헤어졌냐고?'라는 말을 통해, 그리고 언제부턴가 선크림을 과하게 바르는 행위 등을 통해 끊임없이 자신에게 얼룩이 있음을 주인공에게 알리고 있었습니다. 그러나 주인공이 재이는 사회가 아닌 곳에 안전하게 있다고 믿는 바람에 제대로 듣지 못한 것이죠. 심지어 재이가 중학교에 올라갈 즈음 학급 친구들이 충분히 좋아할 만한 사람이 되었고, 아이가 속내를 일일이 털어놓지 않아도 그 정도는 알 수 있다고 믿는 큰 착각에 빠져 있습니다. 지금의 우리 사회에서 다문화 가정의 아이가 사회에서 상처 하나 없이 깨끗하게 자라는 것이 과연 쉬운 일일까요?

하지만 부모가 자식의 얼룩을 제대로 보지 못하는 건 어쩔 수 없는 일인 것 같습니다. 주인공 또한 자신에게는 잘 보이는 얼룩이 나이 든 엄마에게는 보이지 않는다는 것을 나중에 알게 되니까요. 이처럼 자기 자식을 냉철하게 보는 일은 굉장히 어렵습니다. 왜냐하면 천사 같았던 영유아기의 모습들을 부모들이 너무 강렬한 기억으로 갖고 있기 때문입니다. 천사 같았던 내 아이가 변할 수 있음을 누가 상상할 수 있을까요? 주인공의 엄마가 얼룩을 보지 못하는 것처럼, 주인공이 재이는 얼룩이 없다고 믿는 것처럼, 어쩌면 부모와 자식 간의 이러한 간극은 필연적일지도 모르겠습니다.

🔑 두 번째 열쇠말_ **요리**

이 작품은 주인공이 재이의 생일상을 준비하면서 떠올린 회상들로 구성되어 있습니다. 그래서 주인공이 요리하는 장면과 재이에 대한 회상이 병렬적으로 나열되어 있습니다.

주인공은 요리에 대한 자신감이 상당한 사람입니다. 작가는 주인공의 전문성을 강화하기 위해 영양학을 전공하고, 학교 급식실과 요양병원에서 영양사로 일하는 전문직 여성으로 설정하였습니다. 그렇다면 이 작품에서 요리는 왜 중요할까요?

앞에서 '얼룩'을 말씀드렸을 때 강조했던 것과 마찬가지로, 요리 또한 부모와 자식 사이의 간극을 강조하기 위한 장치로 쓰였습니다. 요리는 주인공이 가장 잘할 수 있는 것입니다. 그리고 재이는 주인공이 가장 잘 아는 사람, 즉 주인공의 아들입니다.

'이 말은 내 가슴에 묘한 얼룩을 남겼다. 나는 사건이 일어난 요일에 학원 수업이 없다는 걸 알았다. 그런데 그 순간 왜 아이 말에 동의하듯 고개를 끄덕였는지 모르겠다.……중략……재이는 왜 거짓말을 한 걸까?' 이 문장은 주인공이 재이의 얼룩에 대해 처음으로 의문을 갖게 된 부분입니다. 여기서 주목할 것은 '모르겠다'와 '왜 거짓말을 한 걸까?'입니다. 사실 그전에도 주인공은 성가대 대표 선출 선거에서 벌어진 일로 재이에 대해 몰랐다는 죄책감과 부끄러움을 느낀 적이 있습니다. 이때 주인공은 학원 시간을 늘리고 아이 교육에 투자하는 방법으로 해결했습니다. 하지만 이 부분에서는 어떤 대응도 할 수 없는 주인공의 당혹감이 느껴집니다.

지금까지 주인공은 재이를 가장 잘 안다고 생각했습니다. 그리고 어떤 문제가 생길 때에는 주인공 나름대로 대처를 잘해 왔다고 믿고 있습니다. 즉 재이의 마음에 얼룩이 생기지 않게 부모의 역할을 잘해 왔다고 생각한 것이죠. 하지만 재이가 경찰 앞에서 거짓말을 하는 모습은 주인공이 한 번도 경험하지 못했던 재이이며, 주인공이 어떤 대응도 할 수 없는 재이입니다. 즉 주인공의 손길이 미치지 못하는 재이와의 간극을 처음으로 확인하는 순간이죠. 그 간극의 확인이 주인공에게 묘한 얼룩으로 남은 것이겠죠?

재미있는 것은 그다음 장면입니다. 현관 잠금장치가 풀리는 소리가 들리며 재이가 들어오는데, 그 순간 집 안에는 무언가 탄 냄새로 가득합니다. 주인공이 요리하던 갈치를 태운 것입니다. 이 사건이 의미하는 것은 무엇일까요? 갈치를 태운 사건은 주인공이 가장 잘할 수 있는 요리마저도 실패할 수 있다는 것을 보여 줍니다. 이것은 곧 주인공이 가장 잘 알고 있는 재이에 대한 믿음도 착각일 수도 있다는 것을 의미하죠. 즉 부모가 자식을 완전히 안다는 것은 환상이라는 겁니다. 처음으로 재이에 대해 도무지 모르겠는 상황과 갈치를 태우는 사건을 나란히 배치하여 부모와 자식 간의 어쩔 수 없는 간극을 다시 한번 강조하고 있는 거죠.

🔑 세 번째 열쇠말_ **바깥은 여름**

보통 작가들이 단편 소설집의 제목을 선정할 때 수록된 작품에서 하나를 골라 쓰는 경우가 많습니다. 김애란 작가도 『달려라 아비』나 『침이 고인다』에서는 그러한 방식을 따랐죠. 그런데 『비행운』부터는 단편의 제목을 그대로 가져오기보다는 작품 전체의 주제를 관통하는 제목을 새롭게 설정하는 방식을 택하고 있습니다. 『바깥은 여름』도 마찬가지입니다. 그렇다면 오늘 우리가 살펴본 「가리는 손」이 '바깥은 여름'과 어떻게 관련이 있는지 살펴보는 것도 큰 의미가 있겠죠?

 책을 출간하고 김애란 작가가 했던 인터뷰 중에 제목과 관련한 이야기가 있었습니다. '바깥은 여름'이란 제목은 수록 작품 중 하나인 「풍경의 쓸모」의 다음 구절에서 따왔다고 합니다. '유리볼 안에선 하얀 눈보라가 흩날리는데, 그 바깥은 온통 여름인.' 유리볼은 스노우볼을 가리키는데, 저는 여기서 스노우볼 안쪽의 세계가 주인공의 내면과 유사하다고 생각했습니다. 스노우볼 안쪽은 늘 겨울입니다. 그리고 그 겨울은 진실이 아닙니다. 스노우볼 유리 바깥쪽의 계절이 진실이고, 그 계절은 늘 변합니다.

 재이에 대한 주인공의 시선은 스노우볼 안쪽처럼 늘 한 계절에 머물러 있습니다. 하지만 재이는 스노우볼 바깥에서 계속해서 변하고 있지요. 작품에서 어린 시절의 재이부터 현재의 재이까지, 그 변화의 과정이 단편적으로 계속 제시되고 있지만, 재이를 바라보는 주인공의 시선은 재이의 어린 시절을 벗어나지 못하고 있습니다. 그래서 마지막 장면에서 '가리는 손' 너머 재이의 웃음을 확인하는 순간, 주인공은 큰 충격을 받습니다. 아마 이때가 주인공 내면의 스노우볼에 금이 가기 시작하는 최초의 순간일 것입니다. 어쩌면 '가리는 손'은 주인공의 겨울과 재이의 여름을 나누는 경계라는 의미에서, 스노우볼의 유리구와 같은 상징적 역할을 하는지도 모르겠습니다.

 결국 주인공이 알고 있던 재이와 실제 재이 사이의 간극이라는 의미가 '바깥은 여름'이라는 제목에 잘 담겨 있다고 할 것입니다.

 이상으로 김애란의 「가리는 손」을 부모와 자식 간의 어쩔 수 없는 간극이라는 주제로 살펴보았습니다. 사실 부모라면 주인공처럼 자기 자식의 실체를 확인하게 되는 순간은 오고야 맙니다. 다만 그때가 빨리 오느냐 늦게 오느냐의 차이는 있겠죠. 하지만 조금이라도 좋은 부모가 되려면 자식의 얼룩을 언제 발견하고 어떻게 인정해 주는지가 굉장히 중요하다는 생각을 작품을 읽으며 여러 번 하게 되었습니다. 그리고 이것은 비단 부모와 자식 간의 관계뿐만 아니라 내가 사랑하는 사람을 포함한 모든 사람과의 관계에도 해당하는 것이 아닐까요? 아무쪼록 독자 여러분도 이 작품을 읽고, 주변 사람들을 바라보는 나의 시선, 그리고 내 내면의 계절에 대해서 생각해 보는 시간을 가져 보시기 바랍니다.

 이동진 (충북국어교사모임)

너새니얼 호손

주홍 글자

종교
펄
글자 A

선생님: 『주홍 글자』는 1850년에 나온 장편 소설로, 미국 작가 너새니얼 호손을 널리 알린 작품입니다. 탄탄한 구성과 아름다운 문장으로, 청교도의 모순을 예리하게 지적한 소설이에요. 오늘은 이 작품을 학생들과 함께 살펴볼 텐데요. 먼저 이 소설을 선택한 이유를 이야기해 주시겠어요?

반지민: 저는 이 작품에서 선과 악이 명확하게 구분되어 있지 않다는 점이 가장 매력적이더라고요. 어떤 등장인물에 감정 이입을 하느냐에 따라 깨닫는 사실이 매번 달라지는 느낌이었어요. 그래서 이 소설에 대한 이야기를 서로 공유하는 게 의미 있다고 생각했습니다.

권영경: 저도 이 작품의 주인공 모두가 입체적으로 느껴져서 마음에 들었어요. 실제로도 완전히 선하기만 하거나 악하기만 한 사람은 없잖아요. 이 소설은 그런 인간의 양면성을 현실적으로 잘 담아냈다고 생각합니다.

선생님: 네. 그럼, 지금부터 간단하게 줄거리를 요약한 뒤, 세 가지 열쇠말로 작품을 살펴보겠습니다.

반지민: 이 작품의 배경은 17세기 미국 뉴잉글랜드 지방입니다. 주요 인물은 주인공인 헤스터, 그녀의 전 남편 로저 칠링워스, 헤스터의 간통 상대인 딤스데일 목사입니다. 소설은 헤스터가 딸 펄과 함께 감옥에서 출소하는 장면으로 시작합니다. 그녀는 간통을 저지른 죄로 감옥에 수감되었고, 평생 가슴에 간통을 뜻하는 'Adultery'의 첫 글자인 A자를 달고 살아야 하는 벌을 받습니다. 당시는 청교도가 지배했던 시기로, 금욕과 순결이 최고의 가치로 여겨지던 때였지요.

　사람들은 펄의 아버지, 즉 간통 상대를 알아내려 하지만, 그녀는 끝까지 밝히지 않죠. 전 남편 로저 칠링워스는 증오심에 불타 복수를 결심합니다. 딤스데일 목사는 죄책감에 시달리며 점점 쇠약해지고, 칠링워스는 자신의 정체를 숨긴 채, 목사의 병을 고쳐 주겠다며 의도적으로 접근합니다. 그리고 헤스터는 사람들의 손가락질에도 감정의 동요 없이 일상을 꾸리고, 삯바느질을 하며 생계를 이어갑니다. 그러면서 도움의 손길이 필요할 때면 묵묵히 사람들을 돕곤 하지요.

<u>권영경</u>: 그러던 어느 날, 헤스터는 숲에서 목사와 마주칩니다. 그의 쇠약한 모습을 보고 이런 삶은 의미가 없다고 생각한 그녀는 함께 도망치기로 약속합니다. 이후 목사는 잠깐 생기를 찾고 행복한 미래를 꿈꾸는 듯했지만, 다시 죄책감에 사로잡힙니다. 결국 자신의 죄를 고백하기로 결심하고, 처형대 위에서 자신이 헤스터의 간통 상대임을 고백한 뒤 숨을 거둡니다. 칠링워스는 목사에게 복수하려던 계획이 좌절되자 광기에 휩싸이고, 결국 파멸에 이르죠. 사랑하는 이를 떠나보낸 헤스터는 펄과 함께 마을을 떠나요. 그리고 오랜 시간이 흐른 뒤, 헤스터는 여전히 주홍색 A 글자를 단 채로 자신이 죄를 저지른 이곳으로 다시 돌아오면서 이야기가 끝맺음됩니다.

<u>선생님</u>: 이제 세 가지 열쇠말을 가지고 본격적인 작품 풀이를 해 볼까요?

<u>반지민</u>: 저희는 세 가지 열쇠말로 '종교', '펄', '글자 A'를 선정해 보았습니다.

 첫 번째 열쇠말_ **종교**

<u>선생님</u>: 그럼, 선생님이 첫 번째 열쇠말 '종교'로 이 작품을 풀이해

볼게요. 작품의 배경이 되는 17세기는 청교도라는 종교가 지배하던 시기였어요. 청교도는 개신교의 종파 중 하나로, 금욕적이고 검소한 생활을 강조하고, 엄격한 규율을 지키는 것이 곧 신앙을 지키는 것이라고 믿는 종교입니다.

권영경: 헤스터가 그토록 지독한 박해와 벌을 받는 이유도 그것 때문이겠네요. 간통은 금욕을 지키지 못한 행위니까요.

선생님: 맞아요. 당시 간통은 살인과도 같은 죄였어요. 그러니 당시 사회에서 헤스터와 그녀의 딸은 받아들이기 힘든 존재였을 거예요. 그런데 작가는, 이 소설을 통해 종교의 모순을 비판하려 했습니다. 이 모순은 딤스데일 목사를 통해 잘 드러나지요. 그를 보면 누구보다 신앙심이 깊지만, 결코 자신의 죄를 고백하지 않거든요. 죄책감에 시달리지만, 자신의 명예가 실추되는 것을 더 두려워하죠.

반지민: 저는 마을 사람들의 행동이 바뀌는 것도 종교의 허구성을 나타내는 것 같았어요.

선생님: 맞아요. 처음엔 헤스터를 몰아가던 사람들도, 그녀의 선한 내면을 보자 점차 그녀를 추앙하지요. 이것 또한 청교도에서 규정한 절대 악이란 건 실제로 없다는 걸 보여 줍니다. 신과 대립하는 존재

처럼 보이던 헤스터가 죄를 고백하고, 이에 맞는 벌을 받으며 천천히 자신의 죄를 갚아 나가는 것처럼요.

 두 번째 열쇠말_ **펄**

권영경: '펄'은 헤스터와 딤스데일 목사와의 관계에서 태어난 딸이에요. 그런데 펄은 또래와는 다르고, 아이답지 않은 행동을 자주 보여요. 헤스터조차 펄이 종종 이상한 표정을 짓는 것을 보고 섬뜩해하기도 합니다.

반지민: 저는 헤스터가 가슴팍의 주홍 글자를 던져 버리자 안기지 않다가, 다시 달고 나니 "이제 정말 우리 엄마야."라고 말하는 장면이 인상적이었어요.

권영경: 맞아요. 저는 이 부분을 보고 헤스터가 자신의 죄를 다 갚지 못했음에도 불구하고 죄에서 도망치려 하자, 아직 참회가 끝나지 않았다는 사실을 펄이 일깨워 주고 있다고 생각했어요. 그래서 어쩌면 펄은 신의 대리인이지 않을까 하는 생각이 들었어요.

선생님: 그렇게 생각한 근거가 또 있나요?

반지민: 네. 바로 딤스데일 목사와 펄이 함께 있는 장면이에요. 펄은

평소 목사에게 다가가지도 않고 매우 경계하지만, 그가 처형대에서 죄를 고백하자 비로소 그에게 다가가 입맞춤을 해 줘요. 이 입맞춤은 목사가 죗값을 충분히 치렀다고 판단하고 그를 용서하는 의미 같았어요. 이때를 기점으로 목사와 헤스터의 죄가 씻긴 것으로 볼 수 있지요.

선생님: 정리하자면, 펄은 목사와 헤스터가 자유로워지려고 하면 아직 참회가 끝나지 않았다고 일깨워 주는 역할을 하며, 각자의 방식으로 죄를 뉘우치는 것을 지켜보는 사람이군요.

세 번째 열쇠말_ 글자 A

권영경: 글자 'A'는 간통을 뜻하는 'Adultery'의 첫 글자로, 헤스터가 가슴팍에 늘 달고 다니는 낙인이에요. 그녀가 죄인임을 의미하지요. 하지만 작품 속에서 몇 번의 의미 변화를 해요. 17세기에는 주홍색이 잘 쓰이지 않는 색이라서, 죄인의 수치심을 유발하는 색으로 쓰였죠. 처음에는 헤스터도 이 글자를 부끄러워하고 감추려고 들어요. 하지만 후반부로 갈수록 이 글자를 부끄러워하지 않고 오히려 드러내요. 이것은 더 이상 죄를 감추지 않겠다는 심리를 나타내요.

선생님: 그 글자에 대한 마을 사람들의 시각도 변하고 있죠?

반지민: 예. 처음에는 그녀를 경멸하던 사람들이 헤스터의 내면의 선함과 배려, 인내를 보자 가슴팍의 'A'를 유능하다는 뜻의 'Able'과 천사라는 뜻의 'Angel'의 앞 글자로 보게 되었어요. 이처럼 글자의 의미가 달라진다는 것은, 낙인의 의미가 절대적인 것이 아니라는 작가의 의도가 담겨 있다고 생각해요. 앞서 말했듯, 청교도에서 절대적으로 규정한 악은 결국 악이 아니었다는 것을 말하고 있는 것이지요. 신앙심의 탈을 쓴 딤스데일 목사가 죄책감에 시달렸던 것처럼요.

권영경: 목사가 자신의 죄를 고백하는 장면에서 A라는 주홍 글자에 대해 언급한 장면도 정말 인상적이었어요. 목사는 절규하며 자신에게 새겨진 것을 보라며 앞가슴에 달려 있던 목사 띠를 뜯어내요. 그리고 그걸 보던 사람들 중 누군가는 정말 목사의 가슴에 주홍 글자가 새겨져 있다고 말하고, 누군가는 아무것도 새겨져 있지 않다고 말하면서 다소 신비로운 장면이 전개되지요.

반지민: 맞아요. 그게 실제이건 아니건 목사가 스스로 그렇게 생각했다는 것이 중요한 것 같아요. 목사에게 A라는 글자는 그가 치러야 하는 죗값이었죠. 그러니까 간통이라는 죄책감과 목사로서의 명예를 위해 그것을 고백하지 못하는 내면적 갈등이 목사에게는 가장 큰 주홍 글자였다는 의미겠죠.

선생님: 다소 어려운 작품이지만, 두 친구 덕분에 작품 내용이 잘 정리되었네요. 그렇다면 이 작품을 통해 작가가 전하고자 했던 메시지는 무엇이었을까요?

권영경: 저는 작가가 '절대적인 진리는 없다.'는 메시지를 전달하고 있다고 생각해요. 헤스터는 선행을 통해 간통이라는 죄를 씻어 내고 존경받는 인물로 거듭났으며, 딤스데일 목사는 신을 섬기면서도 죄책감으로 고통스러운 최후를 맞았으니까요.

반지민: 그리고 '종교의 모순과 인간의 불완전성'을 강조하는 작품으로 읽히기도 해요. 한 종교가 가진 가치관이 달라지는 걸 이 작품이 보여 주니까요.

선생님: 네, 그렇군요. 작품의 상징과 의미, 작가의 의도까지 잘 전달해 준 두 친구에게 감사드려요.
　지금까지 '종교', '펄', '글자 A'라는 세 가지 열쇠말로 『주홍 글자』를 살펴보았습니다. 독자 여러분이 이 작품을 감상하는 데 조금이라도 도움이 되길 바랍니다.

 정지윤 (부산국어교사모임)

공원에서

'인간은 사회적 동물이다.' 고대 그리스의 철학자 아리스토텔레스가 한 말입니다. '너'가 없이는 '나'도 존재할 수 없습니다. 우리는 공동체에서 소외되거나 배제되는 걸 두려워합니다. 그 누구도 공동체로부터 강제로 분리당하는 경험을 하고 싶지 않을 겁니다. 지금부터 살펴볼 김지연 작가의 단편 소설 「공원에서」는 이러한 분리와 소외의 문제를 다루고 있습니다.

김지연 작가는 문인들이 좋아하는 작가로 알려져 있죠. 2018년에 소설 「작정기」로 문학동네 신인상을 받았는데, 당시 심사위원 만장일치 의견으로 수상하여 화제가 되었습니다. 또 2022년에는 「마음에 없는 소리」로 교보문고 주최 '소설가 50인이 뽑은 올해의 소설' 2위에 오르기도 했지요.

오늘 소개하는 「공원에서」는 앞의 두 작품과 함께 첫 소설집 『마음에 없는 소리』에 수록되어 있는데요. 지금부터 '묻지 마 폭행', '비명', '회복'이라는 세 가지 열쇠말을 가지고 작품을 풀어 나가도록 하겠습니다.

첫 번째 열쇠말_ 묻지 마 폭행

'묻지 마 폭행'은 감옥이라는 특수한 공간이 아니라 평범한 일상의 공간에서, 납득하기 어려운 이유로 발생하는 폭력입니다. 누구나 폭력의 대상이 될 수 있다는 점에서 공포심을 유발하죠. 소설의 주인공 수진은 어느 날 밤, 공원에서 술 취한 남자에게 '묻지 마 폭행'을 당합니다. 수진이 그에게 폭행당한 이유는 '계집년이 어디서 까불었'기 때문입니다.

수진은 짧은 머리와 큰 키 때문에 종종 남자로 오해받곤 했습니다. 그날도 수진의 성별을 착각한 남자에게, 자신은 여자라고 밝히고 공원의 여자 화장실에 들어갔습니다. 그러자 술에 취한 그는 뭔 여자가 남자같이 하고 다니냐며, 화장실 밖에서 수진이 나오기를 기다려 수진에게 심한 구타를 합니다. 남자는 수진의 뒷머리를 낚아채 쓰러뜨려서는 운동홧발로 마구 짓이깁니다. 수진은 '마치 우리가 합의하에 링 위에서 서로를 때리며 싸우다가 내가 진 것처럼 (그는) 자신의 승리에 도취된 것 같았다.'고 폭력을 행사하는 남자를 묘사합니다. 이 부분을 읽고, 저는 소름이 돋았습니다.

'남녀 차별'이라는 불합리한 편견을 근거로 폭력을 휘두르는 것은 분명 잘못입니다. 하지만 수진을 때린 남자는 남녀는 엄연히 다르다는 믿음 아래, 나대는 여자를 제압하는 자신의 행위를 마치 정의 실현을 위한 행동인 양 여기며 승리감에 도취되어 있습니다. 성차별에 근거해 타인을 소외시키기 위해 폭력을 사용하고, 그런 자신의 행동을 합리화하는 그의 사고방식이 경악스럽습니다.

그런데 더 충격적인 사실은, 이 사건이 공원이라는 공적인 공간에서 공공연하게 발생했다는 점입니다. 남자가 수진을 때릴 때 두 사람은 외진 공간에 있지 않았습니다. 남자가 수진에게 침을 뱉고 떠날 때, 수진은 공원에 있던 많은 사람들이 하던 일을 멈추고 쫓아와 모든 것을 지켜보았다는 것을 알게 됩니다. 사람들이 자신이 폭행당하는 모습을 방관했다는 사실을 깨달은 수진은 더 큰 소외를 경험하고 상처받습니다.

🗝 두 번째 열쇠말_ **비명**

수진은 폭행의 피해자입니다. 하지만 이어서 발생한 일들은 수진이 피해자의 언어를 구사하지 못하게 만듭니다. 다양한 사람들에 의해, 다양한 층위에서, 수진은 계속된 소외를 경험하지요.

사건 발생 후 수진의 엄마와 경찰은 수진이 늦은 시간에 왜 공원에 갔는지 집요하게 묻습니다. 야심한 시간에 집 밖을 돌아다닌 수진이 폭력의 계기를 제공했다는 느낌을 주고 있죠. 수진의 애인인 기영도 별반 다르지 않습니다.

사실 수진은 주말 부부로 지내는 기영과 불륜 관계입니다. 사건이 일어난 날 수진은 기영의 집에 가는 길이었습니다. 기영은 불륜이 탄로 날까 두려워하면서 수진에게 윽박지릅니다. '사람들은 비도덕적인 인간의 말은 들을 가치도 믿을 이유도 없다'고 여긴다며, '아무도 네 편을 안 들어줄 거'고, '너만 더 욕먹을 거'라고 말합니다. 맞아도 싸다고 여길 거라고 하지요. 수진은 그렇게 말하는 기영과의 관계에 회의를 느낍니다.

가까운 이들조차도 수진과 멀찍이 떨어져서 무관하다는 듯이 굴면서, 수진의 아픔에 공감해 주지 않습니다. 그러자 수진은 자신을 '악취'가 나는 존재로 인식하게 됩니다. '길을 걸을 때면 사람들이 나를 흘깃거리며 저 사람한테서 악취가 나, 하고 수군대는 것'만 같다는 망상에 시달리죠. 그 악취는 그날 남자가 뱉은 침이 얼굴에 떨어졌을 때, 이미 시작된 것이었다고 수진은 생각합니다.

억울한 수진은 자신의 감정을 표현할 말을 찾아 헤매다 '개 패듯 맞았다'는 관용구를 발견합니다. 하지만 '개'가 맞아도 싼 존재는 아니죠. 더욱이 이 말은 수진 자신을 '개'처럼 맞아도 좋은 존재로 여기고 있다는 생각이 들어 거부감을 느낍니다. 수진은 아무리 사전을 열심히 검색해도 적합한 말을 발견할 수 없습니다. 이 과정에서 수진은 여성과 남성에 관련된 속담과 어휘 속에 수많은 차별이 담겼음을 발견합니다.

결국 수진은 자신이 느끼는 감정을 말로는 설명할 수 없다고 여깁니다. 그리고 비명을 자신의 언어로 선택하고, 죽을 힘을 다해 비명을 지릅니다. 수진은 스무 살 무렵, 버스에서 성추행을 당했을 때도 비명을 질렀음을 기억해 냅니다. 그때 버스 안에서 수진을 추행했던 남자도, 공원에서 수진을 폭행했던 남자도 너무 당당한데, 그들을 일컬을 어떤 말도 사전에는 없습니다.

수진의 비명에는 많은 말들이 담겨 있습니다. '나 억울하게 맞았어요! 나 아파요! 나 슬프고 힘들어요! 누가 내 얘기 좀 들어주세요!' 우리 사회는 그녀의 비명을 귀담아들어 줄까요?

🔑 세 번째 열쇠말_ **회복**

마지막 부분에서 수진은 다시 공원을 찾습니다. 공공의 장소라는 의미의 공원, 그리고 누구에게나 공평한 곳. 수진은 공원이 자신에게는 더 이상 공공의 장소가 아님을 느낍니다. 안전하다고 믿을 수가 없는 공간이 된 것이죠. 공원의 이용 주체인 '누구나'에서 '배제'된 수진은 자신도 모르게 눈물을 흘립니다.

이때 한 소녀가 다가옵니다. 자리를 비켜 달라는 수진에게 우는 사람을 혼자 두고는 못 간다는 소녀는 수진에게 자신의 애완견 토리를 소개시켜 줍니다. 수진은 토리를 쓰다듬으면서 '개같은 것들'이란 말을 되뇌입니다. 그리고 상반된 두 가지 느낌을 갖게 됩니다. 하나는 수진에게 개같은 짓을 한 그 남자가 죽이고 싶을 만큼 밉다는 것입니다. 다른 하나는 손에 전해지는 토리의 활력과 온기가 수진을 매우 기분 좋게 만든다는 것이었습니다.

완전히 모순되죠? 하지만, 이 충돌 속에서 수진은 '완전히 다른 의미를 조합'해 내고 '기분이 한결 나아지'게 됩니다.

앞서 수진이 사전에서 애써 찾아낸 말들은 수진을 계속 소외시키기만 했습니다. 하지만 소녀와 토리를 통해 수진은 위로를 받고, 세상과 다시 연결되는 체험을 합니다.

작가는 이 결말을 통해, 공적 공간에서 타인을 소외시키는 말은 멈추고, 사람과 사람을 연결하고 관계를 회복하는 말을 시작하자고 말하고 싶었던 게 아닐까요? 인터넷 댓글 창에 넘쳐 나는, 비수와 같은 말들을 이제는 멈춰야 할 때라고 생각합니다.

 김현아 (경기국어교사모임)

장희원

외출

곤란한 상황
어른이 못 된 어른
무음의 언어

　문학 작품 속에는 일상의 작은 일들을 소중히 여기는 아이들의 모습이 종종 등장합니다. 이런 아이들의 순수한 모습에서 우리는 삶의 특별한 의미를 발견하곤 합니다. 오늘 만나 볼 장희원 작가의 단편 소설「외출」에서도 이런 장면들을 만나 볼 수 있습니다. 장희원 작가는 2019년「폐차」라는 단편으로 등단한 작가로, 소설의 고유한 주제에 대한 섬세한 고민과 질문을 독자에게 제시하는 탁월한 소설가입니다. 작품을 읽고 나면, 독자들은 자기 삶과 미래에 대해 고민하게 되고, 읽기 전의 나와 읽은 후의 내가 미묘하게 달라져 있음을 느끼게 됩니다.

　오늘 만나 볼 작품은 2019년『문장웹진』7월 호에 실려 있는「외출」이라는 작품입니다. 먼저 작품의 줄거리를 살펴보겠습니다.

대학에서 영문학을 가르치는 '나'는 마음의 문을 닫은 아이를 기르고 있습니다. 이름은 '정우'입니다. 아이의 눈은 빛이 없고 텅 빈 느낌입니다. 의사는 말을 자주 걸어 주고, 느끼고 있는 감정 위주로 말해 주라고 당부합니다. 매우 어려운 일이었지만, '나'와 아내 선영은 아이를 위해 계속 노력했습니다. 이 와중에 경제적으로도 힘들어지자 선영은 승무원 일을 하기 위해 도하로 떠나고, '나'는 혼자 아이를 돌보기 어려워 어머니의 도움을 받습니다.

주말에 아이를 데리고 어디라도 다녀오라는 어머니의 타박에 '나'는 아이를 데리고 광화문에 있는 서점에 갑니다. '나'는 사람들 사이를 비집으며 조심스럽게 지나다니던 중 불현듯 정우의 손을 잡고 있지 않다는 것을 깨닫고 소스라치게 놀랍니다. 하지만 정우는 여전히 손을 잡고 있었습니다. 착각을 했던 것이죠. '나'는 괜스레 정우에게 손을 꼭 붙잡으라고 주의를 줍니다.

카페에서 음료를 마시다가, 히스패닉계 남자와 함께 걸어가는 선영을 봅니다. 벌떡 일어나 선영을 쫓아가지만 놓치고 맙니다. '나'는 이상하게도 두 사람을 놓아준 것 같은 기분이 듭니다. 돌아온 카페에선 정우가 다른 손님이 두고 간 빈 머그잔과 빨대들을 가지고 열을 맞추고 있습니다. 정우는 잠시 '나'를 멍하니 올려다보더니 주먹으로 등을 때립니다.

밖으로 나가, 청계천을 걷습니다. 비가 내리기 시작합니다. 정우에게 짜증을 내며 돌아가기를 재촉하지만, 정우는 완강하게 거부합니다. '나'는 고집을 부리는 정우에게 "그러면 너는 여기 있어."라고 말하며 자리를 뜹니다. 정우는 아무 표정이 없습니다. '나'는 정우가 떠나는 '나'를 보며 울음을 터뜨리거나 '나'를 부를 것이라고 생각합니다. 비가 더 거세집니다. '나'는 더 멀리 가 버리고 싶다는 충동에 휩싸입니다. 그러다 정신을 차리고 황급히 다시 돌아갔을 때, 아이는 사라지고 없습니다.

　파출소를 찾아갑니다. 파출소에서는 미아 신고도 없고, 근처에 길 잃은 아이도 없다고 합니다. 아이를 찾다가 비가 그칩니다. 멀리 어린 학생들이 커다랗게 원을 이루며 모여 웃고 있는 모습이 보입니다. 그 중심에 정우가 있습니다. 학생들은 누군가가 오는 소리가 들리자, 순식간에 스쿠터를 타고 사라집니다. 정우는 웅크린 채 무릎에 얼굴을 파묻고 있습니다.

　'내'가 정우의 어깨를 붙잡고 흔들자, 정우는 '나'의 품을 파고듭니다. 정우의 등에서 긴장된 박동이 느껴집니다. '나'는 정우가 '나'에게 무슨 말을 하고 있음을 느낍니다. '나'는 아이가 조금 전 더 멀리 가고 싶어 했던 '나'의 마음속 진실과 직면하기 직전이라는 것을 깨닫습니다. 그리고 "그게 아니야."라고 말하는 그 순간, 먼 옛날 일을 떠올립니다. 정우가 태어난 지 얼마 되지 않은 어느 평온한 오후, 선영과 '나'를 향해 입술을 달싹이며 무음의 언어로 귀를 충만하게 했던 그때의 기억을.

　내용 소개는 여기까지인데요. 이제 세 가지 열쇠말로 이 작품을 좀 더 깊이 있게 살펴보겠습니다.

🗝 첫 번째 열쇠말_ **곤란한 상황**

이 소설은 곤란한 상황에 놓이게 된 인물이 등장하는 이야기입니다. 소설 속 인물들은 자신이 처한 상황을 쉽게 받아들이지 못하는 경우가 있습니다.

경제적인 이유로 아내도 먼 곳에 있고, 혼자 육아를 하며 하루하루를 사는 남자 주인공은 자신이 처한 상황을 잘 받아들이지 못합니다. 아이에게 말을 자주 걸어 주라는 의사의 당부에도 불구하고 아이와 대화를 나누지 않습니다. 아이의 심정을 이해할 만한 심리적인 여유는 더더욱 없습니다.

불과 몇 년 전만 해도, 물론 지금도, 이러한 상황은 보통 30대 여성들이 겪는 경우가 많았습니다. 하지만 세상이 변하면서, 육아에 대한 책임은 부모 모두에게 있다는 너무나 당연한 원칙이 강조되기 시작했습니다. 그러면서 남성들도 육아에 대한 책임을 느끼고 육아를 행하는 경우가 많아졌지요. 맞벌이를 하지 않고서는 원만한 경제생활이 어렵기 때문에, 부모 중 한 명이 육아를 전담하기에는 어려운 세상이 된 것입니다. 그리고 이제는 남성이 혼자서 아이를 책임지고 육아를 해야 하는 경우도 발생하기 시작했습니다. 이 작품은 이러한 상황에서 남성들이 겪는 심리적 갈등을 아주 잘 보여 주고 있습니다.

자신의 상황조차 받아들이지 못하는 주인공은 아이를 통해 자신의 삶을 돌아보고 새롭게 인식하게 됩니다. 장희원의 다른 소설에도 이런 이야기들이 많이 나옵니다. 주인공이 상당히 난감한 상황에 직면하게 되고, 이런 경험을 하기 전과 후로 삶이 묘하게 달라지죠. 독자는 주인공과 이러한 경험을 함께하며 자신의 삶을 성찰하게 됩니다.

🗝 두 번째 열쇠말_ **어른이 못 된 어른**

이 작품은 외출을 통해 한 단계 성장하게 된, 한 인물의 성장 이야기를 그리고 있습니다. 보통의 성장 이야기라면, 청소년이나 어린아이가 주인공이겠지만, 이 소설에서는 다 자란 성인 남자가 주인공입니다. 더욱이 그 남자에게는 아이가 있습니다.

아이는 마음의 문을 닫아 버린 상태입니다. 의사는 아이에게 말을 자주 걸어 주고 감정을 전달해 달라고 합니다. 주인공은 다 자란 어른이기는 하지만, 모든 것이 서툴기 짝이 없지요. 아이에게 말을 걸어 주는 것도 서툴고, 감정 역시 제대로 전달하지 못합니다. 첫 아이에게 부모는 늘 처음이기 때문에, 모든 것이 서툴 수밖에 없습니다. 마음의 문을 닫았다면, 어려움이 더 컸겠지요.

함께 이야기 나눌 아내도 멀리 떠나 있고, 어머니가 육아를 도와주기는 하지만, 독립된 어른으로 한 가정을 꾸려야 하는 자식의 입장에서 나이 든 어머니에게 전적으로 육아를 맡길 수도 없습니다. 이처럼 육아에 있어 심리적 고립감이 높았던 주인공에게 아이와 단둘이 하는 외출은 하나의 모험이었을지도 모르겠습니다. 하지만 모험은 대부분 주인공을 성장시키는 역할을 합니다. 이 소설 속 주인공도 아이와의 외출 경험을 통해 삶의 외연을 더욱 확장하게 됩니다.

외출 전에는 오직 자기중심적인 심리 상태였다면, 외출 후에는 자신과 아이가 함께 있게 됩니다. 즉 아이와의 외출 경험은 주인공의 삶에 타자를 받아들일 수 있는 가능성을 심어 주는 계기가 됩니다. 한 단계 성장한 것이죠. 특히 외출 경험의 핵심이라고 할 수 있는 '아이의 언어'는 주인공이 자신의 삶을 성찰하게 만듭니다.

🗝 세 번째 열쇠말_ **무음의 언어**

아이가 어른을 직접 가르치지는 않지만, 어른은 아이를 통해서 무언가를 배우기 마련입니다. 어른이 못 된 어른의 성장 이야기를 그리고 있는 이 소설에서도 주인공은 아이를 통해 배웁니다.

주인공은 아들을 잃어버리는 사건을 겪고 난 뒤, 아이의 언어에 대해 배우게 됩니다. 말이 서툰 아이는 행동을 통해서, 눈빛이나 손길 또는 심박수의 변화를 통해서 자신의 감정을 표현합니다. 우리는 이런 아이들의 신체적 반응을 통해 심리 상태를 추측할 수 있습니다.

하지만 어른들은 주로 언어를 통해 삶을 인지하고 소통하기 때문에, 아이의 행동은 온통 이해하기 어려운 것투성이입니다. 하지만 조금만 시선을 아이에게 고정하고 아이가 보내는 '무음의 언어'에 집중하면, 아이가 말하지 않은 많은 것들이 보입니다. 이것은 아이에게는 생존의 언어이지만 어른에게는 배려의 언어이고, 사려 깊음의 언어입니다. 이처럼 우리도 타인에게 관심을 집중한다면, 나와 타자 간의 소통 체계를 발견할 수 있을 것입니다. 그리고 그것은 타인을 이해하고, 더 나아가 우리의 삶을 확장하는 통로가 될 것입니다.

지금까지 '곤란한 상황', '어른이 못 된 어른', '무음의 언어'라는 세 가지 열쇠말을 통해 장희원 작가의 단편 소설「외출」을 만나 보았습니다. 작가의 다른 작품들에도 다양한 형태의 외출들이 존재합니다. 여유가 있으시다면 다른 외출 경험에도 동행해 보시기를 권해 드립니다.

 강승욱 (전남국어교사모임)

엇박자 D

박치
낙인
음치들의 하모니

　제목을 가만히 보고 있으면 왠지 '불협화음'이 떠오릅니다. 누군가가 실수일지 의도적일지 모르지만 계속 박자를 틀리고 있어서, 다른 사람들의 눈총을 받고 있을 거라는 생각이 들기도 하네요. 이런 추측은 작품의 내용과 일치할까요?
　「엇박자 D」를 쓴 김중혁 작가는 계간지 『문학과사회』 2000년 가을호에 중편 소설 「펭귄뉴스」를 발표하며 작품 활동을 시작한 이후, 끊임없이 평단의 주목을 받아 왔는데요. 그의 작품 세계를 평론가들은 이렇게 말합니다. 늘 우리 눈앞에 흔하게 있어도 너무나 사소하여 그냥 지나치기 일쑤인 사물들과 존재들에 대한 애착이, 그의 소설 세계를 이뤄 내는 거점이라고요. 산문집 『뭐라도 되겠지』에는 이런 구절도 눈에 띕니다. "지금 웅크린 사람은……뛰려는 사람이다." 멋진 말

아닌가요? 웅크린 사람을 패배자로 혹은 연민의 시선으로만 보려는 게 사람들의 일반적인 생각일 텐데, 작가는 그 안에서 꿈틀대는 가능성과 의지를 먼저 보는 것 같습니다. 그의 작품들이 대체로 따뜻하게 다가오는 건, 이런 작가적 노력과 무관치 않아 보입니다.

「엇박자 D」는 계간지 『한국문학』 2007년 겨울 호에 실렸고, 그의 두 번째 소설집 『악기들의 도서관』에 여덟 번째로 수록되어 있는 소설입니다. 2008년에 김중혁 작가에게 제2회 김유정문학상을 안겨 준 작품이기도 하지요.

🗝 첫 번째 열쇠말_ **박치**

'박치'라는 말 들어 보셨나요? 국어사전엔 '박치'에 대해 이렇게 풀이되어 있습니다. '박자에 대한 감각이 무디어 정확하게 인식하지 못하거나, 박자에 맞추어 하는 일을 잘 못하는 사람'이라고요. 제목에 등장하는 '엇박자 D'가 그런 박치입니다. '엇박자 D'는 20년 전 고등학생 때부터 아주 유명한 박치였는데도 합창단에 소속되어 있었습니다. 천하의 '박치'가 합창단원이라니. 얼핏 납득하기 어렵지요? 빨리 내용을 자세히 살펴봐야겠습니다.

공연 기획자인 '나'는, DVD 편집 조감독과 화면을 보다가 깜짝 놀랍니다. 20년 전 합창단을 함께했던 '엇박자 D'가 화면에 보였기 때문입니다. 사람들 머리 위로 특유의 짙은 눈썹이 도드라지게, 엇박자 D는 하늘로 솟구쳐 올라 있었습니다. 무슨 일인가 싶어 조그셔틀을 돌려 보던 편집 조감독에게 '나'는, 엇박자 D가 엄청 높이 뛰어오른 것으로 보이는 게 착시 현상이라고 말해 줍니다. 그러자 편집 조감독은 '다른 사람들이 뛰어올랐다가 떨어지는 순간에 혼자 위로' 뛴다고 말합니다. 높이뛰기 말고 널뛰기 선수였느냐면서요. '나'는 이내 '박자를 못 맞추는 거'라 답하지만, 편집 조감독은 저렇게 일정하게 박자를 놓치는 사람이 어딨냐며, 저 정도로 맞추려면 남다른 박자 감각이 필요하겠다고 합니다.

'엇박자 D'는 그런 사람이었습니다. 상식적으로는 떠올리기 힘든 사람. 아주 일정하고 일관되게 박자를 놓치는 사람이었던 거죠. 그것도 모자라 고등학교 시절 엇박자 D는 대부분의 아이들이 될 대로 되라는 심정으로 합창단을 선택한 것에 반해, 누구보다 가장 열성적으로 활동했고, 단장까지 자원해서 맡습니다. 하지만 합창단의 단원들 중 누구도 합창에는 관심이 없었고, 그저 음악실에 앉아서 모두가 각자의 공부만 했지요. 합창단원들은 축제 한 달 전에야 비로소 축제 때 부를 노래를 정하게 됩니다. 그로부터도 한 주가 더 지나 첫 연습을 하던 그때, 사건이 터지게 되죠.

첫 연습 날, 반주가 시작되자 아이들은 모두 열심히 노래를 불렀습니다. 그러나 시간이 지나면서 아이들의 표정이 일그러지기 시작합니다. 노래와 목소리 사이에서 불길한 기운이 꿈틀거리고 있었달까요? 그 불길한 기운은 순식간에 아이들의 목소리를 집어삼켰고, 다섯 소절쯤 지나자 노래는 완전히 엉망진창이 됩니다. 음악 선생은 엇박자 D에게 혼자 불러 보라고 합니다. 엇박자 D의 노래는 혼자 부를 때는 꽤 들어줄 만했습니다. 부드러운 느낌도 잘 살아 있었고 박자도 이상하지 않았지요. 그러나 다시 합창을 시도해 보니 결과는 마찬가지였습니다. 엇박자 D의 목소리만 들리면 아이들은 갈피를 잡지 못했고, 음은 뒤죽박죽이 됐으며, 박자는 제멋대로 변했지요. 마치 전파력이 강한 바이러스처럼 말이죠.

다른 친구들의 목소리를 집어삼킬 만큼 능력이 뛰어난 엇박자 D. 결국 음악 선생은 그에게 극약 처방을 내리게 됩니다. 앞으로 노래를 할 때 절대 소리 내지 말고, 그냥 입만 벙긋벙긋하라는 거였죠. 엇박자 D는 과연 순탄하게 축제를 마무리할 수 있을까요?

두 번째 열쇠말_ 낙인

짐작하셨겠지만, 엇박자 D는 박치이기 때문에 또래들 사이에서 무시당하며 살게 될 거란 예감이 듭니다. 그런데 그는 왜 '엇박자 D'라고 불렸을까요? 20년 만에 그를 본 '나'는, 엇박자 D의 이름을 기억해 내려고 애씁니다. '나'는, 음악 선생이 했던 말과 엇박자 D의 반응과 친구들의 속삭임도 생생하게 기억하면서, 정작 그의 이름만은 도무지 기억을 못합니다. 가끔 고등학교 때 친구들을 만나 엇박자 D의 이야기를 한 적은 있지만, 그의 이름이 혀끝에 오르내린 적은 한 번도 없었죠. 그러면서도, D라는 문자는 그와 잘 어울린다고 생각합니다. D가 그의 이름에서 따온 이니셜인지, 아니면 그가 D음만을 고집

했기 때문인지, 또 다른 이유가 있었는지는 기억 못 하지만, D라는 문자를 보고 있으면 곧 쓰러질 것 같은 위태로움이 감지되고, 언제나 아슬아슬한 느낌이 들었다고 기억합니다.

친구들에게 엇박자 D를 떠올리는 일은 재미있는 추억거리였고, '엇박자 디'라고 발음할 때 이상한 쾌감도 있었죠. 친구들 사이에서 그의 이름이 거론될 때면, 첫 연습 때 그가 보여 준 놀라운 엇박에 대한 감탄이, 이야기의 반 이상을 차지하곤 했답니다.

그런 그가, 20년 만에 '나'에게 연락을 해 옵니다. '나'가 기획한 공연 DVD 표지에 자신의 얼굴이 떡하니 박혀 있는 걸 엇박자 D가 보게 되면서죠. 아무튼 그리 친한 사이도 아닌데 무언가 부탁을 할지도 모른다는 예감 때문에, '나'는 20년 만의 만남을 불편해합니다. 그러나 잠깐의 전화 통화 후, '나'의 태도는 완전히 뒤바뀝니다. 음악적으로 완벽에 가깝다는 찬사를 받는 그룹이자 떠오르는 샛별 '더블더빙'의 리더 이더빙 씨와 함께 만나는 일이었으니까요.

엇박자 D의 부탁은, 자신과 더블더빙의 콜라보 공연을 컨설팅해 달라는 것이었습니다. '더블더빙'과 공연하는 일은 A급 기획자로 올라설 발판이 될 수 있는 일이었지요. '나'는 당연히 엇박자 D가 '나'에게 공연 기획을 부탁할 거라 생각했으나, 엇박자 D는, 자신이 기획을 하겠다는 뜻을 강하게 밝힙니다. 무성 영화를 전공했고, 영화 잡지 편집 위원 같은 걸 하는 사람이, 왜 공연 기획에 그토록 매달리는 걸까요? 그 얘기는 잠시 뒤로 미루고, 엇박자 D가 겪은 끔찍한 경험을 좀 들여다보겠습니다.

　다음 날 만남에서 분위기를 주도하기로 마음먹은 '나'는, 학창 시절에 엇박자 D에 대해 '박자의 블랙홀', '사라진 음정을 찾아서' 같은 농담들을 했었다고 말합니다. '나'의 이야기를 조용히 듣던 엇박자 D는, 별다른 동요를 보이지 않으며 고등학교 축제 때 '그 일' 이후로, 사 모은 시디 300장을 다 갖다 버렸고, 대학을 졸업할 때까지 음악을 전혀 안 들었으며, 노래도 전혀 부르지 않았다고 말합니다. 엇박자 D가 '나'에게 먼저 말을 꺼낸 그 일, 친구들이 엇박자 D가 목을 매고 죽으면 어떡하나 걱정했다던, 그 일은 과연 무엇이었을까요?

　축제 당일, 1절에서는 음악 선생 말대로 입만 벙긋거리던 엇박자 D가, 노래의 2절이 시작되려 할 때 갑자기 소리를 내어 노래를 부르기 시작했습니다. 그것도 반 박자 빠르게요. 모든 게 헝클어졌고, 지휘하던 음악 선생은 눈을 크게 뜨고 노래를 그만 부르라는 신호를 보냈지만, 엇박자 D는 눈을 꼭 감은 채 열심히 노래를 부릅니다. 합창에 관심 없던 사람들이 공연장 앞으로 몰려들었고, 엉망진창이 된 공연에 관객들은 노랫소리보다 더 크게 웃었습니다. 화가 난 음악 선생은 반주를 멈추게 했으나 엇박자 D는 멈추지 않았고, 결국 음악 선생이 그에게 다가가 뺨을 후려칩니다. "야, 이 새끼야, 부르지 말란 말이야. 입 다물어, 입 다물어!" '입 다물어.'에 리듬을 맞춰 뺨을 두 대 더 올려붙인 음악 선생은 화를 삭이지 못하고 무대 뒤로 사라졌고, 단원들까지 모두 사라진 무대 위에 엇박자 D만 혼자 서 있게 되는데요.

자초지종은 이렇습니다. 사람들이 보는 데서 입만 벙긋벙긋하고 있는 게 너무 창피했던 엇박자 D가, 간주가 들릴 때쯤 갑자기 자신감이 생겨 자신의 귀에만 들리게 아주 작은 소리로 부른다면 아무도 모를 거라며 작은 용기를 냈던 겁니다. 하지만 그의 작은 용기는, 결국 그 자신을 '엇박자 제조기'로 완전히 낙인찍게 만들었죠.

🔑 세 번째 열쇠말_ **음치들의 하모니**

엇박자 D는 음악 선생에게 맞기 전까지 단 한 번도 자신이 음치라고 생각해 본 적이 없었다고 합니다. 그런데 대부분의 음치들은 자신이 정말 음치라고 생각한다면서, 평생 그렇게 음치라고 세뇌를 당한다고 말하죠. '나는 음치다, 나는 음치다.' 이렇게 되뇌면서요.

듣고 보니 그렇습니다. 사람들은 누군가를 규정하고, 함부로 판단하고, 낙인찍을 때가 많습니다. 저부터도 아이들을 착한 아이와 나쁜 아이, 모범생과 불량 학생, 성격 좋은 아이와 그렇지 않은 아이로 낙인을 찍지는 않았는지 반성하게 됩니다. 비록 낙인으로 인한 상처는 아물지 않겠지만, 그들 모두가 하루빨리 치유되길 빌고 싶습니다.

아무튼 주홍 글씨 같은 낙인을 떠안게 된 '엇박자 D'는, 20년 후, 떠오르는 음악계의 샛별 더블더빙과 엄청난 공연을 준비합니다. 그리고 이 공연에 고등학교 때 합창단에서 함께 노래하면서 엇박자 D를 놀리던 친구들을 초대하지요. 무성 영화와 엇박자의 연주곡이 절묘하게 어우러진, 누구도 상상하지 못했던 공연은 대성공이었습니다.

22명의 음치들이 내는 소리가 절묘하게 어우러진 앙코르곡은, 20년 전에 친구들과 함께 부른 바로 그 노래였어요. 엇박자 D가 음치들의 노랫소리를 절묘하게 배치한 덕분에, 목소리가 겹치지만 절대 서로의 소리를 해치지 않고 흘러나온 소리들은 마침내 음치들의 하모니를 만들어 내게 되죠. 20년 전과 달리 이번에는 공연을 관람하는 친구들이 립싱크를 하면서요.

오래 전 누군가를 놀리고, 손가락질하고, 낙인찍었을 그들에게, 그리고 지금도 나와 다른 누군가를 열심히 낙인찍고 있을 이 세상에, 마침내 엇박자 D는 통쾌하게 복수를 한 것입니다. 그런 면에서 이 작품의 마지막 장면은, 소름이 돋고 머리가 쭈뼛 서는 전율 그 자체였습니다. 아마도 엇박자 D는 세상의 모든 음치들에게 이런 말을 들려주고 싶지 않았을까요?

"여러분, 힘내요. 우리는 남들과 좀 다를 뿐이에요. 주눅 들지 말고 세상을 향해 당당하게 당신들을 보여 주세요." 이렇게요.

지금까지 「엇박자 D」를 세 가지 열쇠말로 살펴보았습니다. 바쁜 일상에서 잠시 시간을 내어 꼭 한 번씩 읽어 보시면 좋겠습니다. 어둠 속에서 들려오는 음치들의 화음을 직접 들으실 수 있을 테니까요.

 장성렬 (인천국어교사모임)

본문 작품 자료 출처

이청준, 『당신들의 천국』, 문학과지성사, 2005
루리, 『긴긴밤』, 문학동네, 2021
정세랑, 「리셋」, 『목소리를 드릴게요』, 아작, 2020
정은, 『산책을 듣는 시간』, 사계절, 2018
표명희, 『어느 날 난민』, 창비, 2018
김초엽, 『지구 끝의 온실』, 자이언트북스, 2021
남유하, 「푸른 머리카락」, 『푸른 머리카락』, 사계절, 2019
구병모, 『네 이웃의 식탁』, 민음사, 2018
김원일, 「도요새에 관한 명상」, 『도요새에 관한 명상』, 문학과지성사, 2021

조세희, 「뫼비우스의 띠」, 『난장이가 쏘아 올린 작은 공』, 이성과힘, 2024
윤흥길, 「아홉 켤레의 구두로 남은 사내」, 『아홉 켤레의 구두로 남은 사내』, 문학과지성사, 2019
이기호, 『사과는 잘해요』, 현대문학, 2009
양귀자, 「밤의 일기」, 『귀머거리새』, 쎅세상, 2009
박완서, 「도둑맞은 가난」, 『나목·도둑맞은 가난』, 민음사, 2005
알베르 카뮈, 『이방인』, 민음사, 2019
장강명, 『한국이 싫어서』, 민음사, 2015
김재영, 「코끼리」, 『코끼리』, 실천문학사, 2005
해이수, 「관수와 우유」, 『캥거루가 있는 사막』, 문학동네, 2006

김애란, 「나는 편의점에 간다」, 『달려라, 아비』, 창비, 2019
김승옥, 「서울 1964년 겨울」, 『서울 1964년 겨울』, 문학과지성사, 2019
최인호, 「타인의 방」, 『타인의 방』, 민음사, 2005
성석제, 『투명인간』, 창비, 2014
장희원, 「폐차」, 『우리의 환대』, 문학과지성사, 2022
정이현, 「영영, 여름」, 『상냥한 폭력의 시대』, 문학과지성사, 2016
이승우, 「신중한 사람」, 『신중한 사람』, 문학과지성사, 2014
프란츠 카프카, 「변신」, 『변신·시골의사』, 민음사, 1998
배명훈, 「차카타파의 열망으로」, 『미래과거시제』, 북하우스, 2023

이꽃님, 『죽이고 싶은 아이』, 우리학교, 2021
공선옥, 「명랑한 밤길」, 『명랑한 밤길』, 창비, 2007
정용준, 「선릉 산책」, 『선릉 산책』, 문학동네, 2021
전성태, 「이미테이션」, 『늑대』, 2009
오야마 준코, 『고양이는 안는 것』, 한즈미디어, 2018
김애란, 「가리는 손」, 『바깥은 여름』, 문학동네, 2017
너새니얼 호손, 『주홍 글자』, 민음사, 2007
김지연, 「공원에서」, 『마음에 없는 소리』, 문학동네, 2022
장희원, 「외출」, 『문장웹진 7월호』, 문학광장 웹진, 2019
김중혁, 「엇박자 D」, 『악기들의 도서관』, 문학동네, 2008